一定要保护好、发展好黄花这个产业,让它成为乡亲们致富的一个好门路,变成群众的"致富花"。

  共产党人就要为民办事、为民造福,要扎扎实实为老百姓办实事办好事,为官一任、造福一方。

  就是要立足本地实际,大力发展特色产业,把大同黄花做成全国知名品牌,让乡亲们富而忘忧。

——摘自《蹚出新路子 书写新篇章——习近平总书记山西考察纪实》

(《人民日报》2020年5月14日1版)

HUOSHAN
HONG
HUANGHUA
HUANG

火山红黄花黄

黄花又名忘忧草、金针菜，它与蘑菇、木耳并称为"素食三珍"，自古就有"莫道农家无宝玉，遍地黄花是金针"的赞美诗句。大同市云州区是闻名全国的"黄花之乡"，有六百多年的黄花种植史……

任勇　石囡　周智海 ◎ 著

山西出版传媒集团

北岳文艺出版社

·太原·

云州区农民祖祖辈辈种植黄花，与这火山群有着密不可分的关系

采摘工人正在田间劳作

黄花地里农民们最憨厚的笑容

桑干河畔

大同市云州区行政区划图

序　透过火山看黄花

大同黄花火了，火在中国的大地上。大同黄花，已经成为一张名牌，一张靠农民的汗水浇灌出来的名片。故事发生地大同市云州区，是我们十分熟悉的地方，原来叫做大同县。都说这是个神奇的地方，神奇的不仅仅是黄花，黄花只是站在T台上亮相的那位模特儿，而它背后，却有比黄花更为悠久、更为重要、更为深刻的角色。

云州之神奇有三：一是红，二是绿，三是黄。

红的是火山群。

上千万年前，这里是汪洋一片的大同湖。地质学家指出：当初大同湖的面积九千多平方公里，东至河北阳原石匣里，西至管涔山和云中山，南至浑源恒山北线，北至古代阴山南麓今阳高天镇一带。数百万年之后，一股莫名的力量从大同湖底迸发，火山、火山，还是火山，喷发、喷发，还是喷发。随着火山的喷发，大同湖霎那间变为地球上一个巨大的沸腾的火锅。紧接着，持续的地质动荡导致大同湖的东端石匣里发生严重地裂，仿佛巨大的火锅被凿开一个洞。岩浆渐渐平静下来不再喷发，湖水从裂口急速转入地下，热气腾腾、万分壮观的大火锅逐渐安静下来，曾经的大同湖不再有往日的碧波荡漾。造成这场事件的"刽子手"渐渐地暴露在光天化日之下。昔日的大同湖，成为大同盆地，那些"刽子手"们无声无息地趴在原地，成为我们今天看到的火山群。岩浆不再喷发，然而火山的性格却让火山脚下世世代代繁衍生息的子民们得以继承，那就是热情高涨，势不可挡。

绿的是水。

大同湖的消失，给黄土高原留下一点念想，即如集体跳崖的壮士们，其中居然有人被峭壁间的树杈挡住了归路，留下了性命。在管涔山下，有一支溪水缓缓流出，由小而大，由缓而疾，由西南而东北，浩浩荡荡而来。当河流万马奔腾般到达云州区马头山下的时候渐渐歇息下来，转了若干个小弯，而由西北方向缓缓而来的御河也表示友好，心甘情愿地加入到"大部队"里，经过一番整合，继续朝东北——今天的河北、北京方向流去。这几次的转弯与整合，发生在大同盆地的南线中段殿山、马头山和小泉华山以北，是在沟壑纵横、地势相对平缓的地域上完成的。于是，代表了中华民族融合、厚道和刚柔并济的一种伟大精神的桑干河文化诞生了。多年来，中外考古学家们在桑干河两岸82公里长的范围内发现了超过40处距今百万年以上的早期人类文明遗址，比如泥河湾文化、许家窑文化。最近几年在马头山和殿山脚下又有关于新石器后期人类文明的重大发现。通过挖掘和考证，认为大约4500年到5000年前，生活繁衍于此的古人类在石器技术的基础上，在农耕、制陶和冶炼等方面已经达到十分可观的程度。考古学家为新发掘出的一个头盖骨展开科学讨论，普遍认为这是第一代大同美女的"代言人"，死者青春年少、端庄貌美，被冠以"小姑母"之名。此次发掘和考证，依然处于正在进行时，中国人民大学的考古专家们频繁往返于北京和大同之间，大同文化界和国内外同行密切关注着圈内的动态。据有关人士透露，桑干河中华人类文明，有望在这里得到刷新。桑干河水与火山群形影不离，阴阳互补，在云州区形成了河流、水库、湿地，成为中国北方地区少有的水源比较充足的区域。

黄的是黄花。

应当说，黄花是萱草的一种。从资料看，萱草盛开的花朵，不仅仅是金黄色一种，还有橙色、粉红色、枣红色等许多种。云州区北部有一个以黄花为主题的忘忧农场，我们在忘忧农场见到过这些五颜六色、绚丽多姿的萱草花。而黄花，是所有萱草花中唯一被老百姓喜爱、可以食用而且具有丰富营养价值的一种，俗名"金针"。它在历史上还有一个十分高雅的名字，叫做忘忧草，忘忧农场亦因此得名。

如果说黄花有其密码的话，那就要从"忘忧"说起。解密忘忧草，要分三个层次。

第一从字面上去解惑。忘忧草，可以让人忘却忧愁。单凭这一点，憨厚而性情的云州百姓们，就愿意把自己的快乐和命运，紧紧地与黄花拴在一起。当然，现代文明高速发展，这种神秘的色彩最终要被勤劳、发奋和科学、创新所替代。

第二要从黄花的营养价值来分析。农民们最清楚，黄花必须在含苞待放的时候去采摘，否则的话，等到花开了，它的营养价值，所谓富含卵磷脂、蛋白质、碳水化合物和多种维生素，就会随着黄花的绽放而损失过半。老百姓把青春年少的女孩们称作黄花大闺女，大概就有这一层意思。

第三从黄花的历史来挖掘。我们不知道那位新石器时代的"小姑母"是否与黄花有过过往，但是有学者已从史料上找到了北魏时期平城周边地区就有种植黄花的依据。更有资料可以证明，在明朝永乐年间，此地已有"黄花之乡"的说法。这里大面积种植黄花，代王府里盛行黄花入宴，黄花作为贡品进京。这充分说明小小忘忧草，自有大来头，它不是舶来之物，而是地地道道的产自桑干流域，上至皇帝老儿，下至黎民百姓都十分认可的民间佳品。

火山下的土壤，那种被火山岩浆红烧过的土地，自然与其他地方的土壤有别。它黏性不强，结构中有空隙，可以让植物的根茎有足够的空间自由呼吸，非常适合黄花扎根和生长。再就是遥远而浩瀚的大同湖之水，储量充足，富含丰富的矿物质。还有说法，就是火山喷发岩浆流过的土地，与地下水碰撞，发生化学反应的结果，极有可能是许许多多的矿物质被植物吸收，这也许就是黄花之所以有那么多对人体有益成分的原因吧！其实我们对这些知识很贫乏，很难说得清黄花与火山、与桑干河究竟有什么样的关系，但是有一条我们十分认可，而且坚定不移，那就是火山下、桑干河两岸的老百姓们，从老祖先起就离不开黄花，对黄花情有独钟。许多农民都说，爷爷那辈儿就这么说，谁能告诉我们究竟爷爷的爷爷的传说，发生过几十次、几百次呢？

黄花可以给火山下的人们以滋养，如此佳品，为什么一直没有把当地百姓真正地带向富庶康庄呢？这就要从黄花的生产和制作上破解它的另外一个密码。黄花种植历时虽长，长期以来却一直没有从一家一户的单打独斗方式中走出来，形成大面积大规模大合作的模式，更没有尝试着走一条科学种植、科学加工，利用科学技术提升黄花价值的道路，这恐怕是问题的实质。因为黄花生产有其自己独特的规律，违背了这个规律，自然举步维艰。一是受大自然的牵制，遇到旱、涝、冰雹，一家一户根本无法应对。二是到了采摘季，对采摘有苛刻的要求，黄花必须在即将绽放而没有绽放之前，很快地完成采摘，农民们首先要有准确的判断，哪些花是天亮了以后就要绽放的，哪些花是以后的日子才会绽放，没有这个判断力，必然造成损失。每到花期，就需要一大批的具有这种判断力的人力撒到花海里。这一点，对于每家农户来讲的确难以实现。还有就是黄花采摘之后的程序是蒸馏和晾晒，蒸馏需要在短时内完成，晾晒过程也需要晴朗的天气做保证。之后还有许多工作要做，才能进入到销售环节，到黄花变成农民手里的钱，还有许多料想不到的难题，这些也都是农家不好应对的弱项。

从地域概念讲，大同黄花还有另外一个名字，叫火山黄花。在中国的大地上，云州地质条件很难复制。火山黄花，火山之下因不一样的土壤而生产的富硒黄花，也就是不可复制的。当然，我们不能说云州区的"黄花之乡"是中国的唯一，因为生产黄花的地方，非只山西大同一家，比如湖南祁东、甘肃庆阳、陕西大荔、四川渠县和宁夏自治区的盐池等地。云州区在研究红绿黄三者的地质关系和历史文化渊源，他们在研究什么？他们发展的经验和教训是什么？他们在发展黄花产业过程中遇到的困惑和坎坷，是怎么跨过去的？

过去，农民的选择，只有两个，一是撞大运，二是观望。

云州区委王凤瑞书记说，我们要打的是扶贫攻坚战，不能让农民做这样无奈的选择。要政府干什么？政府就是父母官，为老百姓服务的。父母官不是当官做老爷，而是站在农民家门口，站在田间地头，给农民出主意、想办法、撑腰杆子的。在云州区，凡是种黄花，政府都给补贴；资金不够给解决贷款；害怕打水漂，政府出大头，农民出小头给上保险；蒸馏黄花用土办法太慢，政府买了锅炉送给大家用；更为关键的是解决思想问题，给农民思路，让大家从死胡同里走出来，把大家带到致富大道上来，让大家看到阳光，看到希望。

当年的大同县，如今的云州区，号召农民走合作化道路，打造黄花产业化，走出一条精准脱贫、乡村振兴的铿锵新路。同样是在古老的大同市，或者大同的周边，其他县区比如灵丘县、广灵县、天镇县、阳高县、新荣区，还有怀仁县、应县等等，他们为何不参照云州区搞黄花，而选择黄芪、温泉、苦荞等其他的致富途径呢？从中可以发现，如此决定一方百姓命运的大事儿，并非是一个人、一个班子、一个时期，或者说是一个政治、经济和文化的背景下可以完成的，它是一方水土的历史和现实的综合选择，是不以当下人的意志为转移的。

云州区，选择了火山黄花。

黄花产业的瓶颈，农民遇到了，党和政府就必须想到，而且要带着农民打破瓶颈。政府成立黄花办公室应接各种涉及黄花的事宜，政府招商引进专业黄花加工经销公司，政府支持有关部门开展黄花科研，推进黄花前置性朝阳产业启动、加速，政府出面吸引各种媒体、网络平台加大黄花产业的宣传力度，让国内国际市场都关注、青睐大同黄花。十年下来，云州区用"公司＋农户、合作社＋农户、机械化＋手工、实体＋

网络、科研+推广、规模化种植+集约化加工、内销+出口"等若干种模式推动黄花产业化。到目前为止,全区耕地面积65万亩,10个乡镇黄花种植已经达到17万亩。我们了解到,近年黄花成品售价曾经上过每公斤60元,农民年人均可支配收入在1万元以上,而且他们的品牌已经亮相广交会等重要平台,打入国内国际市场,获得国内、国际金奖若干项,黄花养生、黄花美容、黄花真空冻干等高科技成果也已问世。

2020年5月,习近平总书记在全国两会之前来山西考察调研,第一站就到了大同。习近平总书记在大同主要视察了两个点,一个是云冈石窟,一个便是云州区黄花基地。这说明党中央特别关注大同的世界文化遗产,关注老祖先的遗产保护得怎样,发挥的功效如何,大同的文化旅游产业发展能否把大同的产业结构调整,谱写出崭新篇章;特别关注大同的农民,他们的日子过得怎样,脱贫攻坚到了何种程度。人所共知的黄花,究竟给老百姓带去福音了没有?答案是肯定的,小黄花,大产业。

18万云州人笑了,370万大同人笑了。

然而历史不是简单的结论,就像火山下的农民劳碌一生而贫穷一生一样,就像火山喷发之后的寂静一样,我们真的需要思考。

我,任勇。

我,石囡。

我,周智海。

我们三位本土作家,在这片土地上生活多年,面对黄花,又该书写些什么,挖掘些什么,表达些什么?2020年6月到8月,正是黄花收获季,我们行走在云州区火山下,采访、体验、思考,希望用我们的双脚,丈量出火山的广阔,用手中的彩笔,绘出黄花的绚烂。

目 录

001 ······ **序　透过火山看黄花**

001 ······ **卷一　耕火**
003 ······ 引言
007 ······ 虎头山下老支书
024 ······ 一株老黄花
034 ······ 不怕碰头的"张百万"
045 ······ "黄花办"在哪里？

055 ······ **卷二　辟土**
057 ······ 引言
059 ······ 产业扶贫路上的摇滚
074 ······ 返乡老兵吹响黄花集结号
087 ······ 再约中高庄
097 ······ 河南老板落户三十里铺

107 …… **卷三　承露**

109 ……引言

112 …… 谁把金针度与人

128 …… 大同的东面有一个西坪

138 …… 火山下的农民"带货人"

152 …… 走访吉家庄

159 …… **卷四　炼质**

161 …… 引言

165 …… 三利的公司叫三利

175 …… 忘忧农场是一所学校

186 …… 咱们庄上的年轻人

196 …… 忘忧派

211 …… 大同有一座冰山

221 …… **结语**

228 ……《火山红　黄花黄》主要人物概览

232 …… **后记**

卷一〇 耕火

引言

我们在云州区火山下采访时,不约而同地都想起了已故作家王保忠先生。

王保忠是土生土长的云州区人。有那么几年,王保忠时不时地就往火山群里钻。去哪儿呢?去一个被金山、狼窝山和老虎山箍着咽喉,叫黄家洼的村子。那个村子当时就只剩五六户人家,王保忠先生去了,就找老乡聊天、喝酒,或者像他笔下的人物一样,呆呆地看山。呆久了,他就和这个村的人没有两样,和火山没有两样,之后,就有了一部小说《甘家洼风景》。这部书以黄家洼为原型,写一个正在消失的村庄。它的死寂,它的凋零,它的惊心动魄的沉默。它的困惑,它的探求,还有那些在城镇和乡村夹缝中呼喊着的生灵。那是城镇化浪潮中一个正在逝去的典型的村庄,或者说,是传统农村命运困境的呈现。王保忠先生的这部小说,等于是提了一个问题——历史巨变中,中国北方传统乡村将走向何处?

王保忠先生的这部作品写于2009年到2011年,正好是十年前,也

火山红　黄花黄

是《中国农村扶贫开发纲要（2001—2010年）》（简称《扶贫开发纲要》）即将收官，《中国农村扶贫开发纲要（2011—2020年）》起草完成正在实施起步的阶段。那时候，农村变革的阵痛还很明显。但从2011年开始，有了新的转机。《纲要》提出了"精准扶贫"的关键词，大同县在此基础上提出了以黄花为主导产业，一县一业，产业扶贫的政策。十年过去了，火山下的这片土地大变样。与消失的黄家洼相对应着的，是坊城新村这样的田园化的安置新村，以及城里的安置楼房。与当年"种地无收成，打工没着落"的状态相对应的，则是全区17万亩黄花地，遍地"黄金"，产业爆发的图景。

如今，大同火山群已开发成火山公园，绿植层染，火山矗立。从黄家洼驱车向西，不到13公里的路程就到了唐家堡，这里是习近平总书记考察山西停留过的地方。

这里呈现的又是另一番风景。万亩黄花地披金滴翠，唐家堡、下榆涧、中高庄……黄花连片种植，一个西坪镇，种植黄花面积就超过3万亩。房是新的，危房改造早在五六年前就已完成。人们的生活方式也是新的，2011年以后，村里多了些黄花种植大户，多了些"百万元"户。而那些将土地流转出去的贫困户，可得到流转补贴，再加上黄花采摘季一个月的劳务费，个人年收入一万多元也是轻松的。吃在村，住在村，致富在村，眼里是绿树沃野，这又是新农村的另一番景象。短短十年时间，这样的景象让人吃惊，也让人振奋。

黄家洼和唐家堡：一个在东，一个在西；一个是十年前，一个是十年后；一个是消失的村庄，一个是正在涅槃重生的村庄；一个代表着历史，一个代表着未来。这像是宿命，却又不是宿命。人们被时代所裹挟，但创造历史的，是活生生的人。

中国北方广袤乡村将要走向何处？恰恰是从《甘家洼风景》出版的2011年起，云州区给出了一个新的答案：那就是如何通过一个产业，带给农村一个方向。

引 言

王保忠先生如果还在世,一定会有许多感叹。他的火山之乡,现在大变样了。他一直忧患着、关注着北方农村的命运和出路,如今,在家乡人的努力下,出路正在变成现实。

《纲要》提出贯彻落实的要点——坚持开发式扶贫方针;加大投入力度。云州区的开发式扶贫,就是发展黄花产业。而且,投入巨大。这一点,在云州区随便采访哪个村子都能感受得到。眼里所见,平整土地、水利设施、场地农机……哪个不是钱砸出来的?

扶贫投入到什么程度呢?根据官方数据简要罗列:

> 出台各类扶持政策21项。
>
> 一是种植补贴。2012~2016年,对所有新栽黄花种植户给予每亩500元的补助。从2017年起,按照贫困人口人均1亩黄花,每亩补贴1000元。
>
> 二是农田水利投入。投资2.6亿元实施了万亩农业综合开发、土地整理等项目,新增和恢复灌溉22.68万亩。连片种植200亩以上,由水务部门免费打井取水,推广节水灌溉6.21万亩。
>
> 三是帮助联系雇工。帮助种植户联系山东、河南等地的季节性采摘工人,2019年40天的采摘期内有7100人次务工。
>
> 四是自然灾害保险和目标价格保险。协调保险公司开办了两个新险种,分别以每亩300元、420元的保费(财政分别补贴250元、200元),农户最高可获得5000元、7000元的赔付。近几年累计投保1.07万亩,保费321.2万元,赔付271.4万元。
>
> 另有技术保障、农机投入、病虫防治、气象、加工场地、金融"黄花贷"等,财政累计投入资金4.1亿元。

这些投入的目标很明确，就是通过对黄花这个主导产业的各项政策扶持，带领农民脱贫，引导农民致富。一句话，"一区一业"，这"一区"，就是云州区；这"一业"，就是黄花产业。黄花种植、黄花加工、黄花系列产品、黄花生物科技、黄花生态文旅……一个区，20万人，搞一个产业，形成一个链条，再达到优势循环，全国打响。这样，脱贫了，再不怕返贫，而且实现致富，让农村重新成为诗人笔下的美丽田园。

但是在十年前起步的时候，还是经过了激烈的甚至反复推倒重来的论证。

都知道黄花是宝，但推广的过程并不易，因为黄花有"五难"：一是种植难，前两年的小苗没收成，三年后才逐渐到盛产期；二是浇水难，水利设施必须配套；三是灾害难，怕大风，怕冰雹；四是采摘难，一个月抢收，天天摘，贪黑摘，人手少了也不行；五是加工难，杀青、冷藏、晾晒都必须有专业的技术和设备。

所以云州区最初推广黄花种植，很是动了一番脑筋。困难不少，阻力不少，障碍不少，一步一步走到今天，边走边探索，靠的还是一种合力。上面扶，下面还要有肯干的人。一个人肯干不行，最终靠的还是全区上下对黄花产业形成了认同。一种模式不行，也得探索多种模式。

我们经过两个多月的蹲点采访，将云州区代表性的村庄滤了一遍，发现各村情况不同，困难不同，解决困难、推广黄花的模式不同，脱贫致富的亮点也不同。有的是"老区"模式，靠老支书带动苦干；有的是"猛闯"模式，年轻人大胆带头搞规模种植；有的是"返乡青年创业"，点子多，思路广；还有外乡人落户投资农村的，不一而足。

所以我们卷一卷二落笔的重点，就放在这几个典型的村庄。卷一主要是表现了几个在黄花种植规模化敢于率先"吃螃蟹"的典型。

虎头山下老支书

峰峪乡徐家堡

徐家堡不是我们采访的第一个村庄,但还是先从徐家堡说起。因为徐家堡原先是一个典型的贫困村,地偏,山多,人少,常遭洪灾,却没有水浇地。徐家堡的脱贫攻坚,是一块难啃的骨头。大面积种植黄花,原来更是想也不敢想。但就是这块难啃的骨头,2011年全县开始推广黄花种植,反倒是最先动起来的。

查资料,还发现一个有趣的对比。一是"穷"。云州区脱贫"摘帽"前,徐家堡所在的峰峪乡整体是贫困乡。"全乡19个行政村全部为贫困村,2015年底共精准识别贫困户2483户5228人,贫困率为45.38%,是全县贫困范围最广、贫困面积最大、贫困程度最深的重点乡镇之一。"徐家堡村在册158户,贫困户72户,贫困率45.56%,略高于平均值。全乡穷,越往南走越是山地丘陵,而徐家堡正是最南,与浑源县隔一座山。根据《山西农民报》的报道,十年前的徐家堡"种植小杂粮每亩收入最多不过1000元,有的村民穷得连买化肥也要贷款"。

与"穷"相映衬的另一个信息是"富"和"美"。云州区2018

火山红　黄花黄

年脱贫"摘帽",而徐家堡2016年底就靠黄花全村脱贫,还成为全省"一村一品"专业示范村、"大同县最美村庄"。上网搜"徐家堡"关键词,还能发现村民的幸福感都很强。那些在城里买了房子的年轻村民们,在微信和美篇上是各种晒,晒丰收的场景,晒帮父母摘黄花的自拍,晒村里的消夏美景,还在网红平台"小年糕"上晒村里的视频……

十年变化大。这是去徐家堡之前,各种信息给我们直观但有些生硬的印象。

数据如此,真实情况怎样?准备实地调查之前,我们预设了三个问题。第一,作为贫困乡里典型的贫困村,徐家堡到底是怎样脱贫的?小小黄花就有这么大的能量?第二,徐家堡靠山,山脚下本来全是坡地,改造后也没有连片几百亩的水浇地。这种情形,和有着万亩黄花种植基地的西坪镇大为不同。就这,也能发展黄花产业?第三,地僻人稀穷户多,全县推广黄花,这里居然走在前头。农民的积极性和爆发力从何而来?

带着这些问题,我们先后两次上山到徐家堡蹲点采访。

车过桑干河国家湿地公园,一路向南,地势就越来越高。路很平整,接近万家山的时候,路东已经是丘陵地貌,路西则是一片一片平整的黄花地,呈阶梯状上升,一直绵延到村口。村委会大门向东开,有四五米宽,但是汽车进不去。一个老汉正背对我们,猫着腰,端着一个笸箩晾晒黄花。多半个院子都是金灿灿的。

听到有人来,老汉立起身,转过头来。呵,一个长眉黑脸的小老头,满脸都是沟壑。笑起来,细密的纹路都堆在一起。个儿矮,立在那里,却像座小山。

拉我们来的扶贫工作队陈华龙队长介绍说,这就是徐家堡的白继跃书记,已经干了17年的老支书!

哈,这么老的老支书,该有七十了吧?后来知道,他今年66岁。

"叫我老白吧。"白书记放下笸箩,有些不好意思。合作社的黄花刚蒸出来，老白让我们先进屋喝水，说晾好了就进来。

有十几个笸箩的黄花还在那里等待着。大家互相看了看，谁也不好意思进屋。随行来的女公务员高阳说，白书记，我就是乡里派来帮忙的，咱们一起晾吧。于是大家一起动手干了起来。老白现场指点，这么捧，手这么翻，五指要张开，颠一颠……

老白边干活边问，你们要知道些什么？

这不正采摘黄花嘛。大家商议，该去村民家里看一看。听说村里有个张三女，先去她家吧。

看过关于张三女的报道。她是典型的贫困户，一个女人养全家，种黄花是个能手。老白说了个细节，张三女种的黄花长得高，一米六七的女人，摘黄花时候还得举起手。老白边说边比画，做了个"投降"的手势。大家心里笑，老白却一脸认真的样子。

张三女现年53岁，丈夫是本村一个大她14岁的老农，叫徐尚计。说起过去的穷，张三女占了三样，一是负担重，养活三个孩子；二是家有病人，丈夫得过脑梗，一次住院就花了两万多；三是缺劳力，丈夫没有劳动能力，只能自己干。

张三女的院子和三轮车上，一笸箩一笸箩堆放着金灿灿的黄花，有些刚刚蒸过，现出深沉的青铜色。门口的锅炉还冒着热气。大儿子的婚房，现在做了库房，小山似的堆放着制作好的干黄花。老白一见黄花就来了劲，抓一把揉捏，嘴上絮叨不停："这个能卖了。你看，手一松就能自然散开。我前天和他们说好了，20块能收购。你这黄花得往顺理一理，直溜溜的，才能卖个好价钱。还有这个，开花的挑出来。收黄花的看见你有五根开花的，价钱就上不去了。"

刚才来的路上就这样，老白一见有人晒黄花就停下来，给人示范。这样不行，那样就对了。撒的厚度要适中，太薄了吸地，干了后就扁了，品相不好。要互相架住，晾出来就是圆溜溜的。如此如此，这般这般。

火山红　黄花黄

张三女半夜 12 点 30 分开三轮车下地，摘到早上 8 点多。回来又做饭，打扫家，蒸晒黄花，到现在还没睡觉。她脸上有些疲惫，但话音响亮，动作麻利，一看就是个能干的女人。今天一早打了 12 袋，每袋 40 多斤，统共是 400 多斤鲜黄花。村人管"摘黄花"叫"打"。张三女说，今天不算多，前天打了 14 袋。

等忙过去了，大家就坐在张三女家的炕头上，听她讲这些年的"折腾史"。

刚嫁到徐家堡，我爹还在，就住在旁边那两间窑洞里。现在窑洞塌了，住的是这边的新房。那会儿有多苦？种点玉米、绿豆，使唤牲口，驴车下地，年收入也就千数块钱。过年吃啥？能吃啥！拌点白面疙瘩汤，少捏上一点，给孩儿们做点滴溜（一种面食）。东西不多，只给孩儿们喝，大人们不喝。那穷的！养活三个孩子，买点糖也不舍得。两个儿子，一个女儿。大儿子上乡中的时候，口袋里就给装 2 块钱。孩子说，妈，就给 2 块？我说，妈没钱嘛。

大儿子今年 34 岁，念出书来十七八，上学那会儿应该是 1999 年。你看那张相，穿得衣服烂的。吃饭是自己背去粮食，交给学校做。

咦——那会儿是最穷不过！

那，后来是怎么好起来的？

张三女笑着说："还不是白书记硬让种黄花，种上黄花后才有了钱。"

2011 年，全县确定"一县一业"推广黄花种植，徐家堡村支书白继跃第一个响应，带动村民栽种黄花。张三女男人是个放羊汉，自来信命，说"庄户人，饿，饿不死，撑，撑不死"，想靠种地赚钱那是

喜欢穿红衫的张三女（右）知道幸福不仅要靠"天赐"，也要靠双手

瞎想白想。但张三女还是信了老白，老白说行，那就一定行。那一年栽了一亩三分地的黄花。可别小看这一亩三分地，2014年进入盛产期，收入就涨了，一亩三的黄花共收入8000元。2015年，收入1.2万元。2016年大丰收，收入2.3万元。这时候儿女们也大了，大儿子在市里跑出租，二儿子打工，女儿在城里卖衣服，都不用家里贴补。老两口靠这一亩三分地就赚了两万三，日子一下子轻松起来。

那块地原来种玉米，一亩多的地收1000多斤，每斤七八毛钱，最多卖千数块钱。改种黄花，收入是原来的二十多倍！张三女有了信心，又新种了4.3亩黄花。地多了，摘不过来，就从浑源县雇了4名黄花采摘工。雇人采摘，一个月下来得多投入5000元。好在每亩地有500元的"流转费"贴补，算下来能得到补偿款2000多元。还有价格险、自然灾害险，保收入是稳稳当当的。这，大概也是张三女的信心所在吧。

聊着聊着，张三女蹦出一句话：

火山红　黄花黄

> 付出才有回报，不干咋行？走着总比站着强！

走着总比站着强。

眼前这个身材高大、勤劳乐观的女人让人肃然起敬。张三女闲不住，种黄花忙归忙，但毕竟一个多月就过去了。其他时间呢，她还养了不少鸡，还有50多只羊，院子里种了果树和葡萄。羊是好东西，羊崽能卖钱，整羊也能卖钱。羊粪是黄花地的"奶"，她用三轮车拉上羊粪洒在地里做有机肥，所以她家的黄花长得格外旺。羊粪用不了就送人，村人谁想来拉就随便拉，一车一车地白送。

老白夸她是个中国传统的好人，能吃苦，不抱怨，又舍得。

张三女爽朗一笑：那有啥？都是自家人，徐家堡人，"都一徐"嘛。"都一徐"，意思是说大家都是一个徐家堡的人。三个字里，渗透出了传统农耕社会里那些让人温暖的东西。张三女现在最操心的是二儿子成家的事。最好是再干上几年，卖黄花攒点钱，给儿子在城里买个房子。她家的院子，打理得像个小公园，房檐前两棵雪松，铁塔似的长到三层楼那么高。张三女早在2016年就脱了贫，现在她心里想的，是如何富起来。

从张三女家出来回望，大红门上是四个大字：天赐百福。

负担重，劳力少，像张三女这样的贫困户都能脱贫，那么其他人家呢？

徐尚宽，49岁，属于建档立卡贫困户。他的情况和张三女有点类似，妻子腿脚不便，两个儿子上学。负担比张三女轻点，身上满满的闯劲儿。作为留在村里最年轻的男人，他敢想敢干，手艺多，是最早跟着村支书白继跃带头种植黄花的党员。

徐尚宽讲，徐家堡历史上就种植黄花，但只是"靠沟沟旁边的一点点"。都知道黄花是个宝，可是没办法，栽种黄花必须是水浇地，那时徐家堡没有井，只能靠山泉水。后来老白响应县里号召种黄花，村里开始打井。作为党员，他先带头试种了1亩黄花，三年后纯收入翻了4倍。于是流转村民土地，种黄花增加到16亩，最多一年收入到8万元。不但脱了贫，而且致了富。

说起来简单。其实徐尚宽的致富经，都是被"逼"着念的。一半是被生活所逼，孩子们念书要用钱，女人又指望不上，硬把他逼成一个"本事人"。学木匠，学电工，电焊、驾驶、农机、水暖，干啥学啥啥都会。现在全年算下来，收入能达到17万元，给大儿子花30多万元买了小车。另一半是白书记"逼"的。作为党员，他得带头啊。他这个本事人，天生一副热心肠。在村里，他是免费的电工，免费的指导员，也是免费的农机专家。他帮别人，别人也会主动去帮他，在村里，他的人缘好。徐尚宽高中学历，最遗憾的是没考上大学，他嘱咐在怀仁读高三的二儿子好好念书，上大学，考研究生，考到哪儿供到哪儿，上学钱管够。

张三女那句话用在哪儿都对劲儿，走着总比站着强。

话又说回来，没个好的带头人，村人能有这么大的干劲？看来眼前这个貌不惊人的小老头，身上潜藏着不小的能量哩。

挨家挨户转了一圈，也把徐家堡村认认真真打量了一遍。

徐家堡背靠万家山，正对村子有一山峰，好像虎头侧卧，俯视村庄，村人称为"虎头山"。徐家堡是"国家森林乡村"，山自然是葱葱郁郁，空气也是让人尝了就醉的那种。山上有一棵三百年的老松，老松下原来有一寺庙，已经拆掉，但是留下了明嘉靖年间的石碑。村南，有一残堡，应该也是明朝所立。这样映衬下来，村子显得尤其玲珑可爱。

村子只有南北一条主街道，平滑整洁，两旁是太阳能路灯，还有松树、椿树、柏树、垂柳等绿植。凉亭、戏台、小广场都是新修的，有一方大石，上面是吕日周写的大字：山好，水好，空气好。另一面写着：农药不进村，化肥不进村，除草剂不进村。小广场有3000平方米，

火山红　黄花黄

青砖围栏下，有个深达七八米的小花园，是原先的泥塘改建。闲时，村民在小广场聊天、消暑；忙时，这里又是黄花晾晒场地。村委会旁边还有栋橘黄色房子，是村里的"惠民浴室"。老白说，这是2017年争取20万元经费盖的，主要是为了给黄花采摘工免费洗澡。外村的，本村的，都可以洗。以前可不是这样的。

老白给我看了一段十多年前他刚上任时村里的录像。那时泥房子泥墙，泥路还是"凹"字形，仅中间一条羊肠似的小道被踩出来。几棵稀疏的白杨树，两边堆着柴草和粪堆，路的东侧则是一条水沟，将村东村西分开。老白说，那时候山上洪水下来，村民就遭了罪。有一年，洪水把涵洞冲垮，连接村东村西的路断了。村民只能绕着走，这样过了整整五年。

看看旧录像，再看看新村子，不由感慨，这些年来发生过什么？这都是老白干的？

话还是从2004年说起。那时徐家堡村流传着几句顺口溜：

> 晴天一身土，
> 雨天一身泥；
> 没有水浇地，
> 耕作牛和犁；
> 村委频频换，
> 上访好几批。

这不是个事儿！乡领导坐不住了，找到时任县水利局电管站站长白继跃，劝他回徐家堡当书记，说别人都干不了。老白1974年参加工作，一直在水利单位，不想挪动。可是挡不住村民们联手请求。老白是徐家堡的女婿，大家知根知底。49岁的白继跃就这样返乡当了支书。而这一返，就是17年。

卷一　耕火·虎头山下老支书

17年，硬把个水利干部熬成了老农民。

老白说，刚上任时，压力大啊。百姓老上访，说明怨气大。怨穷，怨破，怨累死累活看不见个日头。怨天怨地，天地谁管你？还不是怨村干部指不出一条路来？"人心乱，乱到极致，才思齐。所以我一上来，就先想办法把人心理顺。"白继跃召集"两委"开会，制定"五年规划"，修建村北大路塌垮的涵洞，改建南北大街，再进一步改善全村的基础设施。规划定好了，大喇叭吆喝全村人开会，公布，做承诺。"行路难"一直是村里的老大难问题，村民见老白上手就说这事，都觉得靠谱。"两委"干部们也表示，愿意跟着白书记干。

先修涵洞。可是没钱，怎么办？那就借。老白先去县里找亲戚，找同学，然后再到市里，到开发区。腊八那天，在县里表姐家吃过午饭，老白又带着"两委"干部坐汽车进市里。大同汽车站一下车，天已经黑了。不好意思麻烦亲戚，几个人就到火车站候车厅歪了一夜。吃饭是方便面。虽然苦了点，但第二天还是借了不少钱。村里在外的能人不少，也盼着家乡能好起来，看到老白他们几个这样为村里奔波，都说不容易。当天是回不去了，老白联系了樊庄的亲戚，说要过去借住一晚。那天筹了不到3万块钱，几个人舍不得花钱坐车。步行呗！从平城区司令部街到开发区，20多里地，几个人硬是顶着腊月的寒风，步行赶了过去。

有了钱，春暖就开工了。老白到大队用高音喇叭一喊，村民们拿着铁锹、镐子、钢钳，男女老少一起出动。老白说，那时候人们不讲工钱，抬石头、垒地基、挖土方、和水泥，都是自愿劳动。靠人工，靠肩膀，只用了五天时间，挖石100多方，用水泥10余吨，总算把断了五年的涵洞修好了。

修路比这个麻烦。村里唯一的南北大街，一半是土路，一半是泄洪渠。渠沿比村民院子还高，一到发洪水，周围人家就遭了殃。徐家堡有个能人叫徐世胜，跟老白同岁，在外头搞房地产开发，当时正好

火山红　黄花黄

在附近的大王村开石料厂。老白就找他帮忙。徐世胜是个痛快人,他说我能给你把路推平,可是旁边这条沟,一下雨你就招架不住了,不如把沟改成管道。你有这个信心,我就帮你忙。老白原来是水利干部,感觉这个办法行。他找水利局实地勘测论证,确定了方案,从洪水源头向西开渠铺设管道。以前洪水下来就北流,改造后让它向西,流入村西大沟里。一劳永逸,再不怕发洪水。

铺管道要占地,涉及四户人家。三家同意占地,有一家却死活不愿意。老白好说歹说,人家不肯。"两委"干部们来劝,人家还不肯。一伙人僵在那里,进也不是,退也不是。村民们一听说,也都来围观,一时间吵吵声笼罩了小山村。

老白:这渠改了道,咱全村人就不怕水淹了。改了渠,咱们修好路,以后你出行也就方便啦。

村妇:我不出门。我家在高处,洪水又不淹我们家。

"两委"干部:这是全村开会决定了的事情,又不是老白和你过不去。

村妇:开会我又没去,我不同意。

"两委"干部:全村人都同意,就你不同意!

村妇:地是我的地,要么赔钱!

村委哪有钱啊!谈起这件事,村民徐尚宽说老白真不容易,修涵洞的钱都是借的,那时候村集体还欠着13万元外债。徐尚宽当时在场,他见老白一转身,一仰头,长叹一声:"给村里办点事情咋就这么难呢。"听见老白说话声调变了,徐尚宽一看,老白鼻梁骨两边挂着两行泪。

徐尚宽说,再为难的事情,老白都没流过一滴泪。老白流泪,是怪一番苦心得不到理解。当时半村人都在,大家见老白流泪,都骂那个女人自私,有几个脾气大的,说:"现在就去地里,把她的地给铲

卷一 耕火·虎头山下老支书

了。"要不是老白拦住，真能打起来。徐尚宽又说，老白也是个有脾气的人，那天居然不发火。他说，那年村里刚修好路，有拉煤车要从村里过，那当然不行了。煤老板赶八月十五就来送礼，给三千块过路费，让通融一下。老白立马就火了，说给钱也行，村里一百五十户，你每家给三千我就放行！

老白这次没发火，他说人家可能也有难处，不愿意占地也没错。当天老白劝人们各自回家。结果第二天，那个村民自己跑到村委会道歉，说愿意服从大局，让出土地。

大家齐心了，活儿就好干。老白将村民们分了几个组，600多米的管道，三天时间填埋好。铺完管道，老白就去找徐世胜。徐世胜很痛快，派来一台挖土机和三辆工程车，干了二十二天，把沟填平，把南北大街拓宽推平。完工那天，家家户户放鞭炮，吃炸糕。

路修平，老白又想着硬化。那时候"村村通"刚开始，资金还落实不到这里，老白就继续想办法集资。七月十五中元节，城隍爷要"出府"，有的村里要谢龙王，唱"酬神戏"。"酬神戏"唱不起，老白就挨个请村里在外的党政干部、企业家和各界能人们回村"过节"，祭先人。聚餐就用土特产、家常饭。老白面子大啊，请回来500多人。

吃罢饭，老白就"兜了底"，说请大家回来，是想让大家帮忙，将村里的路硬化。

大家一看，这老白回来不久，村子就大变样了，路也平了，桥也修了，几千年的沟也改成管道了。于是，有钱的出钱，有力的出力。一公里长的南北大街，就此定型。老白说，共产党人最讲认真，不管做啥，破釜沉舟不留退路，没个做不成的。

不只这两桩，这些年老白领着党员干部，将该整的地方都整了。修房子，修戏台，造村南的小广场，将"水泊子"改造成小花园，把水泥路硬化到家家门前。村西有大沟，防洪是大问题。老白连续两年，跑国土资源厅，跑土地局，打报告，定方案，最后拿到拨款524万元，

火山红　黄花黄

修了1400多米的堤坝，将徐家堡和东浮头两村的堤坝都修好。

决定徐家堡村未来的，是打井。没有井，就没有现在成片的黄花地。

徐家堡自古以来就没井，吃水就是山泉水。"山圪梁上打井，没人信！"村人不信，水利局的人也没信心。但老白不信这个邪，与地斗，其乐无穷，咱们可以试试嘛！他找市里、县里水利局的领导求支持，整整打了一个月，打到174米深的时候，出水了。

村里人没见过井，上水的时候，全村男女老少都出来围观，好像见了公鸡下蛋。这是2006年的事情。

很快，第二口井又跟着打出来。从2006年到2007年两年，在白继跃的争取下，县里先后拨付水利专项资金50万元，为徐家堡打了3眼机井。现在，村里有6口井，安装接水管道3500米，840亩耕地全成了水浇地。

从2004年到现在，老白为了改造这个村子，四处筹借，动用了自己全部的人脉，先后筹资七八百万元。老白说，欠下的人情，这辈子是还不了了。老白念念不忘那个帮村里修路的徐世胜，说除了修路填沟，水塔、戏台、照壁这些，也都是他投资出力干的，可惜前年去世，他死的时候才64岁，那么好的人呀！老白的话里明显带着哭腔。老白不想表功，他说一个人的能量能有多大，关键还是村里人一条心。再说，没有上面各部门的扶持，没有扶贫政策，哪有今天的徐家堡？老白讲，打井弄喷灌，要靠水利局；平整土地，靠的是土地局；地膜、肥料的供给，靠农业局；还有土地流转补助，摘黄花的用工补贴，上边这些扶贫款，都直接打到了合作社。

该说说黄花了。徐家堡本来就有种黄花的历史，但全村也就是十来亩。老白回忆，2011年准备全县推广黄花的时候，县委书记王凤瑞领着班子成员来徐家堡，到十来亩黄花地里考察，开现场会。考察、争论，有分歧。回去接着开会，继续争论，还是反对的声音不少。

卷一　耕火·虎头山下老支书

会后，王凤瑞问老白，你觉得咋样？老白说，是个好事情。他认王书记的理，不种黄花种什么？王凤瑞也看准了徐家堡，这个条件很差的老山村，老山村要是搞起来了，全县推广就有了动力和说服力。

老白发动"两委"干部和党员开会，把县里的意见跟大家说了说，然后就是下"死任务"。老白自己带头栽种，35亩，"两委"干部每人不少于15亩，党员不少于5亩。这样，全村19个党员带头种起来，就将近200亩。党员们跟着老白干了几年，干劲都很高。但是有些村民一开始不理解，外头的人也不理解，认为老白瞎闹："好好的地不种了要栽黄花，前三年没收成，吃啥？"

老白笑谈，当时全县推广黄花，有三个"狂热"分子，一个是县委书记王凤瑞，再一个是县农委主任辛全斌，另一个就是徐家堡村支书白继跃。老百姓不理解，骂他们是大同县的"三大害"。

"三大害"并没有叫多久，因为人们都看到，先种植黄花的人家先尝到了甜头。村医徐富国是村里响应种黄花最早的一个。他种了9亩，2013年收入5万元，2014年收入7.6万元，2016年收入8.5万元，几乎是1亩1万元。儿子在市里头买楼房，他一下子拿出13万元。我们到徐富国家里坐，他搓着手，很兴奋，说人们不懂得，政府一号召，就得赶紧做，要赶上，迟了就赶不上了。他说的"赶上"，指的是赶上盛产期，赶上好行情。

为了发动村民种植黄花，老白在县委"每亩补贴500元"的基础上又加了一道土政策，每亩地再加300元的黄花苗补贴，这个钱由村集体想办法。老白和党员带头，村里基本家家户户都种上了黄花。大寨村郭凤莲书记隔几年就会来徐家堡看看，2014年黄花初到盛产期，郭凤莲和山西省政协原副主席吕日周来到地头，见几百亩黄花长势喜人，大为感慨，没想到穷山村找到了致富路，这种经验可以作为一种类型来推广。

徐家堡情况特殊，村子小，劳力少，新整的水地也是梯田，不可能

火山红　黄花黄

出现连片上千亩的规模化种植，所以基本模式还是以户为单位，自种自收，自产自销。那有生病或者什么特殊情况，种不了地的人家怎么办？

老白说，互助！村人们互助，今天到你家，明天到他家，义务干活，也不用给钱。或者到村委会说一声，村委会组织大家帮忙。这几天徐建荣的母亲脑梗住院了，老白就组织村民到他家地里帮忙。徐元印做了心脏支架，人们就帮他锄地。支部委员徐尚宽是个积极分子，他个人靠种黄花脱贫致富后，就指导乡亲们栽黄花。这个徐尚宽，自己动手把旋耕机改装成多垄开沟犁，试验了几次，效果还不错。以前在旋好的耕地上种植黄花，一个人先开沟、后种植，一天下来，最多种2亩，使用新机器后，一天下来就能栽黄花15亩。这台机器帮了村里人的大忙，全村有320亩黄花种植都用上了它。2016年，村里又成立黄花专业合作社，带动31户80人入股。

黄花盛产期，采摘的劳力就是问题。村民头戴矿灯连夜采摘，也摘不过来。怎么办？最初几年就靠老白的辛苦。老白和浑源县吴城乡、沙圪坨镇几个村的村干部联系，让他们给雇佣采摘工。他和儿子白国庆每人驾一辆汽车，翻山越岭，到20公里外的大洼村、塔村、老僧洼村、井上村接黄花采摘工，一个月接送八九次。这几年，区里的黄花办调动劳务公司，联系山东、河南的采摘工，劳动力来源就多了。村民的子女们也从市里、区里驱车回来帮忙。一到采摘季，这地里就热闹了，

徐尚宽改装的多垄开沟犁

大同话、山东话、河南话，南腔北调，蔚为大观。

经济发展了，农民的生活品质也得提升。以前他们吃水，是把山泉水引到石头砌成的储水池，村人叫"石钵子"，就从"石钵子"里取水吃。老白筹资20万元，建起自来水塔，让全村人吃上了自来水。

前面说到的村民互助，让我们想起20世纪80年代的乡村。谁家盖房子啦、砌墙，都是叫上一帮子村民来帮忙，不要工钱，只需管饭，北方人叫"串工"。徐家堡村，貌似还保留着这样淳朴的民风。为啥呢？老白解释，徐家堡"都一徐"嘛，一个村一个姓，祖上都是一家人，有凝聚力。老白只说了一半，老白任支书之前，成天有人到乡里上访告状。老白来了17年，就再没有一个上访的。作为村支书的白继跃，是村里唯一的外来户。徐家堡人说"一个姓白的管着一村姓徐的"，说起来还都很服气，老白的这碗水端得平着呢。

"都一徐"的村子里，老白是个管家婆。2014年冬天，72岁的留守老人徐世维半夜突然得病，老白知道后，马上联系车辆把老人送到了医院。到了医院，还上气不接下气地背着老人上楼，喊大夫。大雪夜，村里的孤寡老人赵凤英得了急病，老白骑个摩托到距村10多里的乡卫生院请医生。半道上车坏了，他硬是冒着风雪步行到了卫生院。这些事情，有些在新闻里报道过，说他"勤政为民"，我们感觉到的，却是一种朴实的乡情。老白自己呢，只说是这些年没有丢下过谁，对得起这份辛苦。老白先还说着话，忽然没声儿了，我们抬头一看，原来老白已经四仰八叉躺沙发上睡着了。

他太累了。

我们都觉不易。66岁的村支书，在这老山洼里，干保姆的活，也干秘书的活。且不说平地造林修路打坝种黄花，就是各种会议、材料、汇报，也够消耗精气神的。老白一年有7个会议记录本，都是亲自记录，哪年哪月哪日，什么事，谁参会，下面是密密麻麻的签名。好在老白还跟得上时代，自己会用电脑，WORD排版，文件整理，微信传输什么

火山红　黄花黄

说话间就睡着的老白

的，都能上手。

在老白家炕头上吃饭，农家炒蛋、大烩菜、黄糕，当然凉拌黄花不能少。老白饭量大，只吃大烩菜和黄糕，三口两口就完成了任务。他爱人是个典型的农妇，笑吟吟地只管做饭、端饭，让她上炕来吃，她只是摆手。

我们想看看老白的荣誉证书，老白笑道，就攒了些这，有啥用呢。从门口的破柜里掏出一大摞来，什么省劳模、道德模范、脱贫攻坚创新奖、优秀共产党员……看着这些证书，老白忽然叹了口气，荣誉越多，压力越大啊。孙子大学毕业了，儿子白国庆求爹："你跟王书记说说，给找个单位。"老白一口顶回去："不要找我，让他好好考公务员。"王凤瑞书记几次问老白，生活上有什么困难，老白都说没困难。现在，孙子在重庆打工。老白住的还是三十年前的老房子，我们坐他的车下地，哼哧哼哧就像柴油车。

午饭后，老白给我们看区里报道他的视频。视频里的他皱纹还不多，满脸的阳光，我们都赞老白年轻时一定是个帅哥。老白先还有说有笑，说着说着忽然又没声儿了，这次老白没有睡着，他在一旁擦泪。这泪里该有些满足，也有些别的什么。

尽忠不能尽孝啊。老白感慨。2007年,老白母亲去世。白事那天,正是栽树时间。30多人剜回来100多棵树苗,老白不满意,第二天要亲自去。弟弟说,咱家这时候,你咋能离开?可是老白还是亲自带人出去剜回400多棵树苗。乡里张书记过来吊唁,问老白哪儿去了,知道后说了声,啥时候还去剜树苗!

当年的白继跃(左),还是帅哥一枚

老白除了爱黄花,就是爱树。徐家堡是"国家森林乡村",林地面积3000多亩,都是老白领着人一棵一棵栽出来的。关键是,老白会鼓捣"野苗子"。老白说,村里路边的树,都是栽的野苗子,见啥栽啥。每天一早一晚,他都要在村边转一圈,看看林子。

第二次见老白,老白领着看村北沟里的林地。老白指指点点,这边100亩是新栽的,那边100亩刚用推土机推平,这是新打的机井……我们站在路边往下看,好家伙,那可是十几米深的沟,硬是一点一点填平。

远山铅色,老白在一棵小杏苗下鼓捣,弯着腰,远远看,好像一个黑点儿。

一株老黄花

西坪镇上榆涧村

采访朱利那天，实际上是我们所有采访活动的第一天。

采访还没有开始，就接到了山西省作家协会副主席李骏虎的电话。李骏虎是我们比较佩服的年轻作家，更是与我们基层联系比较多，对基层作家们的实际情况比较了解的领导。他在电话里说，我们在云州区采访，刚好可以大量地接触到农民，顺便寻找一些农民，让他们讲一讲对党、对基层党组织、对工作在扶贫攻坚一线的党员的真实看法。说实情，我们的采访还没有开始，村子里究竟什么样子，我们还是两眼一抹黑，又来了这样一个任务，怎么办呢？既然是任务，那还有什么可说的，先接下来再说，并且表示，尽全力做好。任务，我们从事文学创作许多年来，还很少接触到这个词。作家，绝大多数作家，都是去写自己熟悉的生活，或者说在自己熟悉的生活空间里去挖掘素材表现主题，很难与任务挂上钩。我理解，在文学的土壤里提到任务，那就必然是个严肃的话题，是作为一个有正能量的作家必须的担当。

正因如此，我们三位作家才有了今天的采访写作任务，才有了这个任

卷一 耕火·一株老黄花

务之外的任务。

朱利是提前约好了的,他早早地切好了西瓜烧开了水,等着我们。

朱利是云州区西坪镇上榆涧村的农民。朱利的院子里,最亮眼的是两部小车,那应该是他和他三弟的代步工具,之外还堆放着许许多多不知名堂的物件,估计是与他的黄花不可分割的东西。在朱利的家里,我们见到了村支书王胜山,还通过王支书的引荐,见到了老农民贾守财、合作社带头人贾守斌、女农民张志兰。

贾守财(录音)

我今年72岁了,一辈子折腾土地,一辈子受穷。现如今我老了,老了老了,赶上了好日子,全都靠政策好。去年,我老两口收入万数来块钱,以前这样的日子想都不要想,想了也是白想。我手里有了钱,隔三岔五就能吃上饺子,猪肉、羊肉都能吃上,我还能喝几口烧酒。生活没问题了。说实话,我的心里那是别提多高兴了,谁讲话,格美美儿的。过去,像我这把年纪,基本干不动了,戏台子下面晒太阳。如今赶上好年头了,我的身体还行,估计再干三五年没啥问题。我真佩服区里、镇上,硬是把祖祖辈辈种黄花这点事儿,给弄大了。听说中央的习总书记也来了,你说说,我老汉能坐得住吗?我感觉尤其是最近几年,扶贫那是真扶呢!又关心又体贴,我亲亲的孩子们也做不到。

贾守斌(录音)

原来我跑运输,是个养车的。我两个孩子,都在怀仁上学,每年学费也得7万块。后来养车走下坡了,眼看着老婆掉眼泪、孩子不高兴,我也没办法,干瞪眼。这时候村支书王书记给我指了一条道,他说:"把车卖了,种黄花吧。"

火山红　黄花黄

我抱着试一试的想法走上了这条道儿，没想到一走走到了今天。我一边把黄花种植面积扩大到200多亩，成立了合作社，一方面搞起了加工厂，搞收购、加工。王书记怕我顶不住，怕我掉链子，跟我讲，放心大胆地干，政府给我们顶着大梁呢，农民的日子，就是他们的日子。农民不富裕，谁的关也过不了。现在我家的小日子过得挺好，孩子们高兴地上学。我老婆还时不时地买件衣服打扮打扮，还要出去旅游呢。明年我的黄花三年已满，就可以见到大效益了。

张志兰（录音）

我是上榆涧村最普通的女人。过去浇水种地，靠天吃饭，没啥收入，给人打工也没处找，家里老的老小的小，五口人，生活很发愁。两个孩子上学就是个问题，老大那会儿上大学，借了贷款，后来老二上学，就不用贷款了，日子开始宽裕了。日子宽裕了，一下子好像啥都好了，像我们女人们，过去没事儿干，只能东家长西家短地呱嗒，现在女人们真顶半边天，去那些合作社打工，晾晒黄花，搞搞包装，搞搞卫生，又赚钱，又能相互帮忙。最明显的变化就是种地不靠天了，政府给我们免费浇灌。再加上政策补贴，改善住房，低利息黄花贷款、帮扶贫困户和老弱病残等等，我在农村生活了五十年，从没见过农村是今天这个样子。

以上是我们采访三位农民的录音。显然他们三位很少经历这样的事情，王支书在一边给他们打气说，以后日子过富裕了，少不了要跟文化沾边，这样的事情少不了，你们别怕。我们采访的主角朱利，一看就是久经沙场的样子，在旁边给他的农民兄弟们导演、"说戏"，教给他们平时咋过日子咋想的，如今就咋说。还说，大胆子说，说错

卷一 耕火·一株老黄花

了也没关系，重来一次。王支书帮腔说，他见的世面多，他说得对，就这么办。

最后该主角出场了。朱利一上场，果然一语惊人。

他笑着说："我是一株老黄花了。"

故事说完了，自然明白怎么就是老黄花了。

朱利其实不是云州区人，他是地地道道恒山脚下的浑源人。在他的心目中，姥姥是个有想法有主意的明白人。1980年，中国改革开放开始不久，村里人的思想刚刚开始从死胡同里走出，想各种办法和出路改变紧巴巴的生活状况。朱利家日子不好过，姥姥说服了姥爷，她说人挪活树挪死，与其在浑源观望，不如换个地方，兴许能够走出一片希望。有人介绍，说大同县如何如何好，而且可以帮他们联系。于是她带着三个女儿、两个儿子举家迁徙到云州。朱利的父母成家早一些，他们已经独立生活好多年，犹豫再三，最终带着他们哥仁也来到了云州区。年仅12岁的朱利，打小在村里一直就是孩子王。孩子王，不是他拳头硬，而是他有本事也有号召力。他的到来，使这个多年习惯由女性主导的家族，有了一位年轻有为、雷厉风行、说干就干的男子汉。姥姥、父母、姨姨和舅舅们用别样的眼光审视着他，看他会做出什么样的决定。朱利在这个村里很快有了一伙同龄的伙伴，伙伴们的家他经常光顾，伙伴家里的长辈们，也和他无话不谈。他了解到，他们所扎根的上榆涧村，有一条致富的路，那就是种黄花，天知道为什么这里种下的黄花就比别处的好，就能卖出好价钱，多少代人了，娶媳妇、生孩子、看病、上学，凡是需要花钱的事儿，几乎都是靠黄花才能攒下钱。朱利在心里佩服姥姥，姥姥怎么就知道迁徙到这里会过上好日子？是因为这黄花吗？他也拿不准。

那一年刚好全国推行家庭联产承包责任制，土地到了农民的手里，怎么伺弄它，种什么，全由农民自己说了算。朱利第一个提出种黄花，几乎全家都反对，一个小孩儿，不能由着他蛮干。家里人不同意，街

火山红　黄花黄

坊邻居也是颇有微词。理由很简单,你知道黄花赚钱,可你知道黄花怎么种吗?知道种黄花的难题在哪里吗?遇到天旱雨涝,一年的辛苦就打水漂了,你知道吗?朱利回答,路就是人走出来的,怕这怕那的,永远没个出息。他不信这个邪,他说服不了大家,就跟爹娘打赌,把自家的土地拿出5亩,先当这个出头鸟。他暗下决心,要做出个样子,给大家看看。

凡事,自己做了,经历了,才会有感受,也才会有话语权,话语权是用经验和教训换来的。朱利告诉我们,黄花当然不会轻易地变成你腰包里的钱,搞不好还会变成"灭顶的祸"。单打独斗种黄花,问题一大堆,种下之后小心翼翼地对它,三年之后才能到采摘期,你能等得住吗?采摘期之前最大的祸害是暴雨和冰雹,你能避得开吗?到了采摘期,每天天不亮就要采摘,把那些即将开花而没有开花的绿里发黄的"角"摘下。摘得早了,营养品质不够,分量不够;摘得晚了,花开了,基本上没有价值了,你能做到刚刚好吗?你有那些人手吗?摘下来的黄花,直接卖了,卖不上价格,必须是经过蒸熥、晾晒,成为干菜,才是最上品的金针菜,第一时间的蒸熥你能做到吗?自然晾晒最怕下雨天,你能躲过去吗?就这些难关,朱利都遇到过,最难的一次,几乎打了水漂,全家人无语。少言寡语的父亲遇到类似的情景,都会说一句,活该。但是他这次没说,他眼巴巴地看着一天天长大、给家里挑大梁的儿子,他把到口的话憋了回去,长呼一口气,把自己的大腿拍得啪啪响。

然而,种黄花这些年总起来看,还是不错的,家里的零花钱多了,除了遇到灾年,街坊们大都是羡慕的眼光。朱利真是长大了,他的两个弟弟也都跟着他,该读书的读书,该干活的干活。朱利说起来最后悔的,就是没有把书念完,他的读书生涯与种黄花相辅相成。再后来他和老三先后成了婚,有了孩子。只有老二命苦,出车祸早早没了命。

朱利可以说是最早的黄花种植户,敢于一下子种5亩,挑战自己

卷一　耕火·一株老黄花

的命运。后来他种植黄花的土地，增加到10亩、20亩，成了远近闻名的黄花户。那时候他年轻气盛不服输，还有不少乡亲们羡慕他，跟他学。2000年之后，政府号召种植黄花，把种植黄花当作农民致富的有效途径，他的胆子更大了，姥姥让姨姨们几家也都参与进来，全都听朱利的指挥。她们都明白，这方面朱利懂，跟着他干没错。再之后，他的黄花地上升到了50亩，一度时期成了大同县的黄花大户，朱利成了当地带头致富的红人，当选大同市和山西省的劳动模范，戴大红花，接受记者采访，与大领导们一起开会、一起合

朱利，应该是改革开放以来最早的黄花规模种植户，虽然那时候只有50亩

影。他说这些年露面的机会多了，过去人多不敢说话，现在好多了。比朱利更会说话的是事实，事实告诉他的家人、他的伙伴，告诉他的乡亲们，他的路走对了。他可以洋洋得意地去说自己的"那本经"。但是他对说这些没有兴趣，他的兴趣还在黄花身上。他坐在山西省劳模表彰的会场上，仍在思考一个问题，要不要再扩大种植规模。

"真是一株老黄花。"他的讲述被我们的赞叹声打断了。

朱利说，他知道一个人对黄花的痴迷程度远远胜过他，那就是区委书记王凤瑞。他说，想不到一个区委书记，能够每年都到他的家里，到黄花地里找他聊黄花的话题。每当说到黄花，他就眉飞色舞。一个区委书记，难道就抓黄花一件事儿？王书记要么一个人来，要不就是几个人来，站在他身后的，不是农业局的，就是黄花办的，不是搞投资的，就是搞保险的，不是做技术指导的，就是搞科学研究的，反正都是黄花迷，都是冲着黄花来的，都是为了农民的黄花产业来的。朱利说，咱在意黄花，因为咱穷；咱想脱穷皮。王书记比咱还在意黄花，

他是为了什么？

朱利说，比起来，我只是占了一个先，我是第一个吃螃蟹的人。现在吃螃蟹的人多了，他们的胃口也比我大得多，50亩算个啥？几百亩的，甚至上千亩的，几千亩的都有。为什么农民们敢这样放开了胆子种黄花？没别的，主要是有政府给农民撑腰呢，农民们的腰杆儿硬了，底气足了。过去说打水漂就打水漂了，现在基本上不会了。

首先是种黄花都有补贴，采摘时候政府帮着找雇工，蒸馏的时候有政府发下来的锅炉，那效率不知提高了多少倍；晾晒的时候，一声令下，全村上上下下、左左右右、各个角落铺天盖地的全都用于晾晒，汽车进不来，参观的人远远下车，小心翼翼地走进来。朱利说，村支书给区里请示了，专门给他批了一块地，可以硬化，用于晾晒。最主要的问题是，万一遇到冰雹，遇到价格暴跌，农民一年的辛苦就白干了，也不用太害怕，因为政府出面给黄花种植户上保险，保险的大头由政府出了，个人只承担个小头。2017年黄花生产没有灾害，而且干菜价格也达到每公斤60元左右，农民们自然是喜笑颜开。2018年和2019年遇到了自然灾害，价格下跌，跌到每公斤30元左右，凡是上了保险的农民都得到了应有的赔偿，农民们破涕为笑。朱利回忆起往事，20世纪八九十年代，灾害多了去了，农民们只有唉声叹气干着急，埋怨自己的运气不好，有的甚至想死的心都有。

在朱利的院子里，他让我们看锅炉和黄花蒸馏时用的架子。他说1996年政府就给了他家一台锅炉，2011年又给换成了大功率锅炉。一到采摘期，他家的院子就变成了加工厂。加工就在于一个品质。

小小黄花，说起品质来，那也是有一个环节注意不到，就会掉下来。一把干菜拿到手，品质好坏，谁也骗不了谁。品质差，不会有好效益，关键是长期以往，粗心大意，稀里糊涂，只求多求快，养成坏习惯，就难以根除了。

朱利抓品质，先是从采摘抓起。他种的50亩黄花，也不算少，

卷一 耕火·一株老黄花

到了采摘期，必须得掏钱雇人来采摘。远的不好说，附近几个县的农民他都雇过。每年到了黄花季，刚开始可采的花不算多，他就反复给雇来的农民兄弟讲，必须在最恰当的时候采摘，不能早也不能晚，这是对自己负责，更是对消费者负责。到了高峰期，就会忙不过来，他带着农民们连夜干，他把能够避湿气的雨衣、塑料裤拿出来，劝他们都穿上，夜里庄稼地露水重、寒气大，容易伤身，穿着这个会好一些。这些雇工们来自农村，他们虽然不会背诗，但是他们最懂"谁知盘中餐、粒粒皆辛苦"的道理。可以想象，那几十天他们都是下午睡个通透觉，晚上七八点足足地饱腹一餐，稍事休息就三三两两下地了。当月亮升起、星星眨眼的时候，黄花地里人头攒动，他们头顶上都带着灯，就像矿工在井下、建筑工人在夜间的工地上一样。这时候就有一个瘦瘦的矫健身影来来回回在地里走动，指指点点，问寒问暖，时不时地还来几句串话，逗得大家一笑。大家知道那是朱利不放心，担心有人粗心大意，担心有该摘没摘漏网的，担心有人肚子饿、不舒服，腰腿不得劲，他的包包里带着干粮、药和温水。朱利说，给我采摘的多数是老朋友，他们每年干这个，经验有的比我都丰富。采花能手的眼睛毒得很，他们采下的"角"个大饱满、色泽金黄、欲裂未裂，这些老师傅们我一般会多付给一些费用，发挥他们的带动作用，让他们言传身教，来保证品质。

云州区的黄花采摘期一般是 50 天左右，从 6 月下旬到 8 月初。每到这时间段，许许多多的人汇集到了这里，组织者、参与者、打工的、参观的，热闹得翻了天，外边人看像过节，对农民们来说是丰收的日子，更是最辛苦、最操劳的日子。

过去农民们完全手工操作的话，黄花采下来，必须第一时间运回家里，在锅里蒸，不能耽搁，尤其是天亮前后采摘的黄花更是不能久放，只有上了笼，热气腾腾地蒸起来，才放心。为什么？怕辛辛苦苦采下来的黄花，太阳一出，开花了，那不白瞎了吗？蒸过之后，关掉火再焖上一阵子,就可进入晾晒了。朱利说,蒸焖是保证品质的第二个环节。黄花地里撒下一大批人采摘的时候,家里还有一帮子人做好烧锅炉、布置蒸房的准备,随时接应送下来的黄花。我们想起朱利院子里那些已经有人在清洗、修理的高高低低的钢筋架子。朱利给我们介绍说,再过一些天,把这些架子用塑料布包好,密封了,与蒸汽管道一连接,就是我们的蒸箱。当然还要有一拨人专门负责从田间地头到蒸房来来回回地收送黄花,一边收送,一边做好登记,大家都分别采摘了多少,不能亏待了任何人,最终都是凭计量发工资的。朱利是两头跑的主,两头都是他必须亲自监督、亲自组织、亲自操控的。自从政府给他调换了大功率的锅炉,他一次出蒸箱的黄花,就比以前多了好多倍。你想吧,这些架子六七层,每一层都可以放鲜黄花10～12公斤,黄花累叠的厚度不能超过13厘米。蒸焖时候,温度低了不行,太高也不行,一般掌握在70℃～75℃,就刚刚好。朱利让自己最信得过、靠得住的人守在锅炉边,按照自己多年来摸索出的用气量、时间,不差分毫。蒸焖前的鲜黄花应该是黄绿色的,蒸焖出来的黄花必须是那种很难用文字表达的略带绿意的淡黄色。他说得很形象,但我们听得不太懂。好不好,他懂。

晾晒是第三关。走出蒸箱的黄花菜,立刻就要进入晾晒,目前来讲,消费者普遍认可的高品质黄花干菜,也就是农民们自己认可的自然晾晒的金针。自然晾晒其实只需要两到三天,可是一批一批的黄花接连下来,也就是另外一个50天。种植期最怕天旱、雨涝和冰雹,而晾晒期最怕的是雨天,尤其是连阴雨。如果是遇到了这样的天气,农民们应对的办法,首先是立刻收起来,烘干,或者是当作鲜菜卖出去。朱利说的追求品质的第三关,指的是在老天爷配合的情况下,所有可以用作晾晒的水泥地,全部在第一时间把蒸出来的黄花均匀地铺散开,在两三天之内翻动两次。晾晒好的干菜,那是用手抓一把不发脆,一松手自然散落,色泽油黄,条子长、粗细均匀,没有裂嘴。如果真遇

卷一　耕火·一株老黄花

到雨天,也有自己烘干的,也有专门的加工厂来收购的。

朱利笑呵呵地说,农民们都知道,好收成一半是自己干出来的,一半是老天爷给的。如今必须加上一句,好收成还必须有好的政策。我们相信他加的这句话没有其他原因,唯一的原因,就是他这些年的亲身体会特别深刻。

朱利真的是一株老黄花,虽然他今年才52岁,可是他已经有40年的"花龄"了。

与他一起来云州的,他的引路人姥姥和一个姨姨已经走了,他的父母也都七十多岁了,在他的照料下,生活蛮滋润的。目前与他一起做黄花的,除了两个姨姨和两个舅舅,还有就是他的老婆和老三一家。他的大儿子和女儿都在市里面工作。

朱利的脸色有些黑,他说常年晒的,庄稼人有几个不这样?朱利的身体有些瘦,中等身材,要说瘦吧,中年人发福了并不好。我们发现他在六月的盛夏里,居然穿着毛衣,还有一件迷彩服似的外衣。我们穿半袖衫还觉得热,他穿那么多居然不会热得出汗。他说那是因为肠胃不好,而且常年手脚发冷。这些衣服对他来说是必不可少的,不然他会受不了。朱利不愿意多说他的身体,我们在结束采访时,却没办法把话题从他的身体引开。有人讲他可能是阳虚,我们理解阳虚就是该热的热不起来,他就是这样的体症。有的人建议他可以常年吃大枣,喝四红汤补一补,但是随后又补充,应该好好找医生看一看。村支书也说,他的身体近年来一直这样,也看过医生,但是忙起来就又搁在脑后了。

朱利说,这些年一直在地里伺候黄花,没白天没黑夜的,身体的事儿,慢慢对付吧。

汽车走远了,朱利的笑声却在不远处。

不怕碰头的"张百万"

西坪镇唐家堡

在云州区,张顺宝可谓大名鼎鼎。看过很多关于他的报道,那些报道里,都说唐家堡周边的黄花产业能火起来,都是他一手带动的。有一篇文章的题目还很煽情,《纵横第一产业的富豪!他带领村民种黄花全村年入1500万》。这人当然不能不见。我们来唐家堡,第一个就想采访他。

西坪镇唐家堡,东邻大同火山群,北望遇驾山。遇驾山原名"娶驾山",因清朝某位皇帝路经此山,大同府官员在此迎驾,遂改名为遇驾山。山水养了地,千百年来,遇驾山上的水由北而南淌下,漫过河道,淤泥堆积,将富含硒元素的火山灰土质"澄"起来,形成肥沃的土壤,当地人称之为"澄地"。"澄地"是最好的地,所以从明朝开始到今天,600余年间,这些土壤里就一直延续着一场"黄花梦"。

过去没有井,就靠下雨的水,所以农民种黄花都是小打小闹,你家一两亩,我家两三亩。黄花金贵,过去一直和猪肉一个价,农民

卷一 耕火·不怕碰头的"张百万"

孩子上学,就靠那二三亩黄花。后来政府给打了井,有人开始三十亩五十亩地种黄花。到2013年,村里忽然多了个"流转土地300亩"的种植大户。这人就是张顺宝,全区第一个连片几百亩的规模种植户。

不巧,张顺宝到区里开会了。那就到村里走一走,访一访其他村民。村子是新的,六年前危房改造,有200多户都换了抗震房。橙色院墙,赭色屋顶,顶上镂空砖雕,搭配绿树黄花,煞是好看。当街有凉亭,红木透出古意,有三五老农坐在下面拉家常。碰见个黄花种植户,叫唐万,一聊天才知道,他儿子居然跟作家石囡住在市里同一个小区,楼挨着楼。唐万59岁,长得精精干干,说起种黄花的事情,一脸喜气。

原来是一亩半亩地种,不忙的时候就到外头打工。后来政府发展黄花产业,我看到这个商机以后,赶快回来,从原来一亩二亩,发展到现在三十几亩。2011年,2012年,政府出了扶持鼓励政策,原来村里没水浇地,后来政府就给打了井,有了喷灌机,一亩黄花还给扶持500块钱。价格保险呀,自然灾害保险呀,修路呀,配套呀,提供场地呀,解决了后顾之忧,小黄花变成致富花,我们就跟着过上好日子了。

咱们面积也扩大了,黄花价格也上去了,从原来的一亩挣一两千块钱到最后一亩上了万了。咱看到商机了,就只管往大发展。原来孩子上学校还没钱,现在给孩子买的是市里的楼房。

种植户如此,贫困户呢?

村妇联主任郭秀青带我们见了个贫困户老蔡。他现年61岁。一见老蔡,我们就忍不住想笑,这人圆脸圆肚子,肉皮展展的,不但不像贫困户,也不像60多岁。一问,才知道老蔡以前光景挺好,是家里人生病,因病返贫。

火山红　黄花黄

十年前我孩子出了事,开了颅,住了院,在市里三医院一住就是半年,花了 26 万元,一下子我家成了贫困户,还欠了一屁股债。借了人家的钱得赶紧还,可因为孩子的病,我误了一年工。孩子出院后啥营生也不能做,全家人连吃饭都发愁。后来赶上了扶贫,好事情就一摞儿一摞儿地来了。危房给改造了,栽黄花也有扶持,价格啥的有保证,国家贴了钱给你入保险,灾害险呀,价格险呀,都是国家给兜底。看病也有保险,在县医院看病,不管花几十万,个人只需要出 1000 块,剩下的钱都是国家给垫了。我分配到村里护林,这也是专门针对贫困户,增加个人收入。以前吃了上顿没下顿,现在吃喝不愁,想吃啥也能买得起,啥也不愁。

老蔡说到最后,句句不离"吃",让我们忍不住又想笑,现在我们知道他胖的原因了。

一旁有个老汉掰着指头说,现在村里哪有穷人呢?贫困户流转土地每亩补贴 500 块,十几亩地,一年就是六七千。能干活的贫困户,下地给种植大户"打工",采摘黄花一斤 1.1 元,每天采 200 斤,就是 200 多块,一个月下来又是六七千。再加上其他补贴,哪能穷了?

村里有"百万元户",有"几十万元户",种黄花有钱了,又带动了消费。65 岁的退休教师张喜元是个搞"喜庆"的,他告诉我们,别人挣黄花的钱,他挣别人的钱。张喜元会拉二胡、吹唢呐,就爱好个"红火"。他组了个"喜庆"团队,媳妇当司仪,儿子管鼓班子,谁家红白喜事,就请他们去吹唱个四五天。张喜元说,大家舍得花钱,所以他一年挣个十来万不成问题。红火红火,耍一耍,还能提高收入。

到底当过教师,张喜元和别人着眼点不一样,他说,脱贫了,村里的文化活动也得跟着红火起来。

卷一 耕火·不怕碰头的"张百万"

还说张顺宝。约了个时间，我们直奔他的"大棚"。

"大棚"，其实是他的公司和合作社所在地。大门立两块牌子：金顺鑫黄花有限公司和顺民黄花种植专业合作社。30亩见方的基地，晾晒车间、冷库、酿酒车间，纵横排开。一个宽脸膛、黑壮的汉子走过来，重重握了一下手。

他就是张顺宝，第一印象，这人身上有股虎气。

张顺宝见面就谈区里刚开过的会，他首先申明现在算不上种植大户了，一起开会的，千亩大户和千亩以上的大户多了去了。刚刚辞去唐家堡村支部书记职务，张顺宝略有些不习惯，也有几分轻松。说起黄花，话就多了起来。"从小记得黄花。七八岁，父母采黄花，我们到地里头睡觉。天亮了，我们也帮着采黄花。那会儿种得少，全村哪有水浇地？"那时候地少，张顺宝闲不住，就想着打工挣钱。他20多岁就干过水电工，当过刷房匠，攒了点钱后在市里包工程。后来揽了活碰上老赖，要不上钱，一气之下回村种地。说到底，他还是跟土地有感情。因为懂水电，回村后就承包了机井。

唐家堡村民风彪悍，那时候日子苦，村民们上访告状，闹得很凶。2004年，闹得实在不行，村支书这个位置就空了，没人干，也没人选。乡里想到了张顺宝，他在外面闯荡过，见过世面，包个机井，起早贪黑，干活爽快，又能吃苦，跟村民们处得都融洽。算是勉为其难吧，仗着年轻，入党也早，张顺宝就接了这个村支书。这年，他29岁。

张顺宝说，他一上任就琢磨，村里上访多，归根结底还是"穷病"害的。当了村支书，还是有压力，他就绕着村边转，看见满地蔫不拉几的玉米秆子，心想这种玉米能卖几个钱，老传统老思想得改。别人不敢改，他自己先尝试，先是建了个30亩地的牛场，养了近百头奶牛。结果，2008年碰上"三聚氰胺"风波，奶价跌到5毛一斤，他只好把牛变卖，牛场成了个空牛场。2009年，他又搞了十几个大棚种菜，地溜子、西瓜、糖菜、青椒、葫芦、黄瓜，能想到的全种。蔬菜经营行情也不太好，来了一场风沙把大棚刮倒了。第二年再种，又被风刮倒。

火山红　黄花黄

全区第一家"300亩"金针地，长势果然喜人

不怕，干别的。他又养鸡，一个大院，散养了3000只鸡。那时候土鸡蛋还不流行，产量大，市场小，鸡蛋卖不出去。鸡蛋不行，又改为养羊。该尝试的都尝试了，赔过钱，也赚过钱，在他看来也就是那么回事，活着就要折腾嘛。张顺宝说自己没啥特长，就是比别人胆子大一些，辛苦多一些，别人不种的他种，别人不干的他干。

2011年，县委换届，上来个大搞黄花推广的王凤瑞书记。前面讲过，黄花有"五难"，群众有抵触，一开始推广，很费力气。就以唐家堡来说，到2012年底，全村也不够500亩黄花地。张顺宝看得明白，村民还是守旧，总觉得种玉米省心，即使少挣点，也不想受那个罪，担那个心。

群众不急，县里头急啊。张顺宝说，他被召集到县里开"领头雁"培训会，第一次听专家讲到"规模种植"，就觉得手痒痒。县领导讲话，说村支书要当好"领头雁"，带好头。西坪镇是黄花主产区，县里领导急于破解"每家三五亩"的传统黄花种植模式，就给镇里下任务。镇领导就找张顺宝他们几个村支书，规模种植，要保证任务目标，

卷一　耕火·不怕碰头的"张百万"

老百姓不种干部种！

张顺宝啥脾气？这些年种啥都试过了，就没试过"规模种植黄花"，那就种呗。

2013年初，他把养的羊卖了，卖了十几万。又用养牛场抵押，无息贷了10万元。七凑八凑，最后凑够30万元，他要流转300亩土地，大干一场。

老岳父知道了，直摇头。哪有种地能挣了钱的？30万元够市里头买一套房了。

他媳妇也担心，咱种这么多，咋能忙过来？再说，要是赔了，可不是小数。

张顺宝说，干啥没风险？在家里坐着没风险，那不是我张顺宝。

站在今天的立场往前看，人们常说张顺宝"胆子大""运气好""赶住了"。听起来，好像天上有块金元宝，就等着往他头上砸呢。张顺宝回首往事，说当年真的是没人敢这么干，全区最大的种植户也刚上50亩。那个贷款10万元给张顺宝的，起初是想和他一起干，临到跟前，忽然又打了退堂鼓。

张顺宝做的事情，是以前没人做过的。遇到的难题，也是没人遇过的。

第一个难题就是"土地流转"。300亩，涉及的农户不是十家八家，有一户不同意，就没法连片种植。"土地流转"是个新词，意思是土地承包户将"使用权"有偿转让给规模种植户。但一开始农民不理解，这就得耐心给农民解释，流转的只是这块地的使用权，"地还是你的地"。我们在采访中，很多规模种植户和合作社都遇到过同样的问题。

张顺宝解决这个问题的办法是，找一块偏远的地。他看好村西的大岭地。大岭地离村六七里，赶个驴车，去一个小时，回一个小时，"狼吃了也不知道"。很多人不好好种，把地都荒了。这块地"不吃香"，所以"流转"起来不会太费力。正月初，张顺宝用村里的高音喇叭喊话，说自己想流转大岭的300亩地，到第八天，就有30户村民和张顺宝签了土地流转合同。一户姓张的村民，有3.5亩地夹在大岭地中间，不愿流转。张顺宝亲自登门说好话，对方一直支支吾吾不答应。后来道出实情，原来是他的地里已经送了粪，他实在不舍得。张顺宝就给他多加了300元，作为补偿，顺利把地流转过来。

这年春天，张顺宝从村里雇了30个农民，拉成一排，挖坑、栽秧、浇水，在大岭地里忙活。这样集中劳动的场面，在唐家堡还是头一回。

300亩的连片黄花地，人们也是第一次见。

第二个难题是，如何挺过前两年。在这里必须说明，当年在西坪镇最早搞规模种植的，其实是三个人。除了张顺宝，还有另外两个村的村支书，流转土地面积比他的还要大。可惜他俩没撑住，头两年没收成，第三年头上，付不起土地流转费，最后都被农民收回，刨了黄花改种了其他作物。今天谈张顺宝是"规模种植第一人"，那是因为只有他挺了过来。

可见种黄花，也在种毅力。不易吧？不易，但有果必有因。张顺宝第一年栽种黄花，就多动了个心眼，在黄花地里套种了西瓜。西瓜长得挺好，结果碰了一场冰雹，160亩西瓜，只30多亩有收成，每斤3毛钱卖掉，居然也没赔。第二年又套种土豆和葫芦，头茬葫芦下来，按每斤7毛钱卖了，也算是些收入。

张顺宝说，套种肯定挣不了钱，但把黄花培养成了。为啥？不套种就懒得管地了。套种了，就得时不时除草、施肥，硬把地整肥了，所以他的黄花地，第三年就迎来大丰收。但是张顺宝又讲，套种有好处也有坏处，坏处就是影响黄花苗的长势。不套种的话，第二年黄花多少会有点产量。所以他现在到区里面给别人讲"黄花课"，不主张套种，只是劝大家头两年多下点辛苦，管好地。为了那300亩地，张顺宝确实没少下辛苦。大岭地原来并不肥，那都是他用一车一车的鸡粪"奶"出来的。开种前，他雇了15辆三轮车，到10公里外的陈家堡村拉运鸡粪；后来又从邻村周庄的养鸡场买来鸡粪，施用在黄花地里。

2015年黄花采摘季，张顺宝的300亩地成了金色花海，煞是壮观。安徽燕之坊的张总想收购"最好"的黄花,下榆涧的黄花经纪人杨旗就把他领到张顺宝的大棚。这时候规模种植的优势就显现出来了。300亩黄花都是三年生,角一般长,张顺宝自己有晾晒制作场地,晒好的干黄花让张总直夸品相好。燕之坊给出了有史以来的最高价,每公斤59元。当年,别的小户最高只卖到每公斤54元。这一年,张顺宝的干黄花1.3万斤,收入30万元。

2016年,又产出干黄花4万斤,收入100万元。2017年,年产6万多斤干菜,收入150万元。张顺宝自此有了个绰号叫"黄花大王"。"黄花大王"张顺宝还入选了2017年度山西十大"三农"新闻人物。主办方给出的评语是:大胆尝试、不怕失败,奋力蹚出致富新路。

说起大同的有钱人,以前人们总说"不是开煤窑就是挖矿的"。张顺宝通过种地成了百万富翁,这可是稀奇事。全县来讲,也是破天荒。张顺宝却说实话,就是让县委和镇党委给"逼"得发了财。

"村看村,户看户,村民看干部,干部看支部。"这话不糙。村支书张顺宝规模种植黄花得了益,村民们就跟着动了起来。2017年,全村10亩以上的黄花种植户就达到70户。村民王的有,两个儿子原来在外打工,2015年,回村看见张顺宝黄花地的采摘场面后,当年就把原来种小杂粮的31亩地都种了黄花。村民张科,全家4口人,原来有13亩黄花,在张顺宝的带动下,逐年增加,到2017年就增加到70亩,年收入达到20万元。云州区作家孙掌宽对唐家堡的情况很熟,他对我们说,早在前几年,唐家堡村人靠黄花给儿子娶媳妇,在市里买楼房就有70套。村里有年轻人的家庭,纷纷购买面包车和小轿车,至少有80辆,你说这村富不富?

西坪镇党委书记闫红给了我们最新的数据:

> 唐家堡,全村在册人口427户1053人,其中在村居住265户560人,机井18眼,水浇地4200亩,全村黄花总面积4200亩,黄花专业合作社8家,带动贫困户36户88人;

火山红　黄花黄

贫困户种植黄花215亩，达到人头拥有黄花面积2亩以上；自2014年以来全村新建住房239户，现无危房户。截止2015年底已全部脱贫。2018年实施乡村环境提升工程总投资500万元，公共服务设施齐备，村容村貌彻底改观，全村经济总收入达到1000多万元，其中黄花收入800万元。经济收入80%依赖黄花。

说到底，300亩黄花地，靠张顺宝个人努力就能弄成？张顺宝说得坦白，农业上要出路，全靠国家扶持。除了价格险、灾害险、流转补助，他又说出了几个，给化肥，给苗木，打了两眼机井，2014年水务局给100亩地安装了喷灌设备，2016年又给200多亩地安装了喷灌设备。气象局把测量地温的仪器，也专门安到他的黄花地里。

张顺宝遇到的第三个大难题，就是"采摘难"。采摘期一个月，每天都要摘，而且必须在上午10点前摘完，否则开花就不好了。所以总是半夜就开摘。摘要摘"角"，越是雨天，"角"就长得越旺，所以雨天必须穿了雨衣摘。

规模种植的"采摘难"就更典型了。300亩地，当天必须摘完，否则就影响了第二天的"角"。天气变化大，生长不规律，可能今天三十个人就够摘了，明天一下子多起来，就得一百多人。张顺宝谈到这些，说采摘跟打仗一样，故事太多，说不完。早些年黄花少，是全家男女老少七姑八姨齐上阵。搞规模种植后，雇人就是大问题。

种植大户的采摘用工问题，县里头也是第一次遇到。2015年张顺宝的300亩黄花初长成，黄花办主任安一平就硬着头皮想办法。他在网络上帮张顺宝发布招收黄花采摘工的信息，很是管用，为他解决了难题。大同大学来了20名志愿者，义务摘了一周黄花。之后，大同机车技师学院来了10名学生，按每人每天80元工资，采摘黄花。张顺宝自己又雇了12名采摘工，先后40天不分昼夜地劳作，总算完成。2016年，张顺宝的300亩黄花真正进入盛产期，县黄花办又帮他招来山东济宁的采摘工63名。

2017年开始,张顺宝地里的采摘工多到了150人。那一年,黄花太旺。晚上摘,上午摘,下午也摘。为啥下午也摘?开了花的也得摘下来另行处理,否则开了的黄花把"角"挡住,第二天就没法摘了。150个人在田里干,这样连干两天,第三天,工人们就熬不下来了。工人们太累,得改善生活。张顺宝在厂里忙着准备伙食,买几十只鸡,炖一大锅,给工人们补充体力。

张顺宝好琢磨,同样是雇工人,别人是雇"日工",按日结算,干多干少一个样。他是按"量"计,一斤1块钱,采得多就赚得多。谁都不傻,按量结就干得欢。后来,这种"按量结"的雇工模式,在全区就推开了。

山东雇工积极性有多高?张顺宝说,他们就像比赛一样,这个晚上12点就顶个矿灯下地了,那个一看,干脆吃过晚饭,晚上9点就下地采摘。百十号工人,前吃后喝,有些乱。从厂里到地里,六七里,黑灯瞎火,开个农用车往过拉,也不安全。张顺宝就又动了脑子,他花钱租了10个集装箱活动房,放在地头,就让工人们住在那里。统一送饭,这样就方便了,想什么时候下地就什么时候下地。

雇外地人采摘,除了采摘费,还有食宿费。投资这么多,不怕收成不好赔钱吗?张顺宝说,这几年没有后顾之忧了,有两项保险嘛。去年他的黄花地遭了冰雹,最后核损理赔,人保财险公司赔了他92万元。

说完采摘,说晾晒。晾晒是又一大难题,但因为张顺宝历来能折腾,这个大难题反而顺理成章就解决了。当年让张顺宝赔了钱的养牛场,自种植黄花后就成了他的黄花生产加工厂。原来的牛棚,经过改造后变成晾晒大棚;而原来存放牛饲料的储青池,2017年经过一番改造也成了"地下冷库"。这地下冷库,也是全县第一家。

2016年是张顺宝的"高光时刻"。他回忆,那时候王凤瑞书记经常带人来他地里看,为啥?成了典型呗,规模最大,个头都一样,齐刷刷的，好看。王凤瑞带人看完，就在其他村子推广这个成功模式，而且不再是几百亩，而是千余亩的连片种植。与他一起带头上规模种植，没有坚持下来的那两位村支书，又后起直追，赶了上来。2017年种植的，今年都到了盛产期。昨天上午种植户开会，一直开到中午12点多，区长叮咛大家，种那么多，后面有些服务必须跟上。推广黄花，王凤瑞书记是真上了心。黄花地里有啥事，可以随时给书记打电话。不过他想让王书记题字的事情，碰了一鼻子灰。他的厂子新建好，专门留了块照壁，刷白了，等着王书记来。结果王书记看了之后，让他自己弄，上面想写啥写啥。张顺宝想了想，最后在上面写了四个大字：勇于创新。

这四个字没啥新意，却是他的写照。他不创新就浑身痒，不折腾就浑身不得劲，于是又开始办酒厂。张顺宝带着我们去看他的酒厂。工人们正在干，酿造车间，一排排酒窖已经打好，发酵车间，1200个酒瓮也正在打造。

张顺宝说，他这个酒厂，就叫"黄花酒业"。

张顺宝将"勇于创新"四个字写在黄花加工厂的照壁上，时刻勉励自己

"黄花办"在哪里？

云州区有一个"黄花办"？

这在其他地方，比如太原、阳泉，再比如忻州和朔州，包括大同市的其他区县都没有，而唯独云州区是非有不可的，因为这里是黄花之乡。"黄花办"，全称是云州区黄花产业发展办公室。它给人一种感觉，是为了完成中心工作而成立的临时性机构，而云州区的黄花产业绝不是临时的，那是云州区18万老百姓赖以生存的永恒性产业。

2012年大同县要成立黄花办，县委书记王凤瑞，要从全县寻找一个可以胜任黄花办主任的人选。但是什么人可以出任呢？他认为这个黄花办主任，必须有农民情怀，那就是遇事必须站在农民的角度去考虑问题，必须有大局观念，必须是个上得了厅堂、下得了厨房的实干家，也必须有一些文字功底和文化内涵，当然了最好是精明强干、年轻有为的人才。王凤瑞搜索的目光转化成许多人的探寻、挖掘和推举，最后落在一个人的身上。

安一平环顾一下四周，不自信地问自己，难道是你小子？

火山红　黄花黄

不错，就是你。

有几个人都向我们回忆起当时的情形。安一平知道自己的水平，也知道自己只要认准了的事，会不遗余力地做下去。他对我们说，王书记这个领导认准了的人，非用到底不可，什么提拔，什么退休，只要用好了，那就得接着用。偏偏碰上我这号人，你不烦，我也不烦，你只要相信我，我就一口气给你干下去。大同有句俗语说：打对调了，就没个完。

安一平说，有一次他和王凤瑞书记下乡，去了唐家堡张顺宝的黄花地。那时候安一平上任时间不久，一切都还没有进了道，两眼一抹黑。书记说，先碰碰钉子，脑袋撞上几个包，就知道门在哪里、窗户在哪里了。唐家堡的张顺宝，是王书记感兴趣的一个黄花大户，这个张顺宝为什么就这么顺顺溜溜地一下子种了300亩黄花？他的"宝"在哪里？谁曾想张顺宝的"宝"还没有被王书记套出来，张顺宝就要先下手为强，他要套出王书记的"宝"。张顺宝说，300亩黄花我是种下了，三年之后就要见收成，到时候我哪有那么多人摘黄花？估计我是叫天天不应叫地地不灵了，书记呀，你说说我该咋办？

王书记笑笑，拍着他的肩膀说，恭喜你要当老板了，雇人嘛，这还用问？

雇人，书记你不知道我是个农民吗？农民会雇人吗？

王书记毕竟是书记，一点儿不觉得这是个问题。回头把安一平一把拉过来，说，找他，他是谁，你知道吗？黄花办主任安一平，以后有问题就找他，他会有办法的。安一平虽然感觉头晕，但是不能临阵脱逃，满口答应下来。哈哈，张顺宝从王书记这里套出来的"宝"，原来就是安一平呀。

工作原来就是这样被撞上的，被撞得越重越痛，可能就会提高得越快，安一平对此深有体会。就是张顺宝的雇工一事，把这个黄花办主任带上道儿的。他静下来之后，就把电话给张顺宝又打了回去，他

卷一 耕火·"黄花办"在哪里？

问村里人种黄花，以前不雇工吗？答复是，自然要雇，那才雇几个？怎么能和现在比？

安一平不嫌累，一个村一个村去跑去问，那些黄花种植户，只要超出5亩地，就会雇人。雇的人吧，远近都有，有附近村的，也有附近县的，比如浑源、天镇、繁峙、丰镇都曾经有人干过，还有就是村里出去的大学生们，暑假刚好赶上采摘期，也有愿意打工贴补家用的。那个时候微信还不发达，但是电脑随时可以上网，网上的咨讯非常了得。他打听到浑源有个黄花滩，黄花滩的农民貌似天然对采摘黄花有一套，而且黄花滩专门有一个贴吧，浑源的青瓷窑也有贴吧，附近几个大学的贴吧也让他搞到了手，于是一则大同县黄花采摘期急需雇工的消息，很快在网络上传开了。网络的威力太厉害了，消息发出刚一个小时，就有许多电话打进来要报名。此时刚好他爱人在车上坐着，他们就在路边停下，他笑嘻嘻地接电话，爱人当助手给登记造册，他那颗卡在嗓子眼的心就算归位了。随后还有山东、河南、江苏等地有人打电话过来询问，他们有上千的劳务者可以随时出发。雇工源头有了着落，不等于问题就全解决了。接下来就是雇工来了之后，怎么培训、怎么吃住、怎么签合同、怎么保证不拖欠工资、怎么应对突如其来的变故。

大同这边的土菜土饭，外地人吃不惯，他们说随便炒个菜就好，不要这样乱炖。乱炖，大同这边家家户户吃的大烩菜，山东人就真的吃不惯。没办法，安一平仿佛是"小神仙"一样，给农民们讲，知道他们是谁吗？他们就是你们的财神爷财神奶奶，帮着你们发财来了。给财神爷、财神奶奶们把烩菜变成炒菜咋了？能费多大事儿？话不说不通，一说是这个理儿，就通了，问题就不是个事儿了。从山东过来的雇工，大都是五十多岁的妇女，她们能吃苦，不怕累，但是她们爱干净，每天都要洗个澡，洗洗换下来的衣服。可是村里现有的条件，不好解决。安一平跟种植户们商量，合伙买了一台洗衣机，还专门辟

火山红　黄花黄

出一个小房子，供妇女们洗澡、上厕所。女雇工们集体住宿，却偏偏也有少数的男工，让他们与妇女们住一起显然不合适，为此有人专门打电话给他，他就必须专门跑一趟，与农民们协商，给予妥善解决。等到安排妥当了，夜也深了，他也累了。带着一身疲惫，开车回家。怕困意袭来，一个人一辆车的路上，他故意哼唱着一首歌，那首他年轻时在校园里喜欢唱的歌："走在乡间的小路上，暮归的老牛是我同伴……"

那阵子对安一平来说，的确是一种磨炼。黄花种植大规模拓展之后，大同县从北到南金灿灿一片，外来打工的人几千几千地涌入。中介人张口就是，你用几车，一车55人，两车110人，10车550人，签了合同，几天人就到。好在黄花办不是吃干饭的，他们对这些事情早就有了预案，聘请的法律顾问早就做好了准备。人家是来打工的，同时也是来服务的，咱们必须热情接待，做好各种情况的应急准备。安一平说，

卷一　耕火·"黄花办"在哪里?

去年吉家庄就有一事儿,至今想起来还心有余悸。那天他正在区里开会,山东一个中年女工刚到吉家庄,一路的颠簸还没有缓过劲儿来,就在农艺师给大家讲解采摘黄花注意事项的时候,突发心梗。他们立刻打120,等急救车赶到,把她抬上车在送往医院的半路上,人就去世了。安一平接到消息,第一时间就从会场退出,马不停蹄地赶往事发现场。他还没有赶到的时候,山东来的工头已经出钱让120把逝者送回山东老家,而且打电话与逝者的家属联系,说明与用工单位没有关系,所有后事都由他出面解决。安一平躲过了一劫,但是更为那个活生生的妇女忽然在大同离去而难过,也为那个工头临危不乱,稳妥处理此事,没有给其他人造成太多的心理负担而感动。他对身边的人说,我们要学会做人,将心比心,我们会做人了,人家才会如此善良。

　　安一平是个农艺师,他自己不这么看,可是有些农民觉得他是。只要能够请到农业局的专家,安一平都是站在身后旁观,其实他也在

听课，他不愿意失去任何学习的机会，不愿意做个外行。如果没有专业的技术员，农民们就会围着他问这问那。比如切株分芽，他也会像模像样地解释给大家。他对我们说，过去黄花种植都是老办法，播种繁殖，也有分株繁殖的。可是现在最好的办法，在分株办法的基础上做了改进，那就是农民们关心的切株分芽。切株分芽，是把种植多年的老黄花从土里挖出来，把它的根子分成一棵一棵的单株，然后再种到土壤里。换句话说，小黄花就是老黄花身上掉下的肉。

安一平是个工程师，他自己不觉得，可是他的工作经历了太多，不由自主地就往大脑里输入了大量的技术信息。比如杀青，比如蒸熘，比如自然晾晒与烘干，往细了说烘干，流水线烘干3个小时可以出来，烘干房必须得用十几个小时。说到这里，他说几年前有一则消息，引起许多关心黄花产业的领导们的关注，县领导问，市领导也问。说的是某省的一个黄花烘干设备问世，黄花进去，几分钟出来就成了干菜，那就神了。安一平拍着桌子说，不可能，这可不是闹着玩的。这个消息不仅仅让大同人纳闷，也让全国几大黄花产区纳闷。时间一长，情况逐渐清晰了，新闻记者不是专家，性子太急，走笔了，几分钟是烘干前杀青所用的时间。

安一平是信息部长，关于黄花方面的信息，所有人都"拿他是问"。云州和大同的情况自不必说，北方的行情如何，南方又有什么动态，知道了你得说，不知道了胡编乱造你也得说，安一平他敢吗？为此，他亲自走访全国几大黄花产区。他去过甘肃庆阳市，那里曾经有十几个县种植黄花，去了农村远远地看，大片大片的庄稼地，玉米地、高粱地，还有各种农作物，都是用黄花作为分界线的。据说黄花作物的标准，最早就出自庆阳。他了解过湖南祁东，那里曾经是中国黄花的半壁江山，种植面积大，因映武黄花集团的影响力在全国一炮打响。李映武，全国人大代表，"99创业之星"荣誉称号获得者，中国首届乡镇企业十大经济人物。映武集团凭借种植、加工、销售和科研于一

卷一　耕火·"黄花办"在哪里？

体，分公司横跨几省，全国收购，国内国外销售网点近 70 个，号称统领全国黄花产业员工、种植户近百万。安一平亲自去过陕西大荔，这个地方的黄花产业必须归功于祁东映武集团，完全是祁东的好徒弟，大荔的黄花比云州的花期大致上早半个月，种植面积在 5 万亩左右。四川渠县，安一平也比较了解，渠县历史上亦有黄花之乡的称呼，那里是水乡，到处是河流，空气湿润，自然晾晒不太现实，所以他们的黄花菜以销售鲜菜为主。宁夏盐池，安一平专门去过，他知道盐池的黄花产业没少与大同云州沟通交流，关于育苗、病虫害防治和黄花深加工等，正处于探讨和提高阶段。

安一平还是新闻办发言人，中央和省市各大媒体来大同县，要采访县领导，采访专业公司，采访合作社，采访种植大户，采访一线农民，总要先找到他，由他负责联系并且带着记者去。如果被采访对象顾不上，或者外出不在，那他这个联络员立刻摇身一变就成为被采访对象。不少老朋友拿他开涮，你是不是想出名想疯了，哪个场合也有个你。安一平情绪好了，回一句，不服气你来试试；情绪不佳时，懒得搭理，苦笑一下作罢。

安一平还要扮演许多角色，保险公司的业务员、银行贷款的中介、打官司的调解人、接待室的服务员，还是司机、快递员、秘书、打字员，只有你想不到的，没有他不去做的。我们有些不理解，怎么就能去做保险公司的业务员？

他说为农民上保险，那是县委、县政府给农民办的实事儿。保险公司自己做不成，农民也从没想到过会有这等好事儿，上保险的费用大头是政府出，农民只是象征性地出个小头。这样的好事儿，黄花种植户未必就能够在第一时间理解。遇到天旱雨涝和冰雹，收成没了，或者是价格上不去，要赔本赚吆喝了，这时候保险公司把理赔送来，愁眉苦脸的农民们当然高兴，下雨天足不出户，坐在家点票子，那叫一个爽。但是你让他上保险的时候，只出那一点点小钱，那也得左盘算右盘算,最后也要打个折扣。这就是农民,他们穷怕了,出钱的事儿,尽量别找他们。这时候就需要安一平这样的人来做工作。不是业务员,胜似业务员,思想通了,农民的好事儿办成了,但是保险公司一分钱提成也不会给他。这样的业务员上哪儿去找呢?

说到黄花产业的发展,安一平说必须建立在科学技术的基础上,或者说寄托在高科技的发展上,就好比黄花的营销,也必须有最现代的理念,网上网下同步走。安一平说过去某某产区做大了,销售网点在全国各地设了几十个、上百个。如今网上销售一铺开,那都不是个事儿,上百家销售网点算个什么?高科技才是真正的未来。老百姓心目中的黄花,包括我们许多业内的行家,对黄花的了解和掌控,也都仅限于已知的,未知的东西实在太多,而这些未知的高科技的科技,足以颠覆你以前的认知。安一平举例说,大同目前就有几家公司在黄花科技上做文章、做试验、做研发。有的在黄花干燥问题上做深入研究,如何能够解决快速烘干,又不影响干菜的品质,还能保持自然晾晒的口感和营养价值;有的在试产真空冻干黄花,简单说,就是不经过热处理,就把鲜黄花里的水分排出,变成一种背离传统黄花菜之概念,以鲜黄花形态出现的干黄花菜,奉献给广大消费者;还有的干脆就在研究黄花菜的构成、化学成分,把黄花内含的营养物质提取或者改变,用于生产康养食品、美容化妆品、保健品等等,提高和拓宽黄花的使用价值和附加产值。当然这些研究都是前瞻性、朝阳性的,充分地给人以想象、期盼和力量。我们应该满怀信心地、全力以赴地给予支持,希望他们的成果能够得到科学界、舆论界、实业界的高度认可和支持,也早日获得政府权威部门的认可,更能够得到亿万消费者的欣赏和接受。

安一平透露了一个消息,大同即将成立一个"黄花产业发展研究院"。为此我们电话采访了大同市农业农村局席志俊副局长。席副局长显然对此也特别兴奋,他说大同市人民政府已经与中国农科院(深

卷一　耕火·"黄花办"在哪里？

圳）农业基因组研究所、湖南农业大学、山西农业大学签署了协议，研究院的成立，将由国家杰出青年科学基金获得者、博士生导师黄三文教授领衔挂帅，致力构建黄花种质资源库、基因型鉴定，保护大同黄花自主知识产权，开展黄花分子育种研究和创新错季开花、优良加工品质品种，提质黄花产地初加工与装备研究，延长产业链，提升深加工产品的开发能力等等。听到这些消息，我们打电话给安一平，在电话里我们"碰杯"祝贺。

每年的黄花采摘季和晾晒期，都在 6 月下旬到 8 月初，大约 50 天的时间，我们写作到本篇的时候，刚好是 6 月中旬。本来有几个问题想电话咨询安一平，结果就像预想的那样，他实在是忙得不可开交，也只好作罢，待过一段再去骚扰他吧。安一平说过这一个多月的时间，他爱人和孩子给他放了假，夜里不用回家，他可以随着黄花的花季自由自在地放飞自己，这段时间家里不再为他留门，大大小小的事情也就不再指望着他。他基本上是乡下一夜，车上一夜，办公室里一夜，他自己也没个准，顺其自然呗，飘在哪里就在哪里。其实说透了，这一段就没有一个囫囵觉，有空就躺下打个盹儿，说醒就醒，说走就走，多数夜里是在黄花地头、加工厂和晾晒场。过后他爱人关心地问他，他把这些当作笑料、包袱一抖完事儿。记得有一次，写作业的女儿从书房里探出可爱的小脑袋，晃着小辫子问："爸爸，黄花是谁？"逗得他们全家笑了半晌。还有一次女儿学校要开家长会，本来已经说好了，妈妈去参加，结果女儿还是眨着调皮的眼睛，问他："爸爸，究竟是你的黄花重要，还是我重要？"安一平很尴尬，一向利落的他，终于感到了在女儿面前的失态，那一次他的眼睛湿润了，眼泪强忍着没有掉出来。这一切都被细心的女儿发现了，女儿又说："对不起了，是我不懂事。"说完了，撒着娇躺在安一平的怀里。

说到底，黄花产业离不开土地，2018 年大同县改称云州区了，大同县黄花办改称云州区黄花办了，但是黄花依然是从火山下的这片土地里长出来，依然是火山下的憨厚实诚的农民们用心血和汗水种出来的。土地是农民的命根子，农民们由三亩五亩黄花，扩大到三十亩五十亩黄花，三百亩五百亩，甚至上千亩的黄花，而这些都是通过土地流转实现的。合作社也好，种植大户也罢，也都是土地流转集中的结果，否则小打小闹，一家一户的黄花，只能延续几百年、上千年前的黄花传说，重走黄花靠天吃饭，经不起风吹雨打的老路。2013年从西坪镇做起，西坪镇共18个村，先从有条件的下高庄、唐家堡、上榆涧、康铁、中高庄这5个村做起，大规模地推广黄花种植，扶持政策、辅助措施一起上，丢掉幻想、甩开膀子、硬着头皮往上冲，然后全面铺开，遍地开花。今年5月习总书记来云州考察，他肯定云州区扶贫工作时说的"小黄花，大产业"，就是这么干起来的。

安一平说，王凤瑞书记是大家公认的黄花迷，他已经在这片土地上打造黄花之梦十个年头了。他迷的不是黄花的色彩、芳香和美姿，他迷的是通过黄花点燃和绽放的产业梦、乡村梦和致富梦。农民们都纳闷，这么大一个领导，好像成天就做黄花一件事，其实他做过的事情很多，方法和渠道也很多，但几乎所有的事情都与他的黄花之梦是一致的，最终检验的标准，就是农民的日子富了没有？那些生活有困难，孩子上学交不起学费，老年人生活没有来源，年轻人三四十了还打着光棍儿，这所有的问题都解决了没有？不要成天就看那些材料和报表上的数字，必须去乡下走走，去看看，去问问，去切切实实地感受一番才行。

安一平对此深有感触。

采访也好，聊天也好，在不同的场合下，见过几次安一平，都是来去匆匆的。黄花办在哪里？我们三人都没去过，我们只能这样想，找见了安一平，便是找见了黄花办，安一平在哪里，黄花办就在哪里。

卷二〇 辟土

引言

摇滚乐，是舶来品。

最初的摇滚乐，在西方也是很难定性的。它在世界艺术领域的形象，也是通过不断蔓延，不断创新，不断裂变，对于流行音乐不断地产生冲击，对于一代又一代年轻的崇拜者不断地诱惑和引领，以至于以这种最浪漫、最时尚、最接地气，最有凝聚力和穿透力，最容易吹开那扇青春之窗的爆炸性，书写在舞台上、酒吧间，演绎在车站、码头、工厂、学校、军营和街头巷尾。

摇滚乐产生于20世纪五六十年代的西方，登陆中国却是在20世纪八九十年代。它与改革开放的中国经济、文化相伴相随。当年的摇滚，在老百姓眼里一直是一个模糊概念，似乎就是一种疯狂，就是一种热浪，就是一种冲击波，似乎就是电吉他、长发男和皮夹克的碰撞。我们宁可相信摇滚乐对于它的追捧者来讲，多半是为了激情的燃烧，其次才是流行音乐的易帜。

有这么一伙青年，他们来自乡村，来自火山下的土地，他们也组织了一支"摇滚乐队"。他们的穿着、谈吐、经历和磨难,仿佛决定了与城市青年的格格不入,然而摇滚乐这只从西方降落的飞鸟,一下子缩短了他们之间的距离;从某种意义上讲,这些火山娃所爆发出的情感和冲击力,可能会更具"杀伤力"。

张春雪,正是他们中的一个。2016年5月,他从城市回到乡下,开始了产业扶贫上的"摇滚人生"。

本卷是从一个"摇滚人生"开始,说几个用合作社的力量推进黄花产业的故事。当然,此时的合作社,已经与20世纪五六十年代的合作社大相径庭了。

产业扶贫路上的摇滚

许堡乡西册田村

云州区第一个以股份制模式成立黄花合作社的,是西册田村的张春雪。

见到张春雪之前,就先听到他的两段传奇。

第一段传奇,姑且称为"吉他牵红线"的故事。张春雪原本是个摇滚乐手,吉他、贝斯、架子鼓他都会,还组建了个乐队叫"大拇指乐队",承接一些庆典表演的活儿。2006年秋天,大拇指乐队来西册田村表演,村人大开眼界。四个小伙,穿着一模一样的黑色文化衫,胸前印着一模一样的LOGO,抱着吉他、贝斯弹唱《光辉岁月》,真是帅到爆。围观人群中有一个姓徐的姑娘,一眼就看中了那个弹电吉他的主唱张春雪。姑娘也生得漂亮,两人一对眼儿,一说话,就此谈了恋爱,结了婚。娶了徐家的姑娘,张春雪干脆在西册田村买了房子,成了西册田村的人。

第二段传奇,是"一台钩机致富"的故事。张春雪在西册田村落了户,就思谋在农村创业。他承包了旧堡村200亩复垦土地,想种葡萄,搞家庭农场。这块地里都是大石头，为了整地，2009年他买了一台钩机，自己学驾驶，钩石头。地整好了，葡萄丰收，他的钩机也钩出了名堂。原来正赶上了册田水库整修，他便接了一个月钩石头的活儿。工程方见他踏实能干，就鼓励他雇人，给他介绍"大活儿"。顺理成章地，张春雪开始承接更多的建筑工程，大同、太原，还有河北一些地方，到处跑。几年下来，他赚了不少钱。

就是这样一个新青年，2016年成了西册田村产业扶贫的带头人。

我们到西册田村去找张春雪，结果是看了一路风景，听了一路传说。西册田村靠近册田水库，从火山公园出发，向西南，一路植被茂密，天高水阔，水汽蒸腾，有如梦境。册田水库东西跨30公里，横截桑干河，下游又有乌龙峡、乌龙滩、乌龙洞，景象壮观。从这里蓄好的水，还滋养着首都北京呢。带我们来的云州区文联主席庞尔成一路讲解：册田水库位于许堡乡，这许堡乡也了不得。清朝，这里出了一个名臣李殿林，当过协办大学士、皇帝的经筵讲官，现在的大王村，有他的故居遗址。西册田村则是产业扶贫典范，种植黄花1646亩，其中村合作社种植511亩，乡联社种植1135亩，全村建档立卡贫困户105户308人全部入了股，还投资126万元新建了黄花加工厂。这些，都是张春雪回来这几年搞起来的。

见了张春雪，果然不像一般的村里人。腰背直，手指长，脸型还有几分像年轻时的"摇滚教父"崔健。他1983年生，思维敏捷，走路快，语速也快，不管什么数据，都能脱口而出。这样的年轻干部，让人感觉清爽。

我们很好奇，外面办乐队、搞音乐培训也好，搞建筑工程也好，都是挺有前途的职业，为啥要选择回村搞产业呢？

张春雪很自然地说，产业扶贫是好事情，他愿意干。乐队里的几个伙伴都在外面，有一个搞培训，一个在大同鼓楼那儿开了音乐酒吧，只有他回村了。应该说，他有乡土情结，对"大河南"这块地方有感情。

卷二 辟土·产业扶贫路上的摇滚

桑干河当地俗称"大河",大河以南的几个村子,人们习惯叫"大河南"。张春雪生在寺湾村,长在大王村,落户在西册田村,承包土地在旧堡村,好像是命里安排,跟"大河南"总有割舍不断的联系。父亲从小教导他守家道、别忘本。之所以给他取名叫"春雪",这里还有一段故事,张春雪的父亲张培柱的故事。那是20世纪60年代,张培柱还在上小学。有一年春天下大雪,张培柱从寺湾村步行到大王村的学校,雪深风急,他脚上却是一双破烂开口的鞋子。老师郝俊卿一看他脚趾头都冻坏了,忙从办公室拿出一双鞋子给他换上。张培柱一直忘不了这点恩情,1983年小儿子出生,恰好又赶了一场齐膝的春雪,于是给儿子取名"春雪"。

张春雪的出生地寺湾村,又穷又偏,当时只有八九户人家。几年后,父亲张培柱就带全家搬到大王村。大王村的舅舅承揽戏班子业务,见张春雪喜爱音乐,便鼓励他上艺校。张春雪中学毕业,到大同市红牡丹艺术学校学了吉他。毕业后,组建了"大拇指乐队",这就是他"摇滚青春"的来由。张春雪说,那时候他们的乐队唱崔健的歌,唱"零点乐队"的歌,最喜欢唱的是BEYOND乐队的歌。BEYOND的词曲,有天空海阔的畅想,也有亲情。他最喜欢的是那首写给母亲的《真的爱你》:没法解释怎可报尽亲恩,爱意宽大是无限,请准我说声真的爱你……能感受到那份真挚,也能感受到摇滚给他的力量。

2016年5月,在外地揽活的张春雪接了一个电话,让他回村。

当时,山西省通信管理局扶贫工作队驻在西册田村,工作队筹集了17万元的职工捐款,想要帮扶村里人。在帮扶方式上,工作队队长刘莉和村干部产生了意见分歧。刘莉队长的意见是,这些钱如果给村民发下去,每家只够买只猪羊,最后还不是杀了吃了,啥也落不下。扶贫不能只扶肚皮,还要有长远打算,要"造血",不要"输血"。所以,她打算带动村民搞经济作物,产业扶贫。

村支书和主任的意见是,搞啥产业?一没经验二没技术怎么搞?成不了不就打了水漂？不如把钱按人头发下去，还能让乡亲们得点实惠。

刘莉又问第一书记高新刚的意见。高新刚是年轻人，说有个好的带头人就不愁搞。可是带头人不好选，老支书不愿意，其他人是不敢。后来大家想到，村里有个张春雪，2009年入党，兼职支委，现在在外面搞工程，能干，在村里口碑又好。村里人找他借钱借铲车借钩机，他从来都没二话。可以给他打电话试试。刘莉把事情和张春雪详细说了说，张春雪的回答就是那句话："好事情，我愿意当带头人。"

人是选了，可刘莉队长心里还是犯嘀咕。结果两人见面一谈，挺对路。两人都是说干就干的人，筹备机构确定了，就带队出去考察项目。

张春雪在一份汇报材料中，这样描述项目的筹备过程：

> 西册田村"两委"、第一书记和山西省驻村扶贫工作队一起，到潞安集团考察过油用牡丹，看过浑源的黄芪，到农科院看过钙果，这些产业，有的是市场不稳定，有的是成本过高，有的是收益不高，横向纵向对比下来，最后还是觉得黄花是最成熟的产业，市场稳定，技术成熟，收益高。所以，我们制定了以黄花为产业帮扶项目、以光伏发电为兜底扶贫项目的西册田村产业发展规划，达到精准扶贫的目的。在黄花产业上，我们参观了下高庄、唐家堡，拜访了吴家洼村、徐家堡、吉家庄村，吸取他们好的经验做法，制定了《西册田村黄花产业扶持项目实施方案》，确定了"合作社＋基地＋贫困户"的模式。

纸上说来简单，实际上，光选项目和定模式，就用了五个多月时间。尤其是定模式，刘莉和张春雪更是反复琢磨。参看其他村的经验，贫困户的收入除了土地流转金，就是到地里当劳力"挣工资"。那没有劳动能力的贫困户怎么办？

最后他们的解决方案是"股份制"。成立一个股份制的黄花专业

卷二 辟土·产业扶贫路上的摇滚

合作社,由山西省通信管理局扶贫工作队出资,给贫困户每户2000元股份,丰产以后,贫困户可以分红。

但是启动资金还远远不够,只能由"两委"干部带头出资入股。老支书和老主任还在观望,不愿意带头。张春雪是支委,带头出了8万元,驻村第一书记高新刚也很积极,出了5万元。支书和主任看不下眼去了,也跟着各出了5万元。这样就筹集了23万元。2016年10月13日,沃田富农黄花专业合作社成立,张春雪当选理事长。

测量完土地,结果在土地流转第一个环节上就遇到了阻力。西册田村靠近册田水库,土质肥沃,计划流转的500多亩土地,都是老百姓的命根子。村民们传言,村委会流转土地之后,村民自家的土地就从此归了"集体",这是集体往回"收地"呢,所以没有一户配合。

这时候已经是10月下旬,土地马上就要上冻。如果当年黄花苗栽不下去,等于项目就"黄了"。刘莉队长一急,撂下一句话,要是做不下去,只能撤资。

张春雪的"摇滚"劲儿上来了,他向刘莉队长保证,半个月内一定做完。他找党员们开会,说先从党员的地里开始种,同时做群众的工作,说通一家种一家,日夜连轴转,不能停工。村"两委"被分成四拨,管流转土地的,管翻耕的,管分苗的,管栽种的。他自己扛最难的那部分,白天流转土地,晚上连夜开着旋耕机打玉米秆,为第二天打开工作面。

有个村民叫孙玉才,颇有点文化。张春雪去做孙的思想工作,孙说,流转土地给合作社,要是理事长换了怎么办?要是经营不善怎么办?孙玉才自己写了一份《流转土地补充协议》,要求张春雪签字担保。以下是补充协议的部分内容:

> 合作社有下列情况时,村民孙玉才有权将流转给合作社种黄花的土地收回,并终止流转合同。

火山红　黄花黄

一、合作社经营不善，造成亏损；

二、合作社在生产经营中不降低成本；

三、合作社在田间管理中不轮流让西册田村贫困户打工；

四、合作社不经股东同意，随意变更理事长和分管财务的人员。

张春雪一看，这协议内容本来就与合作社成立的初衷不谋而合嘛。控制成本规范经营，能促进可持续发展；本村村民打工，能带动扶贫。这些正是自己想做的，二话不说，签了字。

孙玉才14.7亩地的流转金有大几千。张春雪将厚厚一沓钱放在他手里，对他提了个小要求，让他出村委会大门的时候，边走边数钱，慢慢数，给村民们看看。

这个"表演"很有用。村民们见到孙玉才领了那么多钱，原来不愿意的现在开始心动了。张春雪吩咐村里的广播员，每有一户来流转土地的，都用高音喇叭向全村喊："谁谁谁，来大队领你的土地流转金。"一天喊五次。于是，两三天时间，流转土地358亩。

接下来，就是赶在上冻之前将黄花苗抢栽下去。358亩田，不发动全村村民上手，是不可能栽完的。可是，村民还是不愿意干，只好先雇附近大王村的。张春雪当然也充当劳力，上午10点出工，包里放几个饼子中午吃，下午4点回来。

张春雪从地里回来，看到村民们没事儿似的在街上坐着。他心里委屈，我这是逼着你们挣钱呢，你们还不愿意干！挨个问村民，为啥不愿意干？村民们说，给集体干还不是白干？以前徐书记让干活，啥时候给过钱？

张春雪说，那好，你们要是信得过我，明天下地，我地头给你们结现钱。

当天干活当天结钱，村民们的积极性就高涨起来，抢着去栽，最

卷二 辟土·产业扶贫路上的摇滚

后一天还闹了个笑话。只剩下最后20多亩田没栽，本来有40个人就足够了，结果地头来了两拨人，大王村四五十人，西册田村四五十人。两村人抢活，在地头吵得不可开交。张春雪赶到地头一看，给解了围：这有啥可吵的，大家一起干嘛。工钱就那么多，一拨人干是每人80块，两拨人一起干，少干点，每人分40块。大家听了高兴，半天时间就痛快干完了。

说起这件事，张春雪深有感触。他说，村民的想法其实很简单，你不哄他，他就信任你。诚信做到位了，发动干啥事，群众都抢着干。

一个产业扶贫项目，筹备将近半年，真正启动起来，只用了半个多月时间。新想法与老观念，先是对抗，然后是磨合，最终达到理解。关键是，大家最后都知道了，这是为村里好。张春雪为了这事儿是拼了血本，启动资金不够付工钱，他又借了15万元，第一书记借了5万元，先垫付。

我们问张春雪，土地流转不是有政府扶持吗？张春雪解释，万事开头难，一开始连上面都搞不清这"股份制"是啥名堂，等上面认可了，2017年就争取到14.6万元的扶贫款和每亩400元的田间管理费。资金充裕了，又将贫困户的股金重新分配。原来是每户按2000元入股，有的人家四五口人，有的人家是一两口，分配到个人头上就不公平了。于是改成按人头入股，308个贫困人口，每人按1000元入股。

"股份制"的创新，确实下了心血。张春雪是到外面"闯"过的人，见得多，思想也新。我们翻看合作社的规章、合同、股权证书、账目什么的，脑中闪过的词是"现代化""国标范儿"。果不其然，张春雪说他们用的土地流转合同，是山西省农业厅的合同范本。看各种会议纪要、资料图片，知道他们开过不少大会。图片上，村民们围成一圈，进行举手表决，可以想见当时的热烈。

股权收益分配也经过几次探讨，最后确定的比例是：收益的60%分配给贫困户，30%归合作社，10%给村集体。

云州区第一家"股份制"黄花专业合作社就这样诞生了。

火山红　黄花黄

农民们拿到了股权证书

因为是首创，扶贫工作队想开个经验交流会。最后一合计，干脆热闹点，弄个揭牌仪式。2016年11月25日，请了时任大同县委王凤瑞书记、山西省通信管理局武晋主任为合作社揭牌。现场，还为贫困户颁发了股权证书。股权证书上盖着乡政府和合作社的章，还有支书、主任和张春雪的签字。村民们大红本子一领，眼神都是亮的。

王凤瑞对这种新型扶贫模式很感兴趣，当场邀请张春雪参加县里的常委会，给常委们介绍经验。几天后，张春雪当着全县四套班子领导的面，讲授这种"股份制"架构下"合作社+基地+贫困户"新型扶贫模式的好处：

第一，能做到精准扶贫，没劳动能力的贫困户也能分红。

第二，能做到稳固脱贫，"股份化"制度，保障产业能延续下去。

卷二 辟土·产业扶贫路上的摇滚

云州区第一份农民持有的《股权证书》内页

第三，村民全员参加田间管理，能通过打工增加收入。

第四，打造衍生产业链，辐射周边产业发展。

常委们交头接耳，频频点头。

县委当即决定，以后各乡镇由村党支部牵头成立黄花合作社，就按西册田村的这种模式推广。随后全县10个乡镇的100多名村支书都来西册田村学习培训，连学10天，回去就推广。张春雪是倾囊相授，拷贝了很多现成文件，让人们带回去参考。这就有了2017年之后的黄花产业"大爆发"。以下是官方数据：

2017年，黄花种植覆盖全县10个乡镇、58%的行政村，总面积达到12万亩，其中2个2万亩乡镇、3个1万亩乡镇、3个5000亩乡镇，黄花种植专业村92个，1000亩以上的规模户15家，黄花龙头加工企业13家，带动1749户5011人脱贫。

2018年，全区黄花种植达到15万亩，产值5亿元，形

火山红　黄花黄

成了1个2万亩、5个万亩片区，101个专业村，14家龙头企业，盛产期亩均收入0.8万~1万元，带动7403人脱贫。

2020年，全区种植黄花达到17万亩。

西册田村的黄花，2016年种植，到2019年，年产值达到22万元，18.2万元付了采摘费，盈余3.8万元。2020年采摘完统计，产干黄花3万斤，按照"黄花目标价格保险"，每斤保价不低于18元，如果全部卖出，收入将是去年的两倍多。种黄花就是这样，早几年吃点苦，越往后越有盼头。路刚刚闯出来，后面的日子还长。

第二次去西册田村，正是黄花采摘的第22天。早上8点多到，已经晚了，只赶上最后一拨采摘工过磅。有夫妇俩，从半夜12点30分起来到天明，采摘290斤。我们说，这么多！男的谦虚道，谁谁家两口那天采了400多斤呢。他叫徐元林，50岁，是村里贫困户。顺道进家看了看，小户小院，院里还种一畦玉米，养条小狗，狗很乖巧，见人也不叫。三间屋，不新不旧，打理得干干净净，炕头对面，大大挂一张习近平总书记的照片。这是北方农家常见的景象。

女人看起来很年轻，白白净净的。一问才知道，是村里的图书管理员。这家人很不容易，夫妇俩拉扯三个女儿，大女儿去年刚考上大学，在长治学院；二女儿初中，小女儿上小学。徐元林说，过去种玉米，每亩产1000多斤，能卖800多元，除去种子、肥料、浇水等成本，最后落到手里不到400元。土地流转种黄花后，光流转费就超过种地收入。村委对他家是全方位帮扶，徐元林担任"巷长"，年工资2400元，妻子图书管理员的工资也是2400元。采摘黄花一个月，大约能挣8000元，再加上12.5亩的土地流转补贴、春季的田间管理费等等，一年下来家庭收入能达到2万~2.5万元。过去发愁几个孩子上学，他们还在城里租了房子，准备打工挣钱。正巧村里发展黄花产业，就把房子退了，回村干

卷二 辟土·产业扶贫路上的摇滚

张春雪带领贫困户外出采摘黄花增加收入

活。靠机遇吧,也靠勤快,几个孩子上学的花费总算不用发愁了。

到村委,碰上云州区副区长刘喜斌来基地了解情况。我们正想去基地看看,便一起去看,边走边听他和张春雪聊天。

刘:采摘用工情况怎样?
张:主要是发动村里人,尤其贫困户,也有外村的。
刘:积极性如何?
张:2018年刚开始,人们还不肯干。我就出台办法,下地采摘按斤数结钱,当日现结。我让人在高音喇叭上喊,采完黄花来大队结钱,一天喊五遍。人们一听说领钱,就全上来了。到去年就都抢着收,老人、妇女全动员,儿女、孙女都来了。采摘工后来上了一百多。挣钱了,都买了电瓶车,

火山红　黄花黄

一个个高兴的。

刘：将来咱们区里可以搞个采摘大赛，统计一个月的工作量，谁采得多，采得好，给奖励，争取把农村人都动员起来。你说，好统计不？

张：我们统一管理，有采摘合同。谁采多少，挣多少钱，都有记录，有签字……

基地是两个合作社的基地，沃田富农黄花专业合作社和许堡乡黄花专业合作社联合社。张春雪兼任乡联社的法人代表。墙上贴着介绍，乡联社还另有两个基地，在窑头村和上庄村。乡联社黄花总面积是4346亩，组织形式和贫困户的股金分配，基本上是复制"沃田富农"的模式。这些，都是张春雪回乡后带动起来的。

基地不小。正对大门，是全自动无人过磅称重系统，黄花菜装盘流水线。三进院落，依次有1间蒸房、7个晾晒暖棚、1000多平方米的包装车间和180平方米的冷库。采摘工们已经回家，加工车间的工人们都在忙活。7个暖棚里晒满了黄花，蒸房里推出一车一车蒸好的黄花，每个推车都有20筐。正看得高兴，忽然一场大风，大雨点就开始噼里啪啦往下掉。工人们赶紧将十几个推车的黄花先放入冷库。

这是一场猝不及防的阵雨，瞬间平地起水，好在晾晒暖棚设有水泥防护，里面的黄花安然无恙。包装车间里的工人们好像对阵雨习以为常，手中的活儿不停。副区长刘喜斌，是一个很有点子的人，他和张春雪一直在畅聊黄花加工的未来产品设计。刘喜斌设计了一款"创意黄花花卉"，他说可以将盛开的黄花做成标本，配合手机二维码信息，搞"市花"形象推广。张春雪设计了一款"精品速食尝鲜装"，小袋包装，即开即食，适合在旅游窗口单位推广……正说着，张春雪接了电话，是区里的扶贫办要资料，他便匆匆冒雨赶往村委会。

卷二 辟土·产业扶贫路上的摇滚

村委办公室刚刚调试好"雪亮工程"视频监控系统,将整洁干净的村容村貌尽收眼底。这样俯瞰村庄,比身临其境多了些艺术节奏感。另一面墙上有村庄旧照,垃圾遍地、污水横流,两者形成鲜明对比。这几年村庄的变化,还是从2017年3月张春雪上任村支书之后开始的。

村委班子老龄化,其实是长久以来一直存在的问题。张春雪成了黄花产业带头人之后,"新老"两代人的思想发生了激烈的碰撞。按常规,村里的事情,村支书该把控全局。可是老支书不懂产业,不会电脑,连微信也玩不了,合作社成立以后的大小事务,都是理事长张春雪和扶贫工作队配合完成。老支书有些失落,承认跟不上时代了,最后干脆让贤,让张春雪担起来。

张春雪上手第一件事,就是整顿村容村貌。云州区脱贫攻坚的事迹材料里,有关于张春雪事迹的数据:

> 投资5.64万元新修了围墙、厕所,新建了铁艺围栏、大门;投资14.35万元新建设了日间照料中心;投资3.27万元新建了垃圾池和花栏墙;投资15.29万元硬化了村委会大院;投资1.83万元整修了村委会5间房屋。借开展农村环境卫生集中整治活动的契机,投资11.36万元新建了一个文化活动广场,投资8万元新建了30个太阳能灯。

这么多投资,都是他自己垫钱做起来的。

乡村提质是个系统工程,当然不可能仅靠村支书个人垫资就能完成。张春雪介绍,交通局管街道硬化,财政局出钱买路灯,省招商银行扶贫工作队投资修机井,各方面合力,就有了这几年整个乡村的大变化。

西册田村碰了个懂建筑、懂设计的张春雪。2018年乡村提质工程实施的时候,少走了不少弯路。街道硬化的队伍来了,张春雪说,先等等,村民们吃水难还没解决,否则你硬化完还得刨开埋管。于是,

火山红　黄花黄

先联系水务局，修井、埋管道，然后再硬化路面。其他如绿化、石景、广告牌等，也都有设计思路，这大概也是新一代村支书的不同之处。

张春雪说他这人有点完美主义，哪怕有一点小瑕疵被人指出来，都会脸红。他对自己认真到苛刻的程度。当了村支书，责任更重了，时刻想着拓宽产业衍生链，多找点带动村民脱贫致富的方法，边琢磨边开路。2017年，成立"绿洁城乡卫生服务队"，他带着村民到各村粉刷墙壁，挣劳务费。当年黄花还没到盛产期，又成立"黄花植保劳务合作社"，带着村民到唐家堡摘黄花挣钱。去年以来，又购入几十台农机，拓展农机服务。他还思谋在村里发展手工业、养殖业、农家乐。电商平台如何搞起来？他和省招商银行扶贫工作队李队长商量，由工作队投资5.5万元购入电商平台设备，将产品挂到招商银行的网上商城。

有年轻人带动，村子也就变年轻了。村民曹大姐曾经在上海打工，村里有了产业之后就回来，各种活儿都干，这几天在村委食堂帮厨。她说，以前出去走10年，回来一看还是一个样，死气沉沉的。现在天天有变化，人人有活干。

但是对张春雪来讲，也有失落：他冷落了他的吉他和音乐。

在张春雪家，我们见到了他当年的"宝贝"。木吉他、电吉他、调音台、大音响，都堆在家里的西北角，上面落满了灰尘。但张春雪不觉得遗憾，有事业可慰平生，何况还有一个幸福的家庭。美丽的妻子，两个儿子，一个刚小学毕业，一个光着屁股，在他怀里闹腾。张春雪说，妻子小徐很支持自己的事业，每年发动家里人下地采摘黄花，岳母、妻子、小姨子都下地，从半夜两三点采到八九点。

问小徐，半夜下地困不困，下地时候你们说话不？

小徐笑呵呵说，下了地就不困了，也顾不上说话，越采越精神，停不下来，唰唰唰、唰唰唰……

看看墙角的吉他，我们说，再弹一曲吧。张春雪搓搓手，太忙，好几年没动过，指法都生疏了。说着，默默从顶上取下电吉他。吉他

卷二 辟土·产业扶贫路上的摇滚

张春雪吉他弹奏《真的爱你》

套上全是灰尘，拂了半天尘土，调了弦，开始弹奏。

不出所料，他弹奏的果然是BEYOND乐队的《真的爱你》。

张春雪有点害羞，没有出声唱，但我们脑海里已经听到那种颤音：

  沉醉于音阶她不赞赏
  母亲的爱却永未退让
  决心冲开心中挣扎
  亲恩终可报答
  春风化雨暖透我的心
  一生眷顾无言地送赠
  是你多么温馨的目光
  教我坚毅望着前路
  叮嘱我跌倒不应放弃
  没法解释怎可报尽亲恩
  爱意宽大是无限
  请准我说声真的爱你
  ……

返乡老兵吹响黄花集结号

从大同火山群国家地质公园向东，沿 109 国道行六七里，就是瓜园村。火山本是地利，造成这里肥厚的土质。但过去用水难，全村没有水浇地，农民广种薄收，反而是脱贫任务最重的村庄之一。直到 2016 年，瓜园村贫困户 181 户 463 人，仍在贫困线上徘徊。

转折发生在 2016 年。这一年，大同县被山西省农业综合开发办公室列为全省 3 个国家高标准农田建设模式创新试点县之一。项目选定在全县脱贫任务最重、贫困人口集中的瓜园乡东坪村、瓜园村两个贫困村，建设水、电、田、林、路配套的高标准农田 1.1 万亩，新打机井 21 眼，埋设节水管道 72 公里，输变电线路 11.18 公里，安装变压器 12 台，修建机耕路 25 公里，农田林网植树 1.5 万株。

对于村民来讲，这一年另一件重要的事情就是，一个年轻人回村当支书了。年轻人叫李成，35 岁，当过 7 年兵，退伍后先后在碳素厂、晋投玄武岩开发有限公司工作。回村前，他担任着车间主任。

就是这个年轻人，用了不到两年时间，就带动贫困户种植 1600

亩黄花，成立黄花专业合作社、手工编织合作社，让全村变了样。

想采访李成，联系了几次他都在忙。那就下村守株待兔吧。我们驱车到村口，眼前一亮：这村太干净了吧。水泥主路，青砖人行道。墙白瓦净，几株古松像泼了浓墨，树坑齐整，没一丝杂物。几个妇女在村委会门口的花圃里拔草，问李成，说他下地了。

爱心超市坐着一个人，50岁左右，干部模样。这人读过点书，见有作家来采访，就滔滔不绝跟我们谈"酒诗"，谈高考满分作文，还拿出手机来给我们看他新写的诗：

> 一带一路决策明，
> 精准扶贫得民心；
> 全区脱贫奔小康，
> 致富都系黄花情。

我们问到李成，没想到这人劈头就是一句："当年李成回村当支书，我是第一个反对的。"

这人原来是前任村委会主任，叫李廷亮。他以前管村子，卸任后分管柳编车间。他说，李成的事情，他都知道。

且听听这个"反对派"怎么说。

2016年7月，瓜园村老支书到任退休，村里无人主持工作。老会计乔秀着急了，想让在县里上班的李成回来"压阵"。他知道李成在部队就是"优秀士兵""业务小行家"，爱琢磨，有闯劲，干事爽快，就动员"两委"一班人到县里请李成。嘿，李成居然就同意了。

李廷亮当时还是村主任，一见李成就爆粗口："你脑子让驴踢了？车间主任一个月六七千你不当，非要回来？五险一金不要了？你还年轻，不懂，农村工作有多麻烦你知道吗？"

李廷亮说，实在想不通李成回村能干成个啥，也不希望他跳进村

火山红　黄花黄

里这个"火坑"。为啥？那时村里穷啊，扶贫工作不好干，他深有体会。有抢着争低保争贫困户的，有天天到村委会骂娘的，还有刑满释放回村的，让人十分头疼。

回村创业，带动村民脱贫？嘿，那哪是一句话两句话的事？响应县里号召种黄花，那能成？这村里以前就没见过黄花。不光李廷亮反对，李成的母亲和大哥也反对，母亲气得一个月没跟他说话。但李成是吃了秤砣铁了心，谁说也不顶用。

刚说到要紧处，有《大同日报》摄影部的记者来采访，任务还挺急，我们便一起驱车到地头找李成。地在村南，沿路种着茂盛的杞柳。好大一片黄花地，看不到边，远处的狼窝山和阁老山，像黄花地尽头的蒙古包。几个农民圪蹴在黄花地里除草、理苗子，中间有个穿横格子背心的，头顶秃了一片，稀稀拉拉的，像荒了的地。

问：谁是李成？那个秃了顶的站起来，我就是。

样貌和想象中的退伍军人不大一样。眼前的李成，中等身材，胖脸，一开口就像在笑，倒是两道浓眉挺醒目。我们心说，这当兵的还挺喜气。结果没拉呱几句，李成就给谁打电话，声音很严厉："你说弄干净了，这就是干净？你说的干净是什么标准？"边说边拿着手机在地头拍。李成说"不干净"，可我们看着很干净啊。一垄一垄，除了黄花苗和新翻的泥土，就是脚印，哪有一棵草！原来，他是嫌地头有几片破塑料布。看来他这7年的老兵，可不是白当的。

李成还是忙。回到村委会没聊几句，就带着"两委"干部去看老党员。跟着绕了一圈回来，又开始接打电话：不行啊，这个人不能走，我正用人呢！我跟上面反映反映。放下电话，李成跟我们解释，村信用社上班的一个大学毕业生，在合作社做着兼职，现在上面要往区里调。可是，村里缺人才啊。真让人发愁。

说起发愁，李成反而笑了，说一定要想办法把这个年轻人留住。

我们也深有同感。农村老龄化严重，我们在各村采访，见到的年轻人大多是扶贫干部。村民们，50岁以下就算是年轻人。这几年，云州区选拔了一批年轻的村支书，多少给农村带来点朝气。但是，年轻人有多少愿意回村干的？

李成说，当年回村，家里人反对，一开始他也左右为难。但既然选择回来了，就得干出点样子。李成受不了原来村子的破旧模样，所以一回来就整顿环境。他带着一帮人每天干活，一个多月时间，街巷硬化了，主街道两旁的土坯墙拆了，建砖墙，还建了个公共厕所。钱从哪儿来？当然是借。李成自己攒的钱拿出来，又跟亲戚朋友借，跟同事借，统共垫了20多万元。除了借钱还借人。村里有个年轻人，小名叫乔三，在外面包工，挺能干。李成就上门请。见乔三老婆不同意，他就赖着不走，三番五次下来，终于把乔三请回来干了一年多。就是这样，李成慢慢带起一支年轻的团队。

村子整好了，当年冬天，李成就组织"两委"班子开会，要成立合作社，搞黄花规模种植。这时候"高标准农田建设项目"完成得差不多了，1800亩旱地都成了水地，可以说是万事俱备，只欠东风。李成参加了几次县里的培训学习，去西册田村也学过。原县科委主任马发跟我们讲，他在各个乡镇培训，讲育苗种植，瓜园村是学得最认真的，听课人多，学得也到位。

李成说，瓜园村有了土地优势，就得紧跟形势，发展黄花产业肯定没错。开头难点不怕，流转土地没有启动资金也不怕，还可以借嘛。村里年轻人有在外面养车的、做生意的，见李成干劲大、信心足，都愿意借钱给他。李成找十几个人，一共借到45.5万元。

2017年1月17日，注册成立园沃黄花专业合作社。2月2日，开会号召贫困户流转土地，以土地入股。2月2日正是正月初六，在外的村里人都回乡过年。有个叫闫伟昌的，在国家农业部规划设计研究院工作。李成就邀请他参会，给村民讲国家土地流转政策。听了，89户贫困户都愿意流转土地，加入合作社。

火山红　黄花黄

实际上，流转1300亩土地，花了两个多月时间。有的村民先同意了，又反悔。这一点，和其他村子大同小异。跟李成问起这事，李成很无奈地说，农民观念必须得转变啊。没错，"观念"是个问题。很多农民还是看重眼前利益，多数人还是愿意拿到现钱。就瓜园村来说，一开始有拿土地入股的，十亩二十亩的，但后来又退了股。对他们来讲，入股等分红，不如退股拿现钱，给合作社打工挣工钱。

流转1300亩土地，涉及181户贫困户。资金远远不够，李成就想到借外力。

当时，武警山西总队正好在大同县搞帮扶，帮扶的村子还没选定。李成知道了，就追着去找扶贫工作队队长，又给总队领导写信，说他也是武警战士，现在退伍了，想干点事情，带领乡亲们脱贫。言辞恳切。总队就派人来考察，武警见武警，总有战友情，这事就定了。最后，武警山西总队给出36.2万元的帮扶资金，流转土地的181户贫困户，每家帮扶2000元。参照西册田村的经验，搞"合作社+基地+贫困户"的模式。

李成的一番忙没有白费，村民们都跟着动起来。大家看这年轻人一直在拼命干，而且总是有办法。李廷亮对他的看法也发生了改变，最初是替他担心、惋惜，见他一意孤行还有些生气，慢慢地，开始对他有了信心，最后是完全被折服。李廷亮说，看着李成一步步走过来，做到这一步了，也算是不白活一回。可也不易，有些辛苦，有些委屈，都得背着。看他整天笑呵呵的，其实一个人悄悄哭过，顶上的头发也掉了不少。

"荒了头发，旺了黄花。"李廷亮说。

2017年4月，瓜园村的千余亩地里热闹起来。李成发动村民们栽种黄花，从分苗、栽种、浇水、除草，总共出动了300多村民，连83岁的老太太也到院子里分苗。一个多月后，村东南出现了1300亩连片的黄花地，一排排喷灌头旋转着，水雾喷洒，为新苗送来甘霖。

李成和合作社农民在黄花田里

李成还多次联系武警山西总队，引来投资194万元，新建了9000多平方米的黄花晾晒大棚和900多平方米的多功能储物库。黄花当年没收成，不过农民却赚了钱。看2017年的记录，给合作社打工的，有31人收入1.5万元以上，45人收入1万元以上。

栽种黄花，一般是第二年没收成，也没人摘。但瓜园村的黄花第二年就长了不少"角"。李廷亮闭着眼睛就能数落出来：2018年6月24号开摘，当天收317斤，一个月总共是31万斤鲜黄花。

为啥第二年有收成？还是管得勤。人哄地皮，地皮哄肚皮。李成是部队作风，精细化管理，他将1300亩田分了片，由"两委"党员担任片长，组织贫困户除草、施肥、浇水。锄地3遍，浇地6次，地里不能眼见一根草，片长验收达标，才能领到工钱。片长验收完，李成还要亲自到地里抽查，他这几乎是"洁癖"，片长们没少挨他的骂。

2018年，又栽种黄花300亩，瓜园村黄花总面积达到1600亩。

到2019年，黄花就开始旺起来了。还没到采摘季，李成就请来黄花技术员到地里调研，预估当年的产量，然后定采摘计划。区里有劳务公司帮联系外地工人，但李成不想用外地人，最多是人手不够时做点补充。李成想发动村民，主要是贫困户，给他们创造收入。

发动村民，用的还是部队的办法。李成讲，一个村相当于一个连，村委一干党员等于一个管理小分队。队员平时各有分工，你负责田间管理，你负责加工车间，你负责柳编车间，你负责销售外联，等等，"擅长啥干啥"。到采摘季，队员们就都是片长。李成制定的采摘办法是"凭票分片，定点采摘，过秤领钱"。半夜3点，村民们先来合作社领取当天的采摘票，凭票定点去采摘，采摘回来后过秤，凭票结算领钱。当日摘，当日领，每斤1块。村人的积极性就这样调动起来。

"王书记也下过我们村的地。"李成说。那是2019年的7月26日，区委书记王凤瑞带了四套班子领导、乡镇领导和一些村支书，主要是观摩学习瓜园村的采摘模式，想在其他村推广。王凤瑞一边采摘，一边和云萱公司负责人交流，这"头角"怎么样，"二角"怎么样。对黄花，王凤瑞比农民还熟。

2019年，村民的采摘收入是81万元。李廷亮给我们背数字：7月2号开采，8月15号结束，一共45天，过秤总计81万元。采摘费81万元，全是村民挣了。加上锄地、浇地、加工、机械劳作等，连土地流转、柳条费、施肥、手工编织，加起来支出将近300万元。土地流转金和劳务费是年底结算，152名村民总共领到105万元。做杂工的村民，也是年底领工资。这一年的17万元工资，直接打到了村民银行卡上。

按照2019年的数据算下来，这1600亩黄花可是赔钱的啊。村民提高了收入，但合作社还是靠国家扶贫款和贷款撑持。产业还能不能延续呢？李成说，前几年肯定要赔钱。2019年黄花价格低，影响了收入，但今年就好转了。而且，他们发展了衍生产业，搞柳编和灯笼加工，这样能保证产业链条一年四季不间断。

午后去柳编车间，已经有两个女工在做柳编。一看表，1点25分，还不到上班时间。李廷亮解释，做柳编是按件计酬，做一个手工费15块，所以女工们都很积极，还有阴雨天中午不回家连着做的。这位大姐姓吕，问她一天能做几个，她说，不多，上午做了8个。算一算，下午如果也是8个，她这一天就能赚240块，一个月要是不休息的话，是7200块。

满目都是柳编工艺品。柳床、柳椅、柳编茶几，柳筐、柳篮、柳编笸箩，还有各种造型的柳编艺术品。不像是村里的车间，倒像是艺术展厅。拿起来反复端详，看不见钩绳针脚，也看不到露出来的接口。这是什么工艺？

李廷亮挑着眉毛说，不用钩绳！跟山东学的，全国最好的工艺。柳条也是从山东引进种植的，叫杞柳，韧性好，粗细匀。网上还有辽宁人写的文章，说山西大同瓜园村的柳编筐甲天下！

柳编车间，是2018年秋冬搞起来的。实际上，也是被逼出来的。1000多亩土地，投入很大，前几年回报又小，只能再想别的办法。种植黄花，披星戴月苦一个月，苦过之后呢，反而有大量闲暇时间。实际上，对黄花农来讲，一年中大量时间是"富余"的。苗只需栽一次，即便勤耕勤锄勤浇水，也占用不了多少时间。这些富余时间干啥，等着天上往下掉钱吗？

瓜园村手工编织车间

火山红　黄花黄

"瓜园村柳编筐甲天下",这话不是吹出来的

　　李成他们当然不会这么想。有富余时间,就得发展副业。考察了几个项目,最后看中了柳编。磨合了一年,李廷亮对李成是佩服得五体投地,出去学习的事情,就主动承担下来。听说广灵有柳编,这年10月,李廷亮就带了6个村民,一共2男5女,去广灵"巧娘宫"手工编织合作社学习。先后三次,学了一个多月。

　　回来试了试。李成一看,这不行,只学会点基础,还谈不上工艺。还得出去,到全国最出名的地方学。

　　几个人商量,山东临沂市号称"中国柳编之都",还上过《星光大道》,就去临沂。这次李成带队,一行人先到鱼台县的一个厂子看了看,李成还是说"不行"。咋办,还能去哪儿?人生地不熟,两眼一抹黑的。

　　几个人挤到小旅馆,拿个手机就上网查。一查,眼亮了。网上有篇不久前的通讯,说的是山东郯城县薛东村"第一书记"助力村民"快递柳编"脱贫致富的事,还附带新华社的短讯。看图片,那柳编挺精美。仔细搜,又搜到了第一书记李光明的电话。忐忐忑忑打了个电话,结果人家态度还挺好,说过来吧。李成说,那你加我个微信,发个定位。

　　一行人就七拐八拐跑到薛东村。李光明早就在村口等着了,为啥?

都是一心为村民办事的人嘛。又见李成他们风尘仆仆,大老远从山西大同赶来,深受感动,领着又是讲解,又是考察。

老话不错,功夫不负有心人。在薛东村学习了几天,还"挖"走人家一个师傅,直接带回瓜园村,教妇女们柳编。师傅教得好,妇女们学得也快。有广灵"巧娘宫"的底子,又加上山东的工艺,这年冬天,瓜园村的"园沃巧娘手工编织合作社"红火起来了。两个月不到,推出 80 多个品种的柳编产品。产品一出来就挺畅销,第一批,很快卖光。

李成不满足,不能只盯着眼皮子底下这一亩三分地,要扩大生产,还要面向全国,扩大销路。全村常住人口 750 人,农闲时节,不能让妇女们闲着。闲下来干啥?还不是嗑瓜子打牌,"八卦"些无聊的事情?得给她们活干,让她们充实起来,日子也有奔头。

辽宁抚顺有个筐子沟,很有名,是个旅游胜地。有趣的是,筐子沟却没有"筐子"。李成咋知道这事?他作为"优秀村支书"到北京开会时,结识了筐子沟村的刘支书,两人很谈得来,还相互加了微信。李成给"两委"干部们开会,说咱们要创造需求,把柳编"筐子"卖到筐子沟。大年初五,李成、李廷亮等几人开车北上,去筐子沟。选在春节长假,本来是多了个心眼,为了省过路费。可是有一点他们没想到,节假日期间,高速服务区也在放假。一群人又冷又饿,只能在车里啃方便面。

祸不单行,刚出沈阳,车爆胎了。还好没出事故,算是万幸。打电话找应急抢修,又多花了一笔钱。

和筐子沟刘书记微信联系,约好在乡里见面,乡党委书记也过来了。这是大年初五啊,李成硬约着人家"上了班"。见面也没闲话,拿出柳编样品就给人家看。刘书记把筐子掂在手里,翻过来倒过去看,啧啧称奇。

李成故意问,咱们景区一年游客不少吧?

刘书记答,那还不是,光国庆黄金周就小 10 万人呢。这几天还

火山红　黄花黄

有来看雪景的。

李成又问，咱这地方叫筐子沟，有没有游客问"筐子"的。

对方听出了言外之意，笑了：是啊，咱筐子沟不能没筐子，听起来不大对劲。我们也早想着发展特色产品，搞特色旅游。你们的柳编技术我们很放心，关键是，你们大老远跑过来，这种精神让我们更放心。说定了，就跟你们"结对子"。

这天是公历 2019 年 2 月 9 日。

4 月 15 日，筐子沟刘书记带着村"两委"班子成员，还有枸乃甸乡旅游办主任姚庆，一起来到瓜园村。考察学习之后，两个村达成合作协议：瓜园村教筐子沟村编筐技术，提供黄花菜种植技术和种子，负责回收并销售枸乃甸农产品；筐子沟村负责编筐卖筐，种植的黄花菜交由瓜园村销售，互利互惠。

李成和他的班子成员让对方印象深刻。筐子沟刘书记说，瓜园村这个集体，有三点让他最为佩服。一是班子团结，有部队作风；二是带头人能吃苦，这种精神头不多见；三是想法多，能谋事。

走的时候，枸乃甸乡旅游办主任姚庆又说了这么句话：你们这种精神，不服不行！有这样的干部，不富不行！

我们在瓜园村采访中，也确实感受到这一点。这村子处处透着青春气，年轻干部多，思路活，在李成带动下，说干啥就干啥，干啥都能成。柳编火了，李成又谋划着搞灯笼制作。李成对我们说，其实他的想法也很简单，春天做柳编，一直做到摘黄花的时节。摘完黄花又有了空余时间，但这时候做柳编就不适应了，天气冷，用冷水泡条子可不行，所以秋冬季就加工灯笼，做好灯笼，正好在春节前销售。

全中国灯笼集散地在河北藁城，乌兰察布、大同、张家口一带是一片空白。家家户户挂灯笼，可钱都让人家藁城人挣了。咱为啥不能自己做？咱做了，也算是填补这个空白。长话短说。学灯笼也下了不少辛苦，带七个手巧的女工去河北藁城，在人家灯笼加工车间当"义工",吃住都在厂里,边干边学。为了省时间,中午开水就馒头。

三年前的瓜园村和现在的瓜园村,完全是两个天地,村民们自己也快不认识这个村子了。变化最大的当然是生活节奏:春做柳编,夏摘黄花,冬制灯笼,村民全年有事干,有钱赚。

全乡情况如何?瓜园乡12个村,全乡除了6440亩黄花,还有葡萄、杏果、中药材、养殖等经济型产业。产业格局又和旅游开发捆绑紧密,这样的模式,让人感觉到朝气。这里有两条乡政府规划的旅游线路,从中能看出发展的马力不弱。

> 线路一:大同国际机场—李汪涧温泉小镇—北京画艺垂钓中心(陈庄水库)—蒲公英种植加工基地—菲尼克司酒庄—福缘家庭农场大棚采摘—三利公司(东紫峰村分公司)绿色有机农产品加工基地—西紫峰村永宏牧源养殖公司肉牛养殖场—大同民之源黄花食品有限公司—瓜园中心村移民新居—东坪火山脚下黄花采摘

> 线路二:环桑干湖北岸旅游风情带(原梁庄、道西湾旧村招商开发旅游项目)—西沙窝观赏牡丹—东沙窝火山人家(火山窑洞)
> 以沿线水库和塘坝为点,桑干河北岸为线,种植牡丹、景观农作物、林果等,打造集采摘"观光"休闲为一体的旅游景观带。

作为中心村的瓜园村,这几年靠黄花产业和手工编织带动,已经显出了"城郊型村落"的优势。我们在采访中感受最深的,则是完全不同于过去的一种按捺不住的活力。这些年来,人们反复说的"新农

火山红　黄花黄

村",应该就是这个样子吧!

　　进入采摘季以后,与瓜园村又有一次亲密接触。那是下午 6 点,见到李成带着他的队伍正在将黄花装箱,要连夜发货。问今年情况怎样,李廷亮说以目前看,产干黄花预计能达到 10 万斤,已经接了 160 万元的订单,上海、北京、山东、浙江、海南,各地都有,全部下来,预计能收入 250 万元。柳编篮筐销售大约 60 万元,还为周边培训了 1000 多名编织工。

　　怎么说呢,瓜园村"两委"班子六个人,整体感觉是,所有人都激情饱满,笑声多,走起路来都风风火火的。这种激情,一部分也来源于市里的支持。整个采摘季,前来"扶贫采摘"的团队就没消停过,市委统战部、区委统战部、党派团队,各个商会协会,还有中学小学,也组织学生来扶贫实践。扶贫采摘是"扩大内销"的一种,关键是带动了整个大同市对黄花的空前关注。

　　那天晚上 9 点 26 分,李成的团队出现在火车站。他在微信上发了一个消息:"大家辛苦了!有这样的团队,我们的黄花肯定能卖个好价钱。"再翻看他近期的微信内容,仝是这种快节奏的动态:黄花采摘篮子向北京进发!连夜发货!这才是火山脚下的黄花!

　　他的发文里全是叹号,满满吹军号的感觉。

再约中高庄

西坪镇中高庄

　　他叫周和,是西坪镇中高庄和顺鑫黄花购销专业合作社的老板。

　　既然是合作社,就应该称他为社长,但是我们觉得,还是叫他老板比较合适。因为我们三个作家,其中一位周智海,是青年文学社社长,平时叫惯了周社长,容易叫混了,这倒是其次。更因为周和是个传奇人物,养过车也养过鸡。煤炭火的时候,他养车运煤,那时候周和的车队由6辆解放"巨能王"组成,威风凛凛、浩浩荡荡地把大同煤送往宣化。那五年,苦是苦了一些,可老有一种成就感在后面推着他。他对那帮兄弟们说,干啥都有一个开始,咱们这就算上道了,老婆孩子的饭钱、衣服钱,还有学费,就算有了着落。后来煤炭行业不行了,他的"巨能王"趴窝了,一趴就是几年。他试着养鸡,一下子养了5000只肉鸡,他想只要第一把弄成了,就再养5000只,往大了整。结果他赔了,赔了资金,也赔了时间。

　　周和是那种见过世面,点过票子,苦海里挣扎过,商海里闯荡过,从来没有被市场整垮过的主。即使把赚到手的钱赔进去,他的精神世

火山红　黄花黄

界一直没垮过。西坪镇上榆涧村有个朱利,他是浑源人在云州扎根的黄花户,而周和恰恰相反,他是在浑源发迹过的。他说2008年全世界的目光聚焦北京奥运会,而他的目光聚焦在浑源的铁矿上。一番简单的考察之后,他动手了,把前些年积攒的50万元,投到了浑源的西南山上。他说,世世代代的农民家庭,如果不进入社会,如果只会在庄稼地刨土豆,那就永远不会从根子上走出贫困。所以他带头出来闯了。只有闯了,才会注入许多商品意识、竞争意识和现代意识;只有闯了,兄弟们跟着你才会有奔头,才会致富,才会长见识。无非就是赔光了,赔光了一身轻,咱们再来。咱不就是一个农民吗?还怕最后少得了你接着刨土豆的日子吗?在南山上玩铁矿的,何止是周和一个?他们属于闯荡者,凭的就是一身胆气。他们与当地的乡政府一商量,也没办手续,就干了起来。一干就是四年。你还别说,几年下来,他在浑源的铁矿,给他和他的追随者们赚下的就是一个教训、一次经历和一肚子辛酸,还有就是丢弃在山坡上的"铁疙瘩",没别的。一是山上的植被遭到了破坏,二是各级政府开始把治理"私挖滥采"摆到了重要议事日程上,这个教训也实在是够深刻的。

之后这几年,他一直在沉寂中,仿佛无声无息,其实他一直在积淀在反思,在大脑里给自己回放。渐渐地他明白了一个道理,道理一掰两半,一半是农民闯社会不能以农民自居,必须遵守各种游戏规则,只有勇气不行;另一半是农民的根,和庄稼一样,在土地里,为什么要真得离开土地呢?同样是商场,同样是生意,只有土地最憨厚,最实诚,虽然土地上的事儿是靠天吃饭,最起码土地里没有险恶心肠,没有勾心斗角。当了多年老板的他,并不泄气,他要重新来过。2016年,平静了多年的他,又做起了黄花,而且出手不凡呀,一下子就包了500亩。而且是种植、收购、加工和营销同时上,俨然又是一派老板风采。

这些都是我们见面之后,第一时间从他的嘴巴里抠出来的素材。

卷二 辟土·再约中高庄

周和，中高庄土地流转规模种植黄花的典型人物

那天我们电话约他，电话里一直是忙音。过一阵儿再约，通了，说想去中高庄看看。他说最好不要采访他，实在是顾不过来。过了一天又约他。他说正在区里与客商谈事儿，我们刚好从市里赶到区里，还没停车，于是顺口说让他谈完事来区文联见个面，时间不会耽搁很久。他答应了。去中高庄的事儿，只好暂时搁浅。

在区文联见到他，他一脸的倦意。与他一起来的是他的搭档，长他几岁，又壮又高，叫董恒。

见面的时候，我们有个作家正好在电话里约见另外一个采访对象，被对方婉言拒绝，被周和听到了，他当即表示抱歉。他说，说到底我们就是一个生意人，能够认识你们也是机会难得。只是马上就要进入黄花旺季了，大家都在忙，真的很忙，而且这个采访对于我们来讲，没有实在意义。我们打断他的话，顺着他的话说，哪怕能买你们十斤金针，也算个意思。

周和觉得话说得有些过，又欲解释。我们表示没有一点怪他的意

火山红　黄花黄

思，相反他能过来见我们，已经够意思了，并表示感谢，时间不多，应该直接进入正题才对。于是他开始回顾自己的往事。

中高庄种植黄花已经很普遍，像周和这样的大户也有几家，但周和是最大的。从资料上看，中高庄现有农户612户，人口1297人，其中常住741人。耕地4885亩，绝大多数是水浇地，其中近一半通过土地流转等形式，用于黄花种植。贫困户244户521人，实现了人头1亩黄花全覆盖，保证了贫困户起码的收入，2019年已经全部脱贫。

2016年，周和联系几个老朋友成立了合作社，一边把黄花种下，一边收黄花做加工，当年就卖出干黄花菜5万多斤，一炮打响，很受欢迎。政府对他很是支持，答应将三个学校的操场和半条旅游线路——10亩多的水泥地面交给他作为晾晒场地。那年是西坪镇闫红书记上任不久，他在中高庄了解情况时，发现这里的养老院有一块闲置很久的区域，主动把周和喊过来，问他这块地有意向拿下吗？周和不解地反问，这个可以吗？知道他的心思后，闫红书记很快征得县里的批准，给他办下了手续。周和没想到闫书记办事儿这么痛快，他知道这块地的后面就是一大片长年无人居住的破窑房，一不做二不休，干脆再掏一笔钱，把这些破窑也买了下来，铲平硬化了，又是一大片很好的晾晒区。周和合作社的晾晒场地有两种，一种是露天水泥地，只要没有下雨，必须是露天晾晒，大家都认这个。如果下雨了，那就马上转移到他的大棚里。大棚晾晒就是他的第二区域，与露天区域相间规划，一块露天一块大棚，这样转移起来特别方便。大棚是圆拱形的，下雨天雨水都从两边流下，顺着水渠流入地下。

2019年，周和的500亩黄花也到了收成期。他一下子雇工上百人，一半是外地的，经过短期培训，即可铺撒到黄花地里进行采摘，另一半大都来自晋北本地，他们主要做晾晒。虽然2019年黄花的行情低迷，但是大体上运行还不错，各个环节的人员配合得紧密，管理上没出现什么漏洞。周和上几代就是中高庄人，中高庄种植黄花的历史长着呢。

董恒插嘴说，我们村的人家家户户都有种黄花的经历，过时过节迎来送往，娶媳妇、做嫁妆、生孩子、上学，随便家里有个用钱的事儿，那压箱底儿的钱从哪儿来？无一例外全都来自黄花。已经57岁的董恒回忆起他的小时候，就跟着大人们去采摘，去晾晒。全村的孩子娃都是这样，哪个孩子不会摘黄花，说出来都让人笑死。区别是那时候的黄花都种得很少，晾晒也多半在土地上，把土地像伺候神仙一样弄得干干净净，然后把蒸过的黄花轻轻地放上去。这些黄花可都是每家每户的摇钱树呀。哪能想到有今天这样，铺天盖地种黄花。2017年行情好，黄花干菜能卖到1公斤60元；2018年掉了，还行；2019年更差，两次冰雹损失惨重，价格又掉得太厉害了，1公斤30元都不到，有的只卖20元。

那天在区文联采访，进行了不到一个钟头，周和接个电话要出发了。我们提了要求，坐他的面包车，去黄花地拍个照。结果就在离西坪镇最近的黄花地前停了车。

很显然地里的黄花还没到花季，黄花都是往起猛蹿的势头，只有为数极少的苗苗长出了花蕾，也有个别的绽放了美美的花，在大片大片的绿色中，格外地耀眼。我们用手机给周和哥俩拍照。周和对我们说，还得十多天，就到旺季了。别看这几天忙，到那时候，就更是后脚尖踢着前脚跟了。

一句很有趣的俗语，我们却没有笑出来。关于中高庄的采访，等于只开了个头；关于他们的文字，也只能是资料的整理和一些断断续续的感悟。

整个中高庄是个啥情况？他们的村支书是谁？那个鸿泰公司又如何？

……

一晃一个月过去，正值黄花旺季下半场。过去几年到了黄花季，

火山红　黄花黄

也会有许多观光客和艺术家们前来,但一般都是上半场。云州区的黄花季大概是6月下旬开始,到8月初进入尾声,50天左右,上下半场的分界点是7月中旬。没承想,已经是7月23日,四面八方许许多多的游客,还有许许多多的志愿者、许许多多的党员活动依然聚集在云州区,再加上从河南、山东等地,还有本地相邻县区来的雇工,整个云州区依然是一片沸腾的海洋。为了配合这里的人气,居然还有演出团队在田间地头义演,书法、绘画和摄影艺术家们也是络绎不绝。

我们顾不上路边的繁华和喜庆,马不停蹄地向中高庄驶去。我们通过西坪镇闫红书记,得到了中高庄支书史利军的手机号。史支书和周和都答应与我们见面。中高庄北靠开发区纬一路,与大张高铁、天大高速贴近,东临火山地质公园,交通十分便利。

感觉中的中高庄,在这个季节里,应该是我们的车在村口就必须停下来,因为所有能够看到的路面,都应该是铺满了晾晒的黄花。但事实上,汽车在一位村委会大叔的带领下曲曲折折,绕来绕去,到达了和顺鑫,居然路面上很少有晾晒的黄花。这是为何?

第二次见周和,他好像消瘦了一些。人很热情,就像他的身边和身后,到处都是正在蒸煸的热气,还有刚出笼的一屉一屉刚刚发生色变,散发着香味的黄花。他向我们解释,大量的黄花都让做加工的合作社收购了,农民们基本不用自己晾晒了。

问:今年农民鲜黄花收购价多少?

答:每斤一块八。

问:那还行,是吧?

答:农民的利益基本保住了,今年脱贫致富是最重要的,一块八必须保证。

问:那你们的收益呢?也没问题吧?

答:那就是市场说了算了。目前南方超市的干黄花三十八块一公斤，鲜黄花七八斤产一斤干菜，还有其他成本、费用，基本上是亏损，最多持平。

问：那怎么办？

答：没有选择，就这么办！到时候再说，政府也会帮我们推销一些，或者从其他方面给我们一些帮助。目前是赔是赚都得干，不能半途而废。

问：那保险呢？

答：在种植黄花上有保险，在收购加工上没有保险。我们听政府的，一块八，有多少收多少，先让农民放心。我们加工这一块，就听天由命了。如果市场饱和了，十块一斤也没人要。

我们想，黄花与猪肉是一个道理，猪养得越多，价格越低，黄花大规模地种植，考虑的是脱贫致富，考虑的是农民的利益，然而市场规律不会因此改变。另一个角度说，黄花还不如猪肉，猪肉贵一些，人们吃得少了，但总归还要吃，而黄花大多数地方是作为配菜，价格低了大家才买，价格高了，就不买了。

周和最后说，2017年黄花的价格就高，最高价格卖到每公斤60块，也许这种情况今年还会发生。

从和顺鑫出来，我们在村委会大叔的带领下，来到了鸿泰。2019年中高庄成立了一个由两个村委牵头，村支书史利军亲自挂帅，30多个贫困户入股的经济发展有限公司，叫鸿泰公司。史利军告诉我们，他个人的成长经历告诉他，农民必须换一个活法，换一个环境，换一个气氛，不能从地头到炕头两点一线地过日子了。过去贫困户之所以贫困，底子薄只是一方面，眼界窄是更为关键的。鸿泰让大家掏腰包，再少也要掏腰包入股，就是让他们建立投资意识，树立新观念，农民这点事儿，不能只让老天爷说了算。要让农民明白一个道理，黄花要

火山红　黄花黄

中高庄支书史利军，在倒了半边的明清老宅前留影

成为产业，黄花产业是市场说了算，市场好坏是黄花的品质说了算，黄花的品质是农民的努力、农民的付出说了算，那就是说，睡在炕头上做白日梦永远不会脱贫。所以才成立这个公司，让贫困户们直接参与到公司的运营里来，用从未经历过的商品意识和市场竞争来影响农民，从而走出贫困老路。鸿泰种植黄花297亩，既搞种植，也做收购加工，还做营销，而且由史利军亲自带着大家干。

鸿泰给人的感觉不一样，规模大，参与的人多。大片大片晾晒的黄花，大片大片的大棚，忙忙碌碌的工作者，进进出出的车辆，一看就是生机勃勃的气象。用周和的话说，鸿泰那是带"公"字儿的合作社。史利军，42岁，长得特别帅气，穿一件红色的T恤，应当说他是土生土长的中高庄的娃，然而那些年，他与许多有些文化的年轻人一样，选择离开了农村，在城市里打拼，做自己的事业。由于他个人的优秀和他家庭的口碑，十年前村民们集体向乡政府反映情况，呼吁请史利军回村。消息传到他的耳边，他感动过，也的确想回来为村里做些什么。但是他市里有房子，有公司，身边有妻子和孩子，他回去究竟能够做什么？怎么做？他没有想好。再说了，还有好几单生意，也不能扔下不管了，这不是他的性格。所以他最终没有选择回归。两年前，西坪镇闫书记和张乡长分别做他的工作。这一次，他真的坐不住了，他说："你们不用说了，道理我都懂，这次，我回，必须回。"史利军回来了，他没有让村民们失望。两年来，他率领的党支部和村委会每年都有自己的规划,然后就是紧锣密鼓、挥汗如雨地按规划执行。

他说去年的中高庄已经全部脱贫,但是今年他们的脚步迈得更大。中高庄是个明清时期就远近闻名的村子,这里曾经设过乡政府。他带着我们在村子里看,穿过大红院门做标志的农户新区,我们看到几个破破烂烂的旧院子。虽然是年久失修、残垣断壁、杂草丛生,但是隐隐约约地尚能读出昔日的辉煌。史利军说,这些房子不能简单地一拆了之,它们是中高庄历史文化的坐标。村委会已经有了打算,将来要对这些老宅做抢救性地修复和加固,一些倒塌了的院子还要重建,最终形成相对独立的传统区域,让这些老宅说话,讲故事,吸引远近客人的光顾,成为中高庄的名片。近年因为黄花和火山的缘故,前来观光的游客很多,迫切需要用这样一个文化、历史、民俗三融合的地方,来解决游客的吃住玩问题。

今年他们改造了河道护坡2000米,修建下水管道8000多米,安装街巷监控上百个,整修田间道路6.5公里,绿化主街道植树200棵。在鸿泰公司,我们看到了新建的600平方米的烘干车间、450平方米的冷库,晾晒场地已经扩大到3万平方米。史利军说,鸿泰是从黄花

中高庄鸿泰公司黄花晾晒场的尽头,是一家新开的酒厂

做起的,要百花齐放。他们还养牛、养鸡,他们还集中土地300亩,一半种大葱,一半种蔬菜。他们还酿制黄酒。他们这个黄酒,除了黄米,还有黄花和玉米,还用黄酒蒸馏出高度白酒。说到酒,我们抬腿就到了他们的酿酒厂。在三根高高的旗杆下,有宏美惠酒业的招牌,招牌之后的一排作坊里有浓浓的酒糟味飘出。这个宏美惠,是大同东和酒业与他们鸿泰的合作项目,目的也很明确,就是冲着中高庄的富硒水源和黄花来的。

  云州区的黄花玩成了产业,可是一年一度的黄花季才那么50天,非黄花季大量的农民做什么?尤其是参与到鸿泰经营的贫困户们,绝不能让他们刚刚燃起的激情再度归零。鸿泰公司还成立了一个建筑工程队,在非黄花季,可以承揽各种工程。区里知道这个消息后,主动帮他们联系业务,马上就有几个项目与他们签了合同。

  离开中高庄时,我们从酒厂买了一箱子白酒。买酒时,尝了一小口,口感不错,劲儿挺冲,清香有回甘。酒是中国传统八大雅,琴棋书画诗酒花茶之一,既然中高庄能够做出酒来,那就该在文化上再上一个档次。回来的路上,我们几个人随意聊起酒来,就有一种不知哪里飘来的语无伦次的感悟,觉得他们的酒,会与火山下的地下水有关,与那几个倒了半边的古老院子有关,与不远处的聚乐堡有关,与一百二十年前清朝末年一个仓仓皇皇、狼狈出逃的太后有关。

  与我们作家理不出头绪的"畅想"有没有关系不要紧,那种口感不错的50度白酒,倒的确可以称之为"中高白干",或者"中高白"。如果这样的话,这酒也算没有白来世上走一遭,也算对得起它和它背后故事的发祥地中高庄了。

河南老板落户三十里铺

　　河南人刘扩建怎么也没有想到,自己16岁来大同,包了半辈子工程,现在会落户成为三十里铺村的村民,还种了1800亩地。

　　村民们显然还没有把他当本村人看待。区文联主席庞尔成带着我们在村里找,问刘扩建在哪儿,村人都摇头。再问河南人刘扩建——刘老板在哪儿,村人明白了:他在村外头住呢。一个老乡骑了电动车主动引路,到村北一个路口停下,说从这里顺路往北,看见个厂子就是。路是新修的水泥路,路口还剩十来米没完工,好不容易通过。出村一爬坡,视野一下开阔起来,眼前一大片绿油油的黄花地,望不到尽头。这让人有点吃惊。三十里铺紧靠大张公路,村北都是坡地,以前从来没听说过这里能种黄花。

　　正如老乡所言,走不远就见一大片厂房,蒸房、冷库、大棚,一排二层的办公楼上几个醒目大字:云州区金健祥农业科技发展公司。刘扩建,一眼就能认出,他是那种典型的中原老板,中等个,方脸长额,举手投足中都有股稳健之气。身边几个年轻人也都精精干干的,一问,

火山红　黄花黄

云州区委书记王凤瑞（右一）和刘扩建（右二）在黄花田里

都是河南老乡，也都是河南商会的骨干。

一个在市里干工程的，怎么在村里头投资了黄花？

一旁有个被呼作"郑总"的，正在那儿煮茶，见我们问起，不以为然地说："我俩一个村的，一起出来干工程，我当时就不赞成。当时商会的人都不看好，中国几千年，种地的没有发财的。"

这事说来话长。刘扩建是那种典型的外地来大同创业的"同漂"。他是河南驻马店人，村穷，不吃苦不行，13岁就跟着本村人出外打工。1995年，16岁的刘扩建来大同，开始单干。用他自己的话说，是"端着两个拳头开始干"，开始揽工程，搞建筑。

"我16岁，别人看我都以为是28岁。不是我长得有多老，是没人相信16岁的人能揽活儿。"刘扩建说。

2003年以后，持续十几年的"房产热"让刘扩建赚足了第一桶金。赚了钱他就买房，大同市、驻马店市，买了二十几套。但是从2013年下半年，房地产市场出现下滑。工程一年不如一年好干，刘扩建就想到了转型。他认识唐家堡的张顺宝，张顺宝年轻时也干工程，两人有过交道。2015年的一天，他和张顺宝喝酒，喝酒中间谈到想改行，问张顺宝做农业行不行。张顺宝自己靠黄花致了富，就推荐他种黄花。

刘扩建简单说这几年的经历，建筑商不好做，想改行做农业。大同黄花菜是特产嘛。2015年12月18日成立金健祥公司，就他一个人。

卷二　辟土·河南老板落户三十里铺

然后2016年春天，开始找地。先到县里找，经过县里调节，周士庄镇张建忠书记又找到三十里铺村党支部书记王玉金，给安排土地流转。118户村民的地，总共1150亩。2017年，又从孟家造村流转土地750亩。

干起来，刘扩建才发现自己想简单了。

村北这块地，不是坡就是沟，上下落差大，地里还全是大石头。原先，村民们都不好好种这点地，没收成，很多地都荒了。刘扩建说，这附近有坟地，村人还有句土话："死人才往北走，活人不往北走。"

从2016年3月到6月，刘扩建光平整这块地就用了两个多月时间。先把前面的沟填平，铲车推，人力搬，从几斤到十几斤重的石头，捡了六七万方，用农用车一车一车往出拉。刘扩建带了十几个工人，在地头立起三间小平房，白天干活，晚上就挤在里头睡。

说到这里，郑总又插话了，我亲眼见他每天带着十几号人，在地里晒得黑红黑红的，太辛苦了。

正说着，刘扩建接了个电话，匆匆往外走。问啥事，刘扩建不好意思地说，他申请入了党，现在是预备党员，区里头来人了，可能是办一些手续上的事情。

户口呢，户口转过来没？

刘扩建说，已经转过来了，连儿子的，就落户在三十里铺，还是区委王凤瑞书记特批的。王书记对他说，扎根下来好好干！

看样子，刘扩建不但成了三十里铺的村民，入党以后，村里扶贫的事情怕也不会少。

我们想去看看刘扩建说的"三间小平房"。正好刘扩建80岁的老父亲骑着电动车到门口了。老人家说，我带你们去。老汉还健朗，河南话中夹杂着普通话，倒也不难懂。

穿过三个晾晒大棚，"三间小平房"在地头卧着。啥"小平房"呀，我们本以为是砖房，没想到是三间集装箱活动房。10平方米的地方，里面放着铁架高低床，堆着杂物，墙上的电线缠成一团。

火山红　黄花黄

就这，咋住人？

老人家说，刚从老家来的时候，他们就在这儿住。每间房挤五六个人，儿子和儿媳妇也住里头。

冬天住不？

住，生炉子。头一年种上黄花，上冻前也整地，地里头石头太多，有这么大的。

老人家说到"这么大"的时候，比画了个手势。黄花是2016年6月前栽的，发动了村里人，雇了河南工人，儿子儿媳妇也下地。

正说着，两个女人从地头那边过来，其中一个，瓜子脸，白白的，保养极好，长发披下来，打着卷。老汉手一指：这就是儿媳妇。

我们夸，一看就是老板娘，是享福人！

老板娘却淡淡一笑，享啥福呢，就跟着受苦，从没想过受这么大苦。以前从没种过地，现在学种地，还得从许堡乡请来宋技术员。栽苗、施肥、除草、采摘，现在啥也会了。

跟着老板娘的那个女人笑着补充：一到摘黄花的时候，老板娘就变成黑婆姨。

说话人是三十里铺村人，叫郭金莲，46岁。她讲自己家，以前地不好种，靠天吃饭，年份好的话，再勤劳收入也不到1万元。年份不好，不顶事。老公在外面搞小工程，贴补家用。家里孩子多，大女、二女、三女，还有一个儿子，都在上学，负担重。刘老板流转了这1000多亩地以后，她就来这里打工。锄地、施肥、采摘，从春天到秋天，一个人能收入3万元。孩子们上学的钱都从黄花地里来。

在这片地里打工的，郭金莲属于最早一批。她讲，这地里石头多，白草也多，前两年春天，至少得一个月除草，捡石头。村里和她一样干活的有二十三四个，都是四五十岁。"年轻人不干，都到外面了。"还有周围几个村子和聚乐堡乡的，也来这里打工。采黄花的时候人最多，得300多人。忙不过来，刘老板家老小都上阵。

老板娘回想往事，一开始我们没有晾晒大棚，就在地上晒。好不容易晒开了，来了一场雨，大家匆忙出去收黄花。老公公80岁的人了，也跟着到院子里抢收。

说到这里，老板娘有些哽咽，用手拭眼角。

这几个河南人，本来都是搞建筑的，说起种地来，却都有说不完的话。刘扩建忙完返回，一个大同邻居也跟来，继续聊种地的事。

"咱是外地人，不懂黄花，又是个人投资，流转土地最多的。光黄花地投资两千几百万，除草追肥，最少200万元扔进去，咣当一声，看不见。

"23年积累的资金全部投入地里，十年以后能把本钱回来就不错了。将市里二十多套房卖了，市里一套房都没了，全部投到三十里铺了。凯顺家园十几套，还有德盛嘉园，老家三套也卖完了。"

刘扩建好像在自嘲，又有点破釜沉舟的架势。

说到这里，一旁的大同邻居来了气："我俩的孩子是发小，看他这样，替他急。当时他投资，我不知道。我要知道，打死也不让他干。2016年我开车过来转了转，看了三间小平房，回头骂了他一晚上，我说他这是'抱着金碗吃窝头，把骆驼宰了放羊去'。搞工程一年，要是有这精力，早就赚翻了。老话说：不跟地里挖钱。他是硬着头皮往下搞。"

刘扩建苦笑，当时已经上了高速，180迈，拉不回头了。

刘扩建说，他也没想到土地里的投资会这么大。既然路已经走开了，就得继续。他是把这块地当亲生儿看。上喷灌，靠自己搞建筑干工程那点底子，自己花钱，自己布管线，一趟一趟，布了4万米。比别人多一倍辛苦，人家追二次肥，他是五次。采完黄花就耕地，耕地后再追肥一次，好让黄花苗吸收营养。配套也得改良，头一年是三间小平房，第二年盖办公楼、宿舍，硬化场地，第三年建厂房、冷库，

火山红　黄花黄

进设备，然后是晾晒大棚，慢慢就有了样子。

投入那么大，毕竟有回报。原来的荒滩，现在变成了千亩良田，在四周的高坡沟壑之间，很惹眼。说起这些，刘扩建有些成就感。他说2018年和2019年，原省政协副主席吕日周回老家，专门在王凤瑞书记的陪同下来他地里看了两次。王书记对陪同参观的其他种植户说，你看人家那河南人，这么赖的地，种这么好的黄花，你们合作社种那么好的地，水呀啥的全部配套，还不如人家的。

大同邻居听到这儿，开起了玩笑，说县长书记"拍打拍打"，他就有劲儿了。

刘扩建正色道，领导们不支持，三年都干不下来。一开始，政府给打了三眼井，要不没井咋干？后来见他干得好，投入那么多，政府又给扶持了90万元。

大同邻居：你这是抓了一副烂牌，打得好！

刘扩建：咱这人不大好麻烦别人，自己有多大能力做多大事。不过2018年晾晒黄花，要是没人帮，那就挺不过去了。

2018年，三十里铺的这1150亩黄花开始有了收成。采摘的辛苦不用多说，关键是晾晒。刘扩建没经验，晾晒场地准备不足，几十万斤鲜黄花眼见就要烂在地里了。时任村支部书记王玉金在聚乐堡办了驾校，就跟他说别急，用驾校的场地。当即打电话，让人把驾校腾出来，那几天停止训练。几车黄花拉过去，解了燃眉之急。

"王玉金是个好人啊，可支持咱了。流转一千亩地，别人都很费劲。王书记大喇叭一喊，我们一个礼拜就流转了。可惜去年心脏病突发……"

我们想起来了，王玉金，就是那个"倒在扶贫攻坚路上的村支书"，《人民日报》还有过报道。王玉金也是个很有闯劲的人，很小就离村出去闯荡，开过豆腐坊、办过砖厂，搞过养殖，起初干啥啥赔，到后来开屠宰厂、办驾校，一年能收入五六十万。时任镇党委书记的张建忠找到他,说三十里铺脱贫攻坚,需要有个带头人。他就这样回来,当上了村支书。

王玉金带动村民脱贫致富,找产业,拉项目,正好赶上刘扩建要在这里投资,所以刘扩建项目落地很快。正如刘扩建讲的,"已经上了高速,180迈"。

2019年4月9日《人民日报》第6版刊文《"带着乡亲致富,我就感觉幸福"——追记倒在脱贫一线的山西大同三十里铺村原支部书记王玉金》,里面写道:

> 2013年底,三十里铺人均纯收入不足3000元;到2018年底,人均纯收入不仅达到10560元,而且村集体经济从无到有,1200亩经济林到明年将使集体收入突破1000万元。劳累过度的王玉金却突发心肌梗塞牺牲了,年仅56岁,入党1800天。
>
> ……
>
> 脱贫攻坚,产业是关键。云州区大力发展特色产业:黄花种到哪,水利配套跟到哪,灾害保险、金融贷款、加工设备补贴跟到哪。"王玉金一个月就动员村民签完了千亩流转合同。"时任乡镇书记张建中说,过去三十里铺100亩都没流转过,他大喇叭一喊,七成人就签了字;剩下的分派干部入户做工作,有三四户他天天登门,终于让土地连成了片。
>
> "靠这1000多亩黄花,老百姓流转土地每年收入30多万元,务工增收又是30多万元。"周士庄镇书记朱华说。

文中提到的1000多亩黄花,就是指刘扩建开始流转的这1150亩。关键是,这1000多亩地对村民来说,本来就是"鸡肋"。种吧,

火山红　黄花黄

收成不好，有时干一年下来，一算成本，白干了。没井，没水，自己整地吧，哪有那能力？区里面是产业赶着配套走，配套又赶着引资项目走。刘扩建在土地上的这一番辛苦，也算是跟上了时代这趟车。村民们呢，乐得个方便，几十亩土地流转出去，省了心，也多了净收入。村民张进海在村北的20亩地都流转给刘扩建，30年的合同。土地流转出去后，张进海也不种地了，给大同市一家个体户当司机，爱人在邻村加油站上班。几年下来，就盖了新房，自己安了暖气。在三十里铺村这样的城乡结合地带，有不少张进海这样的"候鸟式"村民。

像三十里铺这样的村子，土地贫，但是离城近，交通便利。年轻人往往出去，在"市里"谋生计。那村子怎么办呢？还是靠王玉金这样出息了的村民回来带动，这就是"反哺"。

改造土地呢，有时也需要新鲜血液的注入，比如刘扩建这样的外乡人。有的大同人会说，那些外地人，温州人、河南人，脑子好，都把我们的钱赚了。说话人没想到的是，人家不光脑子好，也能吃苦。人家不光会赚钱，赚了钱再投资，对当地也是一种"反哺"。

刘扩建当然不会用"反哺"这样的词，他说得很直接："我这是给三十里铺村打工呢。村民干一天，我给一天的现钱。村民流转一亩地，我给一亩地的钱。我自己呢，只是往里垫钱。"

不管初衷如何，刘扩建的金健祥公司，确实在客观上提高了村民的收入。区里头领导三天两头过来看，也是希望靠这吸引来的投资，能真正给农民带来实惠。刘扩建给我们看《大同日报》上对他的报道：

> 周士庄镇是个养鸡大镇。刘扩建每年以60元一方的高价购买三十里铺及周边村养鸡户的鸡粪1500多方，作为黄花地的肥料。同时，在黄花锄草、施肥等田间管护上，雇用三十里铺村、孟家造村群众，特别是黄花采摘期，雇用周边村庄农民100余人，带动每户年增收1万多元。2019年，黄

卷二　辟土·河南老板落户三十里铺

花采摘期间，连续几次的阴雨天，黄花晾晒困难，并遭受了冰雹灾害，附近又没有鲜黄花收购点，眼看村民鲜黄花就要倒在地里。但他仍然以每斤2元的高价格收购了三十里铺、上庄、孟家造等周边村庄农民的鲜黄花，通过河南商会等渠道销往外地，为大家解了燃眉之急。

几年来，在发展产业的同时，刘扩建还出资30万元，联合云州区交通局为三十里铺村硬化田间路2.6公里；投资10万元，为村里新建了水塔，解决了该村吃水难问题……

上文所说"硬化田间路"，就是我们来时走的那条路，已经修到头，不几天就完工。

但刘扩建毕竟也还得赚钱啊，不赚钱，哪能持续下去？

刘扩建的办法是"两条腿走路"。黄花前几年产量低，三十里铺这边又容易有雹灾，他就与河南老乡合伙办了"云州区申同农牧发展有限公司"，建养牛场、养猪场。今年在周土庄镇上庄村开办了个养猪场，占地50亩，能养2万头猪，现在已经养了1万头。今年黄花受了灾，但猪肉价高，正好弥补那边的损失。

他还考虑循环产业，将来养牛，牛粪可以作为黄花地的肥料。黄花茎叶粉碎打包后，又可以作为牛的饲草。

刘扩建说，自从"种地"以来，自己老了五六岁，孩子们也成了半个农民。三个孩子每到采摘季，半夜12点多跟着进来采黄花。儿子今年刚考上大学，将来干事业，不用再像老爸一样摸着石头过河。

他的办公室挂着一幅书法，上面的内容是：人世间条条路坎坷，谋富贵勇往莫退缩。谋富贵，不能光谋自己的。刘扩建现在成了三十里铺村民了，希望他真能成为农民们的"贵人"。

从三十里铺返回时，庞尔成给我们介绍了三十里铺的历史。三十里铺是明清时古驿道的官堡。明正德《大同府志》有记载：三十里铺

火山红　黄花黄

堡属大同七十二堡之一。明正统十四年七月（1449），明英宗率50万人御驾亲征，二十八日至阳和，八月三日至大同，所走的就是这条古道。村中古堡，东西长约80米，南北宽约78米，堡内东南角建跺道，角墩上建控军台，现在还有遗迹。村里有"元顺兴"当铺遗址，能见证清朝时候的商贸繁华。

　　我们都感叹，这古道已经是过往，今天的云州区要开出一条致富新路来，毕竟还需要这土地上世代不息的精神。套用刘扩建那句话：条条路坎坷，勇往莫退缩。

卷三〇 承露

引言

晕碧裁红点缀匀，
一回拈出一回新。
鸳鸯绣了从教看，
莫把金针度与人。

这是元好问诗作之一。诗中强调绣鸳鸯的"金针"莫度与人，也就是，挣钱的方法和秘要切不可传给他人。

可是，在云州区，种植黄花脱贫致富的诀窍，却并没有像诗中所说那样，深锁在绣娘手中，反而人人都得到了这个秘诀。那么，是谁把脱贫致富的"金针"手把手心贴心地度与云州区的农民，让他们走上小康路，叩开幸福门的？

云州区地处雁门关以北，地高天寒。火山下的农民们，祖祖辈辈沿袭着种植黄花的习俗。大同黄花很早就是全国有名的特色农产品，早在20世纪30年代，大同黄花就在巴拿马国际农产品博览会上获得

火山红　黄花黄

过金奖。1975 年，大同县就被山西省人民政府确定为黄花生产基地县，大同黄花是全省出口换汇的拳头产品。可是，虽然大同黄花品质卓然，历史悠久，但过去一直以来都是依赖小农生产方式，人种天收、不成气候，从未形成大的产业，黄花也始终不是这里农业发展的主要方向，农民们也从未指望在种植黄花上脱贫致富。

2011 年 5 月，王凤瑞调任大同县县委书记，上任以来，他很快走遍了全县三镇七乡，尤其是那些有名的贫困乡村，与乡镇干部、村干部促膝交谈，了解第一手资料，在田间地头、戏台下面、农家炕头，与农民，与贫困户、老弱病残、留守人口拉家常，说心里话。这一年山西省明确把"一村一品"和"一县一业"作为推进农业现代化建设的重要切入点来抓。大同县抓哪一业？他问三套班子的成员，他问乡镇干部，也问农民，他更问自己，得到的答案，除了不够明确不够坚定或者模棱两可的以外，几乎都选择了黄花，这与他考察的结论基本一致，除了黄花，没有其他答案。他明白这不是县委的选择，甚至不是人为的选择，这其实就是历史的选择。

然而事情并没有那么简单，虽然他们面临的大考就是一道单选题，然而人们在画这个勾的时候，有许多人是持观望和犹豫态度的。常委会上几次讨论，王凤瑞都有这个感觉。会下也有不少善意的提醒，奉劝他三思而后行。然而王凤瑞的话，直接戳到了大家的心窝。他说："其实我也是普通人，有些时候我也会拿不定主意。但是一县一业，这是一场大战。如今是兵临城下，由不得我们摇摇摆摆，举棋不定。"

他又说："你们说，大同县除了黄花，还有什么别的出路？"

大家你看看我，我看看你，不语。他看看大家，站起身来接着说："既然没有其他路可走，我们就必须做出坚定的选择。我知道这很难，责任重大，要不是这样，要我们这些人干什么？"

他的话，有力亦有理，让大家心服口服。于是大同县全力发展黄花产业动员大会正式召开，随后一整套政策连续出台。

引 言

政府"兜底",给农民以种植补贴。针对种植黄花头两年没有收益三年后成长期可以连续十多年获得高收益的情况,对新栽黄花给予每亩 500 元的补助,集中连片 200 亩以上的配套水电路。

黄花采摘劳动强度高、费时费力,政府部门认真分析本地和周边用工行情,通过网络、微信、上门招工等形式,帮助种植户联系周边及各地的采摘工。

解决晾晒场所不足的问题。县里先后为中高庄、唐家堡、徐家堡、上榆涧、贺店 5 个村硬化场地 3 万多平方米。各中小学校的操场、道路、空闲场所,也积极为农户、加工收购企业晾晒提供方便。

改善农田水利条件。县委、县政府投资 2.6 亿元实施了万亩农业综合开发、土地整理、雁门关生态畜牧经济区建设等 12 个重大项目,新增和恢复灌溉耕地 22.68 万亩。连片种植 200 亩以上,由水务部门免费打井取水。推广节水灌溉 6.21 万亩。

为了解决关键环节的问题,每年年初都要召开推进会,总结经验,查找问题,研究解决办法;年中召开现场观摩会,组织乡村干部和群众到先进乡镇、农村观摩,农民互相对比算账,增强调产的信心;年底开展"冬季行动",组织发动群众,筹措资金,流转土地,联系秧苗,为来年开春种植做好准备。

本卷要说的正是"服务",主角是基层的党组织和政府,还有各类服务型的机构、公司、经纪人。

谁把金针度与人

王凤瑞和我们说起一件往事。2011年全县开始大规模推广种植黄花，他来到西坪镇贺店村调研鼓励农民种植，村里的农民谢文听到种一亩黄花政府补贴500元钱，很动心。年轻时，谢文在大同县千千村读过完全小学，1977年考上了民办教师，当过几年小学老师。他敏锐地感觉到，云州区有种植黄花的历史和基础，在田间管理上有传承优势，大规模种植可行性非常高，而且一斤干黄花就相当于一斤猪肉的价钱，肯定能卖出去，所以第一个站出来表态，要种植5.5亩。王凤瑞问他种植黄花的困难时，他说，打井，解决干旱问题！王凤瑞当即拍板说，没问题，咱们打井，不仅打一口井，黄花种到哪里，井就打到哪里！

说干就干！全县各有关部门应声而动，发挥各自的工作职能，争取项目、吸引资金、引进技术投入黄花产业的发展。国土局、扶贫办帮助打造新的黄花精品产业片，水务局、综合开发办优化路、水、电、气等配套设施，气象局发布天气专项预报，农机局引进研制新型机械，金融部门为黄花种植提供资金支持，开通绿色通道。县黄花产业发展领导组统筹涉农项目资金，统一布置、统一安排、统一划拨、统一使用，形成了项目集聚效应……

这样一来，举全县之力，大同县黄花种植产业慢慢打开局面，凝聚了人心，渐渐摸索出了一条路子。王凤瑞说，这条路前景广阔，风光无限。

2011年以来的短短几年间，通过流转土地、规模经营、公司化运作、品牌推广等手段，大同县黄花产业向规模化、集约化、品牌化的现代农业发展，黄花种植面积每年以超万亩的速度快速推进。

2015年11月27日至28日，中央扶贫开发工作会议在北京召开。中共中央总书记、国家主席、中央军委主席习近平强调，消除贫困、改善民生、逐步实现共同富裕，是社会主义的本质要求，是中国共产党的重要使命。全面建成小康社会，是中国共产党对中国人民的庄严承诺。

脱贫攻坚战的冲锋号一吹响，基层区县的干劲自然更饱满。人心齐，泰山移，2015年大同县黄花种植总面积达到15万亩。其中，盛产期的黄花5万亩，总产值达3.5亿元，农民人均增收2000多元。大同黄花又频传佳讯：云州区黄花产业先后通过省级和国家级出口黄花质量安全示范区验收；2017年，通过全国绿色原料标准化生产基地审核，被省农业厅授予省级农产品质量安全县；在第十五届中国国际农交会上，"大同黄花"荣获中国百强农产品区域公用品牌。今年，云州区又创建国家级农产品质量安全县，并被国家标准化管理委员会确定创建国家黄花种植与加工标准化示范区。

2018年5月28日，经国务院批准，按照山西省人民政府的批复，大同市撤销城区、南郊区、矿区、大同县，设立平城区、云冈区、云州区。以原大同县的行政区域为云州区的行政区域。

区域调整变更，黄花产业的发展也在不断完善和创新。

火山红　黄花黄

黄花全部为露天种植，从生长到采摘阶段非常易发病虫害，还会受到暴雨、内涝、雹灾、风灾、干旱等多种自然灾害的侵袭，特别是采摘期内黄花花蕾一旦被冰雹打落，将导致整体绝收全损，使种植户"望花兴叹"，各种灾害成了广大种植户的心头之痛，更是农民不愿或不敢放手发展黄花种植产业的一道沟坎。

怎样能帮助农户避免损失？王凤瑞在调研中注意到了"保险"这个办法，于是，王凤瑞与中国人保财险山西省分公司协商，独家试点开发黄花相关保险产品。在田间地头、在农家炕头，云州区农委、黄花办专业技术人员协同人保财险山西省分公司工作人员，深入到黄花种植大村，针对自然灾害与市场波动，了解情况，征求意见，与黄花种植户交流探讨，拟定和修改保险方案。2016年初，基本完成了"黄花种植保险"条款的定稿与报批。同年，又开发报批了"黄花目标价格保险"产品，这样，黄花种植户有了"防护罩"，上了"双保险"，大家的干劲就更高了。

2019年3月，王凤瑞又请来中国人民财产保险股份有限公司总经理翟因华，向他介绍云州区黄花产业的发展和前景，恳请助力云州黄花全产业链保险。一路看到和听到云州区的干部们，心心念念为黄花发展而殚精竭虑，翟因华总经理也为之动容，他握住王凤瑞的手说："书记呀，这么好的事业，不能少了我们保险人！这个忙我帮定了！"回去后，人保财险山西省分公司根据云州区黄花产业，量身定制了从融资担保、种植加工、物流货运、价格指数等全流程的"一揽子"保险保障方案，云州区的黄花产业有了"保险全覆盖"，黄花种植户们有了政策的扶持，有了保险的护航，步子越来越踏实。

2019年，西坪镇唐家堡村的种植户们在区里的指导下，投保了黄花种植保险。当年7月5日，一场冰雹，将唐家堡村的1098亩、137户农户种植的黄花打得东倒西歪，花蕾掉落，受损严重。这时候，保险这根杠杆发挥作用了！经过细致的核损，人保财险公司向唐家堡村

采摘季未到，我们知道拖拉机后边就是一望无际的黄花地

受灾种植农户支付了224.8万余元保险赔款，帮助种植户挺过了这个难关。

王凤瑞欣慰地告诉我们，截至2019年底，黄花种植面积达到17万亩，采摘期黄花9万亩，产值达到7亿元，形成了1个双万亩片区、8个万亩片区和109个专业村，培育了15家龙头企业，打造了8个国家级品牌，促进了农业供给侧结构性改革，仅此一项全区农民人均可增收3500元。特别是以乡办、村办合作社带动贫困户种植黄花3.8万亩，达到了除社保兜底外12194户贫困户29722名贫困人口，每人至少拥有一亩黄花的目标，成为省级现代农业示范园区。全区现已形成政府支持力度大、群众参与热情高、社会支持氛围浓、脱贫攻坚效果好，黄花种植、加工、旅游一二三产业联动发展的良好态势，不仅贫困人口有了稳定、可持续的收益，而且在带动"三农"转型，实现乡村振兴上发挥了作用。

盛夏，黄花已抽薹。我们来到云州区农业农村局，在楼梯口遇到局长庞有军。他身材魁梧，戴着眼镜，精神干练，正要赶往杜庄乡万

火山红　黄花黄

亩都市蔬菜示范基地，我们便跟随他一起前往。杜庄乡，就是华北地区摄影爱好者和游客最为喜爱的地质景区土林的所在地。杜庄乡都市蔬菜示范基地，现规划总面积1万亩，已种植黄花3000亩，在落阵营、利仁皂两个村种植蔬菜2500亩。

一路，汽车经过的黄花地，均匀地插着细竹竿，竹竿的顶端是黄色或者蓝色的塑料纸，我们不解其意。汽车停在路边，庞有军径直走进花田中，蹲下身子扶起叶片细细观察，上前问他在看什么，他告诉我们："看看叶子上有没有害虫。"

为了保证大同黄花的品质，农业农村局一直在做黄花的绿色防控，目的是为了生产绿色有机产品。他说，在黄花的生长期内，他们要在物理防控和生物防控两方面下功夫。在物理防控方面，推行推广粘虫板、杀虫灯，防治病虫害，提高产品质量。在生物防控方面，则是用低毒、低残留农药，在未形成病虫危害之前就防治，同时加强预测预报。

在采摘前，要到田间地头观察虫害是否发生。

黄花容易发生的虫害有蚜虫、红蜘蛛、蓟马，这些需要通过安全用药，来降低对黄花的危害。庞有军告诉我们，那些黄色、蓝色的塑料纸就是粘虫用的，花虫对黄色和蓝色比较喜好和敏感，所以粘虫纸颜色选择了黄色和蓝色，我们这才恍然大悟。庞有军还透露给我们，云州区的水土没有污染，空气纯净。目前云州区国家认证的绿色有机黄花已经有4.1万亩，计划今年认证3万亩，再用三年时

庞有军在黄花地头了解病虫害

间将绿色有机覆盖提升到80%。

手机响起来,庞有军接电话安排几天后蒸制黄花的地头锅炉评选,政府准备给农民补贴购买地头锅炉,用来帮助农民在地头加工黄花。锅炉立在花田地头,通过蒸汽杀青,减少了黄花的整理、装袋和搬运程序。

庞有军2009年12月担任大同县农机局局长,2019年3月担任云州区农业农村局局长,早在2012年就开始搞研发,除了地头锅炉,他和同事还设计了各类机械,涉及黄花种植、生产、加工。这些设计都填补了国内的空白。以前传统的加工,效益低,产成小,所以庞有军想从烘干作为一个突破口,提高黄花的产量和品质。

他和同事们提出创意和构想,利用空气能的原理,来烘干黄花。在研发黄花烘干设备的过程中,连着几天大家盯着机器,进行试验,当时正是黄花季,下着很大的雨,他们在合作社一坐一天,运行机器,观测数据,记录和调整烘干的温度,寻找杀青、烘干的最佳温度曲线,解决烘干工艺的问题。庞有军说,烘干工艺的水平决定着烘干出来黄花的色泽和产品质量。如果掌握了温度,就可以使烘干的黄花接近原菜的颜色。但是想要找到最佳的温度曲线,就要在不同时段找到最合适的温度、湿度要求。他们反复试验,多批次边烘干边试验,最终获得了一个成熟的技术曲线。经验总结出来以后,把温度曲线的数据输入到主控板就可以自动控制烘干。这样就解决了阴雨天不能晾晒、场地不足无法晾晒的问题,而且品质也提高了。品相、品质都优于晾晒。以前自然晾晒至少要两天,必须阳光充足,现在用机器烘干菜,只要12个小时。

庞有军还尝试用这台机器烘干大白菜、红辣椒、地骷、豆角,都取得了成功。这样一来,干蔬菜市场也开始做起来了。技术路线方向性确定了,2018年开始空气能热泵机械烘干机推广,组织召开了一次全国性的黄花烘干演示会,有16家企业参加了演示,省农机局的有关部门和人员全部到场观摩。

  这些年，政府每年拿出财政专项资金补贴支持他们搞研发和创新。2016年，庞有军参加了在武汉召开的中国国际农业机械展览会，为了寻找能够合作的厂家，他逐个展台了解和询问。最终，与山东一家农业装备公司达成意向，针对规模化中耕的难题，联手研制开发黄花旋耕机，解决了人工每天中耕锄草的问题。现在一台拖拉机可以旋耕八九十亩。他们还选取引进了茎叶回收设备，解决了黄花秸秆冬天焚烧的问题，如今通过粉碎、还田、回收、蓄青，黄花和其他作物的秸秆都可以通过加工成为饲草。

  "咱们施的全是有机肥，除草、杀虫全部靠人工。这两天正在对每亩黄花从发芽、返青到花蕊成熟，再到人工采摘、加工晾晒、成品分拣，直到包装成产品，进行追溯体系建设，以后只要一扫码，都能看到大同黄花各个数据记录。

  "咱们云州区2019年被农业部确定为中国特色农产品优势区，同时也是农业厅省级特色农产品优势区。现在正组织人员，申报国家级现代农业产业园。

  "保护好、发展好黄花产业是总书记的嘱托，我们必须保证精耕细作，不能有丝毫马虎。"

  话音未落，庞有军的电话又响起来。我们笑说他忙，他说，最忙的不是我们，是王书记，每天他都忙到晚上十来点以后，他可是为了黄花，忙得没日没夜。

  是啊，云州区的干部们，为了发展黄花，为了脱贫攻坚，倾注着他们太多的心血和情感。

  杨宝义就是其中一位特殊的干部，虽然已经退休了，但他每天还是奔波忙碌在黄花地里，为农户提供帮助。

  杨宝义是云州区原农业局农业技术推广站站长，省劳动模范，

卷三 承露·谁把金针度与人

杨宝义（左一）在田间指导农民中耕除草

2015年"五一"劳动奖章获得者，高级农艺师。说起他熟悉的黄花，扳着指头如数家珍。2009年，参加北京农博会，杨宝义专门对各地的黄花做了个比较，更有了底气。他竖起大拇指自豪地说，反复对比，数咱大同的黄花儿油性大，品质好，绝对是黄花里的翘楚。

说到黄花种植的历史，他提供了几个重要资料，解放前大同县只种植黄花933亩。1969年，全县黄花2844亩；1975年大同县被省政府命名为黄花基地县。杨宝义的记忆中，20世纪80年代初，大同县黄花集中在杜庄、中高庄、倍加造和徐家堡。1987年县里开始补贴黄花种植，当年补贴每亩20元，第二年每亩14元，全县黄花就上到1万亩；1994年，全县当时16个乡镇、132个村，全县黄花突破了1.5万亩。他说，不比不知道，发展最快是最近这十年。

作为技术部门人员，以服务农业为主，所以农闲后杨宝义下到基层，到公社大队组织技术培训，辅导农民，详细讲解黄花怎么栽种、除草、采摘，怎么追肥，追多少、追啥肥，都有门道。杨宝义说起在

火山红　黄花黄

培训指导时的一件事。追肥，应该春天追农家肥，时间上应该6月中旬开始第一次追肥。有的农民觉得追肥早，就会效果好，平时种葫芦，粪大水勤，就会结蛋子，抱蔓子，以为就好。可是黄花跟葫芦不一样。去徐家堡培训，一个女人说，她的黄花追了两次肥了没见效，杨宝义跟着去地里一看，发现她追得早了，没长花薹，长了叶子。杨宝义耐心解释，告诉她，追肥在见薹时才能促进花薹的生长、分支，问题找到了，就好办了，以后黄花的种植和追肥也就不会出差错。

随着黄花种植扩大，慢慢地，病虫害也频繁出现。特别是发现蓟马危害黄花后，杨宝义和同事们特别担心，因为之前蓟马的危害相对小，没有引起重视，但是现在，黄花种植户们反映黄花受虫害的消息，一通一通电话打来。杨宝义坐不住了，需要对蓟马的危害进行普及，教给种植户如何应对！

根据蓟马习性，杨宝义辅导农户们下午4点以后打药，因为蓟马白天藏在花苞的缝隙里，黑夜才出来，上午打，气温高，药剂容易蒸发，杀虫的效果不好。下午四五点以后，尤其是晚上打药比较好。花农们按照杨宝义的办法，施肥打药，田里的黄花摆脱了病虫害的滋扰，在夏天的风雷雨露中，可劲儿地生长，一根根花蕾，肥厚挺拔。

杨宝义的工作，不仅仅是针对蓟马。他说起来，黄花还容易得锈病，一般在采摘完的8月份出现，传染很快，一株黄花一片叶上有，一个礼拜以后，周围一大片黄花就全锈了。生病的黄花，叶片上一层粉色的水，那是可怕的真菌吸收叶片上的光能，与空气中的二氧化碳反应后形成。这也得防治，打药。

杨宝义已经退休了，但他跟我们说，他一直有个愿望，成立一个研究所。他说，黄花研究所全国也很少。他专门举了个例子，咱们云州的黄花都是上午采摘，因为下午开了花，品质就不好了。但是湖南的黄花就不一样，他们那边是下午采摘，杨宝义说，如果经过交流研究，把这两个品种优选、杂交，那咱们云州区的黄花种植、采摘、品质就

卷三　承露·谁把金针度与人

更好了。

　　农技推广，基层也有能人。我们在三十里铺采访刘扩建的时候，他说许堡乡有一个很了得的农艺师，名叫宋知荣。宋知荣给他当了三年"师傅"，让他深为拜服。刘扩建说，这沙沟地整出来的黄花田，在宋师傅的指导下，长势却旺过别人家十年的水浇地，别人的黄花到三四年头上只有十六七根薹，而他的黄花，有的多达三十根薹。

　　这"三十根薹"让我们上了心。那几天采访路线密集，一直拖到采摘季快要过去的时候，才托云州区作家孙掌宽联系上宋知荣。之后，孙掌宽又推荐了云州区第一代黄花科研人马发。

　　宋知荣61岁，长一张成吉思汗式的阔脸，喜眉喜眼，早先是农民技术员，后来转正为国家干部，考上农艺师职称，算是个"土专家"。

　　马发69岁，面貌清癯，1976年山西农学院毕业，助理研究员，是个标准的学者。

　　一个"土专家"，一个科班生，串起了云州区黄花科研的历史。

　　宋知荣出生在许堡乡东水地村。父亲是老黄花农，小的时候，他就跟着父亲在村集体的黄花田流汗。他爱鼓捣农作物，1975年初中毕业，就进村里的科研组种试验田。那时候大集体，但村有科研组，乡有农科站，村里的科研组都是十六七的后生。年轻人肯干，宋知荣在地里一待就是一整天，制种、防霜、研究病虫害。虽说年轻，虽然不是啥科班生，但农民自有农民的钻劲儿，剥开谷荏子找钻心虫，半夜煨火"除霜气"，从土办法里找农业科研的出路。那时候县里面响应毛主席指示，办了"五七农大"，在村社推荐下，1976年，17岁的宋知荣上了县农大，半工半读，学习育种、栽培等技术。1983年，成了专职的农业技术员。

　　就是在这一段时间，宋知荣认识了马发。马发对黄花的科研是从"根"开始的。1981年，马发在樊庄下乡。那时候"以粮为纲"，不

火山红　黄花黄

少乡村刨掉黄花改种粮，挖出来的黄花苗就堆在路旁，雨水淋几次，就腐烂发臭了。有一天，马发在发臭的黄花苗里发现了新芽，他拿起来看一看，闻一闻，就再也放不下了。可能是出于对黄花生命力的敬畏，也可能是职业习惯，马发就此开始研究黄花根系。1982年，马发到东水地村下乡，还是时不时地把黄花根刨出来，蹲在地头一看就是半天。马发这奇怪的举动，吸引来一个二十出头的年轻人，他就是宋知荣。

当时县科委还有一个农艺师叫陈广礼，他和马发一起做研究，宋知荣就在后面跟着学，拿个相机替他们拍照。后来影响到全县的"黄花菜切块分芽繁殖法"就是这样试验成功的。1982年8月，原雁北行署科委组织省、地、县三级鉴定会，认为这个方法是山西省黄花菜发展史上的一个新突破，并定为单项阶段性研究成果。1986年，陈广礼和马发的专著《黄花菜栽培与加工》出版，里面的图片正是宋知荣拍摄的。

马发的一系列研究，就是从对黄花根系的研究基础上拓展而来。"黄花切块分芽技术"研究，1982年获得山西省科技成果四等奖，第二年他的该项技术再次荣获山西省科技推广三等奖，同年省政府为他记三等功。1985年《植物》杂志发表他的学术论文《黄花菜的穗分化》，《山西日报》发表他的文章《宅院种黄花大有可为》。他绘制的黄花根系图，直到现在还是黄花"标准教材"。

黄花出了问题，先从根部考虑，八九不离十。2014年，大同县落阵营种植户周明山的黄花大片大片的全蔫了。种植户找县委书记王凤瑞哭诉，王凤瑞一听完，表情就严肃起来。怎么会有这种情况？以前还没有遇到过。现在全县推广黄花种植，要是这种情况大面积出现，那还了得？他马上托人大主任找到已经退休的马发，让他找找根源。马发到地里一看，问题就是在根上——"臭根"，根全死了。"臭根"的原因，就是农民种植的时候有问题。

马发又心疼又来气，他从地里拔了一株"臭根"的黄花，连着泥

卷三 承露·谁把金针度与人

就提到王凤瑞办公室，气冲冲往办公桌上一扔，你看看，都死根了！

王凤瑞问他，啥时候死的根？

马发呛声道，栽之前就死了，这都是栽的时候不懂打丁！

马发惋惜的是，直到这时候，还有种植户不懂在栽种前"打丁"。"打丁"，就是在栽种前先切掉死根，防止腐烂传染。王凤瑞听了马发一顿牢骚，心里反而轻松了。他对马发说，你是科研老专家，是黄花培育的保险栓，以后全区这一块"保险"就靠你了。他特聘马发为培训专家，由职业技术学校组织，一个乡镇一个乡镇地讲。讲到中间，还要下地检查，发现有"不打丁"的，训一通，重种。

黄花虫害，有时也与根有关。马发到徐家堡村调研的时候，发现两个农妇正在地头犯愁，好好的黄花，说蔫就蔫。

马发下地看了看，返回来问她们，是不是这几天晚上开了灯，玻璃外面有很多蛾？是不是还噔噔噔撞玻璃呢？

两女人奇怪，你咋知道？

马发告诉她们，这飞蛾是"地老虎"变的，死了的黄花根部有地老虎。治地老虎，必须早期杀卵，"现在杀虫已经迟了。虫太大，扳开嘴给虫喂药也不顶了"。所以马发在讲课的时候会提醒种植户，四月杀卵是关键期，秋天采摘完也要打药，这样，既不会有农药残留，又能及早杀掉虫卵。

关于黄花的习性，马发写过一个《黄花歌》：

> 十四叶片一根薹，头顶花序角冲天。
> 六片花瓣包得紧，七条花蕊六条雄。
> 蒂似圆珠与枝连，成熟采后行断层。
> 花柄圆柱直管形，蕾身黄绿尖点红。
> 与地垂直地中茎，表面横伸肉质根。
> 终身就为浅根系，七八年后腐底层。

火山红　黄花黄

虽说宿根多年生，就怕伤根不再生。
五月怀薹临界期，遇寒发育更充分。
水肥猛攻在高峰，穗大蕾多夏至显。
花叶与薹一同长，采后膨芽破鳞茎。
一年一薹一个疤，地中茎上刻年轮。

栽植选时气温高，伤口愈合猛发根。
无性繁殖以蘖分，切块分芽亦成功。
选地选苗很重要，施足农肥水源丰。
远离污染去草根，喷灌畦灌地平整。
土质水质需化验，含硒元素应优先。
城市垃圾禁止用，畜禽粪便腐熟施。
打丁深栽浅覆土，利于茎伸上铺根。
浇水雨后勤中耕，早春深刨晒墒情。
开窝开沟宽窄行，密度定足四千株。
头年抽薹早割掉，来年苗壮有产量。
害虫交尾在早春，铲开土块杂草寻。
四月杀卵关键期，四次喷药要牢记。
秋管采摘结束后，重点治虫莫放松。
清除杂草不须问，锄破地皮保墒情。
……

"终身就为浅根系，七八年后腐底层。"说的就是黄花长到8年后，最下面的根茎开始腐坏，而上面新增的根又会长出地表。这时候就需要"培土"来保护上面的根。这一点上，马发的"弟子"宋知荣则是黄花田里的实践者。从1987年起，宋知荣就开始研究10年老黄花根部培土的方法，指导农民保护老黄花，达到不减产。

卷三 承露·谁把金针度与人

马发说，黄花生长，就像女人怀胎，需要营养，需要呵护。

宋知荣则说，种黄花就像养育孩子，黄花也有人的脾性。

宋知荣埋头在田里研究黄花，懂得顺着黄花的脾性养黄花，这才有了开头所说"三十根薹"这样的成果。细说这样的成果，宋知荣举了三十里铺村刘扩建的例子。

宋知荣是2017年被刘扩建聘为技术员的。当时刘扩建摊子刚铺开，向县领导求助要专家，领导就推荐了宋知荣。前文讲过，刘扩建流转三十里铺村北的地，颇有点开发"北大荒"的精神。地贫，沙大，草多，只能靠手脚勤快。宋知荣说，那河南两口子确实能吃苦，关键是能吃苦也相信科学，宋知荣教他们的办法，能老老实实照做。

这科学办法是啥？宋知荣说，种黄花一套体系，有几百年的老经验，也有新科技，三言两语说不清楚。其中的"魂儿"在哪里呢？就是把黄花当人看，"种黄花就是培养娃"。

打个比方，三四月萌芽前要浇水、旋耕、施肥。第一次旋耕一定要深，这是取自"深刨根"这种古老的种植法，给根部足够的空间和养料。像人一样，首先要打好基础，扎根要深。但是第二次旋耕又要浅，避免破坏根系。

六月中旬前黄花要抽薹，这时候浇水能保证长出来的薹粗壮。可是这次浇水又不能太勤，追肥不能太多。"植物和人一样，浇太多水就变懒了，根扎不深。就像小孩子，不能溺爱过分。"

七月以后进入采摘期，需要看天浇水，保证地不干。现在的标准化黄花田都是用喷灌，喷灌不到位的话，只是湿一层表皮，下面还是干的。"就像孩子们念书，不能只装样子。"

关键是秋后的一次施肥。人还要贴秋膘呢，这黄花秋后的施肥就是积累养分，保证根粗、苗壮、芽儿大。三年内的黄花，一定要秋施肥，因为第四年就到盛产期了嘛。黄花盛产，和孩子们考大学一样，靠的还不是前几年寒窗苦读的积累？这一番"黄花娃培养论"，道出了火

火山红　黄花黄

山下黄花人家的智慧。

土地里的智慧，农人的钻劲儿，最终让宋知荣这个农民技术员变成许堡乡农技站站长。他研究虫害，也像马发一样下死劲。1983年夏，宋知荣发现村里黄花地里灰蒙蒙一片一片的，不精神。这肯定是遭了虫害，可是下地细找细看，什么也找不见。花了整整一年时间，宋知荣在不同季节、不同时间点用放大镜观察，才发现那细如针尖的"红蜘蛛"虫害。"红蜘蛛"体型微小，又狡猾，早上在根部，中午才出来，还藏在叶子背面，不同的时间还以不同的颜色出现。针对这狡猾的虫害，他写了一篇《黄花红蜘蛛的危害及防治措施》，发表在《农业技术与装备》。

马发常挂在嘴上的一句话是"论文写在田野里"。说的就是农业技术员，不管你是科班生也好，是"土专家"也好，最终的科研成果，都"发表"在田间地头。而田间地头的"土专家"们，不管论文发表多与寡，都应该受到足够的重视。《人民日报》刊文《培养更多农村"土专家"》，文中有这样一段话：加大对农村"土专家"的培养力度。如果缺少技术支撑，产业夭折了，经济靠山没了，刚脱贫的老百姓有可能再度返贫。"土专家"长期在生产种植一线，最了解土地的秉性、农民的需求，是打通技术供需"最后一公里"的好帮手。

2018年，中共中央、国务院印发《乡村振兴战略规划（2018—2022年）》，也提出要"深化农业系列职称制度改革"，各省市也都采取"弱化论文、突出技能技术"的申报条件，将职称评定大门向"土专家"敞开。

宋知荣正是赶上了这趟车。2018年，宋知荣评上了"农艺师"职称，"把论文写在田间地头"的他，终于得到了认可。退休前后，他撰写了85页的《黄花管理手册》，将内容分享在乡里的黄花种植群里，算是给火山下这黄花故土一个交代。他的女儿，也传承了他对农技的热爱，在河北唐山搞大棚桃子种植的实践。

说起黄花产量，马发和宋知荣都说，只要科学种植，亩产能达到500斤干黄花。所以推广黄花，也要普及黄花种植和管理技术。

"还有更高的。罗卜庄村有个老爷子，种二亩黄花，亩产700斤干黄花！"

现在千亩以上的黄花田，要想增产增收，离不开"土专家"这样的精细化指导，也离不开科研技术的普及。

2020年7月30日，大同市黄花产业发展研究院正式揭牌，地址就在大同的山西省农业科学院高寒区作物研究所。任勇看到消息后，放下报纸，就联系石囡和周智海。三个作家在微信群里，异常兴奋。石囡也有消息传来，他说大同县第一代黄花科学家马发，找到了他的老领导，今年已经91岁高龄的郭珍。我们在马发的陪同下，去探望这位让人尊敬的老先生。郭珍先生耳不聋，眼不花，口齿清晰，说起大同黄花，还是难抑兴奋。改革开放初期，郭珍在大同县任科委主任，他得知新来的年轻人马发对黄花有心得，也爱下功夫钻研，很是支持，专门设立课题向省科委申请了十几万经费，做黄花科研和推广，并最早在全县提出"推广黄花种植一万亩"。老先生回忆，20世纪80年代到90年代，大同县黄花不仅在雁北地区叫得响，在全国也有了名气，吸引来内蒙包头、赤峰，甘肃庆阳的农业技术人员来大同县学习取经，还从萝卜庄、峰峪乡等地移植黄花苗回去大搞栽培。得知现在云州区黄花种植到17万亩，郭老很是感慨。退休三十年，外面的世界已今非昔比。

大同的东面有一个西坪

我们三人从小都生活在古都大同市,大家都知道在大同的东边有一个地方叫西坪。西坪的历史有何说法,我们不清楚,只知道西坪的所在地,历史上属于平邑。平邑是战国、秦汉时期的军事重镇,原址大约在许堡乡肖家窑头附近。云州区大部分土地在原大同湖的腹地,大同湖离我们太遥远,似乎传说一般,而火山群的存在是实实在在的。我们今天的火山群,有一处形如卧牛名曰东梁的火山,东梁的东面有一个小村庄,唤作东坪,东梁的西边洼地里亦有一个村庄,唤作西坪。

没错,西坪的出处也许就是这么平淡而低调。由于当年平邑的名声远扬,管辖的地盘也大,云州区的东部和中部大都归属平邑,何况是一个西坪村。再往西看,有一个颇有名堂的坊城,曾经一度可与平邑媲美。谁能想到历史的发展,居然没有顺延曾经的过往,平邑的辉煌不复存在,只留下了一个没有被人们忘记的符号,坊城也不过以村落的名义被现代社会收藏,反而一个名不见经传的西坪村,在火山曾经耀武扬威的土地上,立下了汗马功劳。20 世纪 70 年代,西坪被定

卷三 承露·大同的东面有一个西坪

为大同县驻地，随后便有了急速的发展，几十年来西坪镇就好比火车头一样，拉动着大同县整趟列车向前挺进，在经济、政治和文化等诸方面独当一方，新世纪之后又在脱贫攻坚、振兴乡村方面谱写新的乐章，直到大同县撤县改为云州区的今天。西坪镇是云州区的象征，不了解历史的人们只知道大同市的东面有一个云州区，云州区的所在地叫西坪镇。

西坪镇除了是区委、区政府的驻地外，还管辖着 18 个村庄，包括上榆涧和唐家堡，也包括大、小坊城在内的许多曾经辉煌一时的村庄。

我们与西坪镇党委书记闫红约好了第二天上午见，等我们乘车赶往西坪的时候，电话那头说大坊城有事儿，已经出发好一阵子了。我们异口同声地说，没事儿，追！汽车又调头向大坊城方向开去。我们三个人，有一人在此地工作过九个年头，大坊城，曾经去过，印象中是破破烂烂的样子，不知道当年的威风凛凛是怎么来的。难道坊城的辉煌只凭小坊城的那两根旗杆可以证明吗？

我们到达的大坊城，俨然没有了过去的样子。司机对我们讲这是坊城新村。眼前的新村显然是统一设计、统一建设、统一风格的，既有晋北农村特色，又具现代元素，尖顶红瓦，白色墙壁，大红院门，家家户户贴着春联，一片祥瑞之气。我们从村委会二层小楼前的牌子印证了司机的话——云州区西坪镇坊城新村。拨通了手机，电话那头的闫红书记让我们在村委会二楼等着，他正在与几个拆迁户说事儿。

听电话的那头，仿佛有此起彼伏的吵吵声，不知道闫红他又让何等事情绊住了脚。

二楼扶贫办阳光明媚，有两个人在办公，手指在电脑的键盘上熟练地敲打着。另外三四个人默默地坐着，其中有一老者在叹气，还有一个人踌躇不安地站起身来，走几步又坐下。没有人在意我们这三个突然光临的"客人"。见这样的氛围，我们知趣地退出，在走廊里候着。

火山红　黄花黄

大同市云州区西坪镇坊城新村新貌

我们好像明白了什么，这就是扶贫办，扶贫办可能就会是这样，人来人往的，都是找人办事，找不到只好默默地等待。对面办公室的一位女青年出来打水，主动问候我们，并且把我们让进屋里。大约又过了半点钟，估计是闫书记从外边回来了，有几个人随着他上楼梯，边走边说话。我们听到一个声音——有几个作家找我，他们在哪里？

我们在大办公室里见面，握手，坐下。

闫红，不胖不瘦，中等身材，精明强干，风尘仆仆，一派经得多见得广，兵来将挡水来土掩的气息，五十岁左右正当年。他一边答复，或者是解释着所有人的问题，还耐心地接听不时打进来的电话，一边摊开双手向我们表示歉意。我们非常明白他的意思，就是一个字，忙。作为局外人，我们都可以听得出来，几乎他对答的所有事情，都与农民有关，都与黄花有关，都与扶贫有关，唯独没有属于他个人的、家庭的，需要他适当回避众人的隐私话题。与其说是一个接一个的问题，倒不如说像是在搞一个互动式的公益讲座，他所说的都是大家急需要知道的公开话题。从接受采访任务那天起，我们见到的所有云州人，都说在忙，忙得不可开交，唯独今天的闫书记，没有说忙。我们知道他不是不想说忙，更不是他不忙，他是根本没有时间去

卷三 承露·大同的东面有一个西坪

说忙。与其说这个没有意义的"忙",不如歇一口气,更不如直接进入要说的话题。

眼看着时间一分一分地过去,忽然闫红嘱咐身边一位政协康主席,让大家等一小会儿,他已经答应了作家们去一个地方走走。说着他站起身来,向我们示意下楼。他临出门,回过头给在场所有人解释,没办法,既然答应了,就要兑现承诺。

闫红当司机,把我们几个拉出来,他说,唯一的办法就是走出来,不然跟你们没法交账。你们下来看看情况也好,乡镇干部每天就这样活着。假如说西坪镇是整个云州区的火车头的话,那么闫红毋庸置疑就是那个火车司机;而且如今的火车,已经是动车级别的,要在很短的时间跑很长的路,火车不到终点站,司机的大脑、言行不能受任何干扰,必须保持高度的注意力、应变力和警惕性。闫红说,已经很久了,每天天不亮他就醒来了,等到机关的人们8点钟上班,他已经开着车在乡间地头绕了一圈回来了。他今天走这条路,明天绕那个圈,所有的村子都要走到。他说,老农民们习惯了与太阳一起起来,他路过的地方都能见到那些村民。哪些地方有问题,发生了事儿,他基本能够第一时间知道。他说乡镇干部最要命的就是坐在办公室里等,什么也等不到,即使等到了,黄花菜也凉了。

与他在办公室的风格一样,他的思路很清晰,语速也不紧不慢。他建议我们录音,录下来再整理,况且在汽车上颠簸的也没办法做笔记。他说,刚才耽搁采访,是在接待大坊城的几个拆迁户,他们是故土难离呀。一个故土难离,打开了有关大坊城的话匣子。

他说,发展黄花产业是为了改变农民的生活,拆迁是为了改变农民的命运。历史上的坊城不在了,如今存在的是大坊城和小坊城两个村庄,小坊城的土地好,风水也好,而大坊城却不行,它是国家级贫困村。大坊城是西坪镇最西端的一个村,全村138户就有117户为贫困户。他来到西坪镇任职时间不长,就发现了大坊城村农民的一个特殊问题——这

火山红　黄花黄

里的人稍微年长一些就背也驼了，腿也打弯弯了，还有就是满口的大黄牙。他怀疑这里的水有问题。大同市规划和自然资源局定点扶贫大坊城，帮扶工作队在任大坊城第一书记的，是一个叫陈巨文的中年科技人员。闫书记与陈巨文的看法高度一致。很快通过化验，证实了这里的村民长年累月的饮用水含氟量太高，村民健康问题，年轻人背井离乡问题，都与水有着直接的关系，怎么办？他们两人解决问题的办法也基本合拍，那就是建一个新的大坊城村，让农民们彻底离开这个地方。另外一个原因，因为这里绝大多数房子是20世纪六七十年代盖起来的土窑房，也有几个老宅是一二百年前的。房子常年不修缮，随时面临着倒塌，即使这里的水没问题，也是一个不拆迁没有出路的村子。于是做出决定，选新址，建设新村，将大坊城和旁边一个更加破烂的西咀村全部迁入，合并成一个新的坊城村。

　　移民新村选在离开老村不远，但是另有水源的一块120亩的荒地上，在国营苗圃的西北部，离云冈机场近，周边是连片的黄花，景色宜人。此方案很快得到云州区委、区政府的批准，给农民办好事儿，一路绿灯，手续很快办了下来。新村的设计是规划局的拿手戏，第一方案拿出来，感觉有些高人上，单位住户面积偏大，成本也相对高，需按照实惠、大气、安全、有民俗味道、有幸福感的原则加以调整。第二方案就是大家目前看到的新村，每户独门独院，预计每户2～3间，并配有厨房及室内卫生间，房间进行简装，刮墙面、铺地砖、贴卫生间瓷砖，为老年人砌好土炕，村民最多只需要花费1.5万元，带一些简单家具就可以入住。第一书记陈巨文说，这种砖混结构的房子可以抵挡八级地震。这要是旧村的土窑，别说地震，就是遇到暴雨天，都会出现满地都是锅碗瓢盆接水的景况，甚至有墙体坍塌。

　　现在新村已经建起，大多数农民喜迁新居。可是问题没那么简单，大坊城和西咀都有不愿意搬走的那么几户，其中有常年不在村里住的，很难与他们沟通；有掏不起钱的，说，哪那么容易说搬走就搬

卷三 承露·大同的东面有一个西坪

走,一万块也是钱呀,有一万块干啥不好,看病还等着用钱呢;还有真正是故土难离,觉得多少辈子了都活在坊城,怎么就不能住了,老祖宗那里咋交代呀?这些都需要多多地做工作,最害怕的不是农民一时半会儿想不通,而是我们的干部没有耐心,动粗的,玩狠的。好在大多数村民已经入住新村,新村的气象,那是多少辈子没见过的喜庆。入住的乡亲们也会帮着干部们说说贴己的话,他们的话往往比干部的话更有说服力,更加可信。所以,思想工作真的要多面化,要依靠群众。

我们关心他刚才被绊住脚的拆迁户,究竟怎么一回事儿?当事人是谁?问题妥善解决了没?闫书记踩住刹车,没有回答我们的问题,拨通一个电话,说:"不管采取什么办法,绝不能把矛盾激化。"然后他熄了火,下车去打电话。

闫红的车上有一份材料,他让我们拿去参考,说上面有许多数据一目了然:

> 西坪镇共有18个村,8636户,19345人口,2016年建档贫困户1636户,贫困人口3683人,贫困率19%。全镇面积19.58万亩,耕地6.8万亩,种植黄花3万亩。有四个贫困村,大坊城和西咀2017年脱贫,上甘庄和东咀2018年脱贫。全区有劳动力7481人,其中建档贫困人口1325人。去年底仍有19户42人未脱贫,预计今年脱贫。
>
> 黄花核心区连片种植达2万亩,盛产期1.48万亩,取得绿色认证1万亩,有机认证1万亩。用于黄花规模种植流转土地1.08万亩,带动贫困户1094户2439人增收脱贫。拥有黄花合作社8家,其中1家为农机合作社,家庭农场、种植大户35家。社保兜底外的1152名在卡贫困人口,实现人均1亩黄花的目标。今年种植黄花满三年贫困户,均可在9

火山红　黄花黄

月份得到分红。推行二、三产配套，投资1580万元，建成唐家堡黄花地头加工厂1个，龙头加工厂7个，成规模冷库7个，积极参与黄花在药用、食用、美容等方面的研发，打造黄花种植与旅游连坐模式，初步呈现"花海＋忘忧大道＋火山文化＋新村体验"一条龙，受到普遍欢迎，2019年实现产值1.3亿元。

2016年以来，易地搬迁930户（2085人），其中贫困户841户（1940人），危房改造1691户，土窑加固319户，从此危房清零。2020年建成640亩扶贫产业林带（包括玉露香梨、韩富苹果、葡萄等），可吸纳务工260人。

2016年以来，投资180万元，完善全镇农民饮水安全设施，实现家家户户自来水，硬化通村公路117公里，形成绿化带6.9万平方米，改造、新建公厕310个，配置垃圾箱473个，树立文明新农村下高庄、中高庄等一批样板单位。

学龄前儿童599名，九年义务教育在校学生1837名，无一人辍学。2016年以来，有295名学生享受过国家雨露计划。全镇按"三保障二救助"要求，设立规范卫生室12处，药品设施齐全，配备15名合格村医，全天坐诊，落实"双签约"786户1495人，实现全覆盖。1581名妇女享受"两癌"筛查项目。农村常住人口全部建立健康档案，远程专家门诊示范联网成功接通，实现"小病不出村，大病不出区"目标。农村低保、农村养老保险和医疗保险实现全覆盖。

在西坪中心村建立党工委、坊城新村建立联合党支部，全镇有党员546名，其中女党员49名。认真履行主体责任和监督责任，以政治建设为统领，以党建促脱贫，严格"三会一课"制度，增强了基层支部的战斗堡垒作用。调整支部书记3名，吸引73位人才回归，聘请3名老干部成为党建

卷三　承露·大同的东面有一个西坪

指导员，158 名党员在产业发展、维护和谐、疫情防控、环境整治中冲锋在前。积极开展移风易俗、感恩教育活动，弘扬社会主义核心价值观，加强社会治安综合治理，提升了基层治理水平。成立了 1 家以吸纳贫困劳动力为主的建筑施工公司，贫困村集体经济全部达到 10 万元以上。大同市规划和自然资源局先后为村里新打机井 3 眼，配套旧机井 1 眼，埋设地下节水管道 8000 米，扩展水浇地 600 多亩，2019 年被评为省级驻村帮扶先进单位。

几分钟之后，闫红把车门打开，招呼我们下去看看。

不远处有十多亩空地，虽然不能种庄稼，把它硬化了用于黄花晾晒，又是政策不允许的。眼看着十几天后就到了采摘、晾晒期，晾晒的问题还有一大堆，怎么办呢？俗话说，车到山前必有路，如今车就要到了，路在哪里呢？我们心里跟着说，咋办呢？

"想辙呗！"区委王凤瑞书记有一句话说得好，乡镇干部不是在村里演戏的，不是摆在那里看的，必须面对问题去想辙，哪怕想破了脑袋，也得想辙。来云州区的第一个上午，王凤瑞在他的办公室跟我们谈了近一个小时的话。之后我们便下了乡，四处走访。我们知道王书记他很忙，我们也不忍心过多地打扰他。但总有一种缺憾，觉得需要补充。闫红刚才提到的王书记这句话，又让我们眼前一亮。我们琢磨着王凤瑞的话，与其说他的这句话很给力，不如说很有味道，很值得一品。

停车处，这片空地上摆着许许多多的木架子。每一个木架大约两米见方，半米多高，从地头排起，一直到很远，满满的都是，好像还隐隐约约听到有木工在叮叮当当地现场作业。看到我们，就有人从远处赶过来，边走边打招呼。闫红和我们说："走，看看我们想的辙怎么样。"

火山红　黄花黄

　　大家隐约猜到了这些一眼看不到头的木架子，似乎与黄花晾晒有关。过来的人跟闫书记说，他们正在往架子上绷铁丝。仔细一看，眼前的每一个木架子上都有绷好了的井字形的铁丝。

　　问：干了多长时间了？
　　答：昨天就干上了。
　　问：渔网准备好了没？网眼大了可不行。

　　一位农民拿着一些渔网过来，让闫书记看。闫红与那个农民用渔网在木架子上一边比画，一边尽力把渔网撑开。

　　问：好像网眼还大，可以找一些黄花先试试，不然到时候不行就来不及了，你说呢？
　　答：我们还在托人四处找呢，网眼越小越牢靠，黄花漏不下去。
　　还有人答：今天下午，我们找几斤黄花试一试。

　　这时候，公路对面的地垄上，有一拖拉机停下，从拖拉机上下来几个人。很显然他们是发现了闫红停在路边的汽车，冲着他过来的。其中一个老农没到跟前便打招呼，跟闫书记问好。一看便知道他们是老朋友了，彼此又是寒暄，又在肩膀上拍拍打打的，甚是亲热。

　　问：你有经验，依你看这办法行吗？
　　答：你呀，脑子就是灵光。我看行。黄花放着上边，上下都透风，我看行。
　　问：问题是水泥地，尤其是夏天的水泥地，太阳晒得温度高，对晾晒自然好。这架子，虽然上下都着风，可是哪有水泥地的温度高呢?

答:那倒是,可是老祖先那会儿哪有水泥地,不都是在土地上晾吗?试一试吧,我看十有八九行。

又问:老哥,你说这架子上面再放架子,放它两层、三层的行吗?

答:啊?两层、三层,那可以晾多少呀?好,好点子呀。我看行,你真有两下。这晾晒黄花呀,一是晒,二就是晾,最怕黄花里的水气散不出去,就怕捂,捂住了就完蛋了。你这点子想得好啊,上上下下都通气,都可以把水气散出去,怕啥?我看行。你试一试,试一试就知道了。

在场的人,包括我们也都应和着说,试一试吧。

正说着,一个电话打过来。闫红书记接起来,对方说话很急,闫红却笑着说:"慢慢说,急什么?天又塌不下来。"说着,他向公路走去。我们一群人在不远处看着他,和他保持了一段距离。

几分钟之后,他挂了电话。他说有个事儿,现在要去一下寺儿上村。他发现我们每个人都有点神色紧张,急忙解释,没什么大不了的,乡村里七七八八的事儿多了去了,大家放心。正好我路过,把你们放在区里好吗?

虽然还有许多话要问,我们也只好作罢。

很快就到了区里。路上闫红书记放了一首吉他弹奏曲,气氛变得轻松起来……

西坪镇书记闫红(右)察看黄花地头上架晾晒的试验情况

火山下的农民"带货人"

还得回到唐家堡。

2020年5月11日,习近平总书记到云州区考察,第一站到的就是唐家堡的有机黄花标准化种植基地。当天,正在地里除草的几个农民和总书记拉了家常,合了影,还见了报。其中一个农民,正是这块地的经营者,叫杨旗。7月3日《人民日报》头版刊发了一篇文章《黄花变成致富花》,文章里面有杨旗的自述:

> 这几年,种黄花的农户越来越多。俺带着108户村民流转了500多亩土地,统一技术、统一管理、统一收购,平均每户一年能收入两三万块。以前是蹬着三轮走村串户收黄花,现在三轮换成了面包车,光俺们村就有30多台呢。
>
> 最让人激动的是5月11日那天,习近平总书记走进黄花地里,嘱咐大家把黄花产业保护好、发展好,做成大产业,做成全国知名品牌,让黄花成为乡亲们的"致富花"。

卷三　承露·火山下的农民"带货人"

央视新闻频道里也播过对杨旗的采访,看模样,黑黑的,憨憨的,就是个典型的农民形象。

云州区作家孙掌宽对杨旗很熟悉,他告诉我们,别看杨旗貌不惊人,这人可是大同黄花的"活字典"。他祖辈种黄花,还是个"农民经纪人",二十几岁就收售黄花,走南闯北的,云州区的种植户和南北客商,没有不认识他的。

去唐家堡,有一条令人愉快的旅游线路。从云州街往东,过氢都文化主题公园,再往前就是"忘忧大道"。"忘忧大道"的景色不用多说,过周士庄村黄花产业园、路家庄村黄花产业园,一路都是忘忧花海。花海没看够,道路却从唐家堡村中穿过,村东便是习近平总书记考察过的那个基地。近几年云州区发展"黄花文旅",把这里打造成了一个"黄花主题公园"。雕塑、凉亭、观光台,风车、漫道、万亩田,无不醉人。地头停着几辆大巴,来来往往都是参观的人。

杨旗正站在地里,被一群学生围着,那是大同二中的学生体验团,听他讲解示范。我们听了几句便吃了一惊,杨旗居然能讲一口字正腔圆的普通话。

路边凉亭下有个妇女,满月脸,很喜人,正乐呵呵地给游客介绍今年刚制好的干黄花,这种30块一斤,那种20块一斤,都是圆滚滚的,色泽饱满。一问,原来是杨旗的媳妇。她说,杨旗太忙了,自从习近平总书记来过之后,这块地成了"网红打卡地",每天都会有十几拨团队来参观、学习、体验。还有散客,发自拍,发抖音。杨旗是"习近平总书记在大同"宣讲团成员,要巡回宣讲,还要在地头给体验团讲课示范。现在采摘季到了,他还得出差、开洽谈会、联络业务。

说不上话,那就改日。这次提前打了电话,清早赶来。正碰上"夜班"第一拨采摘工收工,杨旗和儿子、女儿、儿媳妇都在忙,那边在地头指挥,这边过秤、记录、付采摘费。这拨采摘工都是附近村里的,有好几对夫妻。有一对小年轻,从凌晨3点到6点半,采了218斤,

火山红　黄花黄

锄草的杨旗在这片黄花地里见到了习总书记

合计工费240元。他俩都是唐家堡村人,男的骑个电动车,说一会儿还要到市里头给人刷房赚钱。

杨旗说,这附近的村民,有的是自己种的黄花还没到盛产期,有的是将土地流转出去的,都来黄花地里打工挣钱。他给的工钱是每斤一块一,那一毛钱算是饭钱。"我看将来的趋势,农民的土地都要流转,这样农民利索呀,不用考虑长得怎么样、卖得怎么样。到地里头打工,手脚快的都能挣五六千块。我们的地平均下来,每亩有4000块钱采摘费,都给了农民。"

杨旗说着,在马路牙子上坐下来。他跟我们说话,用的是大同话。

我们正要坐,有几个人开辆车过来找杨旗。其中一个是区委常委、组织部部长赵奇楠,一个是西坪镇党委书记闫红。二人见了杨旗,不由分说就把他拉上车,说是让他去中高庄村地头加工厂指导指导技术,很快就回来了。

杨旗不好意思地从车里探出头,5分钟就回来了,就5分钟!

什么5分钟,足足等了50分钟杨旗才回来。大家就感叹,最近

卷三 承露·火山下的农民"带货人"

在云州区最大的感受就是"忙",每个人都在小跑。

杨旗是下榆涧村人。上榆涧、下榆涧、唐家堡,这几个村相连,同受大同火山群的滋养,是黄花老产区。这个产区的农民,开口都是"我爷爷的爷爷"。

> 我爷爷的爷爷那时候就有黄花。我爷爷活了91岁,跟毛主席同一年生。老年间老话这么讲:种大烟子的地种黄花。最好的地,所以黄花长得好,一亩地产500斤干黄花。过去村里5000亩地,只有三百多亩黄花。1981年承包责任田,按每人3分地分了,我家12口人,分了三亩六分地,将集体的苗移到自己田里。种了,舍不得吃。玉米9分的时候,黄花菜就是9毛钱。玉米上两毛七分钱,黄花是三块钱。我记得每年大年三十早上,母亲给我们改善生活,不吃小米粥了,给焖顿大米饭。做黄花菜,配点干豆腐丝、猪肉条,浇在大米上。一年就这一顿最香的饭。正月祭祖,家家户户堂祭,全部是用黄花。给祖先吃,给"神仙"吃,自己不舍得吃,因为这是最好的东西。

像杨旗这样的农人,对黄花的喜爱是根植在血脉里的。种养有传承,制作有传统工艺。但是上一代农人只懂侍弄黄花,侍弄好了,坐在家里等人来收购。杨旗呢,却是市场经济体制下的新一代,眼光不会局限于这个小村村。

20世纪90年代前后,农民工打工潮开始。有的北上,有的南下。杨旗先是北上,他到内蒙古呼和浩特市,烧过锅炉,卖过豆腐,也摆小摊,卖过毛衣。

杨旗说,出去闯,没闯出个名堂来,倒是意外发现大同黄花在外地挺"吃香"。

火山红　黄花黄

1991 年，杨旗 23 岁。这年冬天，他在呼和浩特市一家蔬菜门市部看到有人卖黄花。自己家也有黄花，他就多长了个心眼，上前问价。一问，每斤卖 5 块。老家的黄花才能卖 3 块。为啥不把家里黄花拉到内蒙古卖呢？第二年，他就用麻袋装了干黄花，火车托运，往返几次，将家里的 1600 多斤黄花卖到呼市。"1600 斤，一斤多卖两块，多卖了 3200 块，总共收入 8000 多块。那几年我二哥娶我二嫂，才花 1200 块钱。多卖的这 3200 块够娶俩媳妇了。"杨旗笑道。

杨旗那时想法很简单，就是想让自家的黄花多卖点钱。自己卖，也帮村里人卖。帮别人卖还挺高兴，挺有成就感。1996 年，他帮村民杨亮在呼市卖了一万几千斤黄花。快过年的时候，杨亮上门表示感谢，给了杨旗父亲 600 元"拜年礼"。杨旗说，那时候根本没想到什么"商机"，也不知道啥叫"经纪人"。真正让他有了经销黄花这个想法的，是 1997 年的福建之行。

那时候很多人都到南方"淘金"，那年黄花采摘完之后，左右无事，

黄花，黄背心，蓝天。今年的黄花丰收了

杨旗就南下福州找机会。在内蒙古时，习惯了与集贸市场、商铺打交道，去了福州，自然也少不了去农贸市场看看。福州也卖黄花，他看到市场里的黄花菜又短又瘦，还添加了防腐剂，居然卖价比大同黄花高出一大截。跟当地人一聊，才知南方人煲汤爱加干黄花，黄花在市场上的行情一直都不错呢。

内蒙古的也贵，南方的也贵。大同黄花"角长肉厚"，要是打到外地市场，一定会大受欢迎。杨旗说，他当时脑中电光一闪，咱大同黄花本身就是宝藏啊，与其"守着金山出去讨饭吃"，倒不如回乡经销黄花，让老家的黄花卖出更高的价钱。

第二年，杨旗和本家侄子合伙买了一辆三轮车，走街串巷收购黄花，再卖给外贸公司。通过外贸公司，杨旗又结识了个湖南客商邓老板。邓老板想收购大同黄花，但不知哪家多、哪家好。杨旗说，我来帮你收。他用一个中午在下榆涧村收黄花1.3万斤，全部推销给邓老板。邓老板说，你收的黄花菜不错，以后就找你。

之后，杨旗又结识了山东、福建等地的客商。在大江南北的经销商大会上，杨旗卖力地推荐大同黄花。杨旗模样儿讨喜，说话做事也不打弯，挺对南方人脾性。打交道久了，客商们都说大同人好相处，杨旗的货也可靠，以后收购黄花就找杨旗。

讲到这个，同行的孙掌宽说，杨旗那时候已经是全县小有名气的农民黄花经纪人，他还被县里两家企业聘为销售经理，帮助他们推销黄花。

杨旗摆摆手，谦虚地说，那时候就是一直帮其他公司干活，搞销售，算不上啥经纪人。

真正的转变，发生在2011年，全县上下都在讲"一县一业"。这年年底，杨旗发动51户村民，注册成立了志海黄花种植专业合作社。合作社的经营范围除了黄花种植，还收购、加工、销售，做农技服务。

杨旗是黄花多面手。就以黄花制作而言，他有祖传工艺，也见多了各地的新工艺。什么分类、分级，什么干湿、肥瘦、品相、气味，他品鉴起来也自有一套。于是，合作社51户村民跟着他沾了光。每年收获季，杨旗都能把各家采摘的黄花比市场价高两三块钱卖出去。

值得一提的是，杨旗一个人就带出了30多个黄花经纪人。

村里的年轻人，有的没考上大学，就跟着杨旗学，学技术，学经销，学市场。30多个农民经纪人都成了器，年收入不低于5万元。收入多的一年二十几万，靠经销黄花，在市里头买了楼房，娶了媳妇。他们出去跑市场，不再像杨旗当年开三轮车，而是人人一辆小轿车或者依维柯、面包车。杨旗给我们提供了个"云州区杰出青年"名单，光下榆涧村的黄花经纪人就有20个。我们就笑称，这下榆涧村，在杨旗带动下快成"黄花经纪人村"了。

随机采访了其中一个叫杨秀的。小伙31岁，入行没几年就成了富户。起步时，他跟人借了三四万，第二年不但还了钱，还盈余20万，年销售黄花达到300吨。现在，小伙在大同市和云州区买了两套房，跑市场，开着大众越野车各地跑。他说，除了川藏线，全国各省市都跑过。问他为啥发展这么快，他说靠杨旗指点，杨旗让去哪儿他去哪儿，杨旗让干啥他干啥，别人不信，他信了。

不过，个体经纪人今年遇到了新情况。村民小胡和小成都搞黄花销售多年，但今年光景不是很好过。主要原因是，黄花不好收购，大多被大型合作社"垄断"了。我们问，有没有想法也搞个合作社？他们说也想，但是难……

对那些种植大户来讲，杨旗是"及时雨"。前面说到的唐家堡张顺宝，2015年他的300亩黄花采下来，正发愁怎么卖，杨旗带着福建客商来了。福建客商想要"最好的黄花"，杨旗就推荐张顺宝。杨旗说的是实话，张顺宝的黄花是全县第一个连片300亩的黄花，同年生的，刚到第三年，头茬花，一样粗细，一样长短。福建客商看了，果然满意，收购了1万斤。当年黄花市场价是每公斤30元，杨旗替他卖到了59元。

还有前面提到的中高庄村周和,全区首家制作"直条黄花菜"。2017年,杨旗专门给他介绍客商过去,卖到全县有史以来最高价:每公斤59.8元。杨旗对我们说:"周和的黄花,这几年我都包销,去年行情不好,均价每斤十二三块,我给他十五块半。他的黄花品质好,咱就是不挣钱也要包销。平进平出不怕,有了好黄花,才能把外地客户保住。"

与杨旗几次接触,发现云州区各乡镇的合作社都在"抢"他。"抢"他干什么?抢着让他包销,做市场,抢着让他技术指导。杨旗有自己的技术团队,各乡镇合作社,基本都指导过。有的是一条龙服务,搞帮扶。

新成立没几年的合作社,缺专家,缺技术,也缺市场。上千亩田地的黄花采下来,那绝不是说句话就能变成钱。杨旗挨个数,第一个帮扶的是吉家庄的刘猛……去年是西册田村的张春雪。张春雪的千余亩黄花刚到盛产期,杨旗知道他们前两年没收成,到盛产期了,又碰上市场价低,日子不好过。他就带了技术团队到西册田村地头收购鲜黄花,直接转到村里的制作车间加工。35万斤鲜黄花,以每斤1.6元价格现场收购。这一年行情不好,很多合作社都赔了钱,而西册田的沃田黄花合作社还净赚了将近4万元。

杨旗合计了下,每年包销别人的黄花能达到300到400吨。正说着,麻峪口村支书打来电话。电话这头杨旗说,你放心,肯定接管你们村,下周就去。

忙。

除了销售,还有指导帮扶,还有地。除了唐家堡村东这500亩,杨旗还流转了下榆涧村100亩孤寡老人的地。进入采摘季之后,杨旗每天只能睡三四个小时。晚上11点前,加工厂开会。开完会后到地头,就在地头小房子里睡觉。睡到清晨3点,采摘的工人就要来了,就下地。白天在哪儿呢?没准。

火山红　黄花黄

这小身板，就晚上是自己的，白天没准是谁的。但杨旗说，他每次出完差，第一站就是到地头，睡觉也在地头，主要是在这里心静。让他心静的小房子，紧挨着"母亲花"雕像，不到 4 平方米，一张单人床，一张桌子。

"我父亲杨玉斌，生了我们七个孩子。当过大同县人大代表，种了一辈子地。20 世纪 80 年代，还当过 10 万斤种粮大户。我不由自主跟了我父亲，也是种植大户。咱一个农民，2016 年当了县人大代表，2017 年当了省人大代表。"

他老父亲前天刚来看过。老爷子 91 岁，身板还硬朗。那天从村里自己走到地头加工扶贫工厂看了，又看了黄花主题公园，一家人拍了张全家福。杨旗拿出手机来给我们看：祖爷爷和重孙同框，个个脸上洋溢着满足。

专门抽个时间，杨旗又领我们到"地头加工扶贫工厂"看了看。工厂设在下榆涧村西，紧邻黄花主题公园这 500 亩黄花地。地里采摘出的黄花，就是在这里制作成各种产品，然后销往北京、天津、浙江、福建、广东、湖北、山东等地。

正是上午 8 点多，百十号工人在忙活，都穿着统一的黄色背心。这边一车一车从地里拉过来，那边入筐，另一边是热气腾腾蒸菜。还有推着进大棚的，入冷库的，往车间运送的。问工人是哪里人，一个个头也不抬地答，下榆涧、下高庄、唐家堡、浅井村、许堡乡……杨旗说，从地里到车间，最多时候是 3000 多工人，当地人手不够，还雇了七八十号山东采摘工。

看资料，这个工厂占地 77.8 亩，建有标准化生产扶贫车间 6000 平方米，冷库 1000 平方米，晾晒大棚 3 万平方米，总投资达到 2800 万元。有两条黄花全自动化生产线，这边进，那边出来就是成品，每天能加工鲜黄花 40 吨。

卷三 承露·火山下的农民"带货人"

这就是现代化农业。对比十年前,像是隔了几个世纪。

那,这么大投资从哪里来?

原来,这"地头扶贫工厂"是政府主导搭框架,招商引资,由安徽一家公司投资建设。而中间牵线的"红娘",正是杨旗。

杨旗和安徽公司的合作,说来话长。山东滕州有个全国最大的干货批发市场,杨旗做黄花经销的时候,与滕州一位客商业务密切。2006年7月,这位滕州客商领来一位安徽客户。来者是安徽燕之坊食品公司采购部经理,叫杨诚。杨诚见面就说,他们急需采购10吨上好的干黄花。以前一直收购别处的黄花菜,质量不满意,想换一家。正好在河南采购香菇的时碰上这位滕州朋友,就跟着来大同找杨旗。

对方要得急,杨旗也办得利索,上好的黄花,当天下午就备妥,装了车。对方见他做事认真,对他挑选的黄花也十分满意,几天后,又追加了15吨。此后,杨旗成为"燕之坊"的定点供货商,每年为

四世同堂(杨旗老父亲步行到黄花地里拍了一张全家福)

火山红　黄花黄

他们采购黄花三四百吨。2015年，安徽燕之坊食品公司干脆在下榆涧村设立了黄花菜大同加工收储基地，就设在志海黄花合作社院内。

杨旗的"实在"，在往来的安徽客商中是有口碑的，于是就有了安徽资金在大同的注入。投资者是安徽花倾城农业科技有限公司，在下榆涧建起地头加工厂后，又注册了"大同花倾城田间农业发展有限公司"。

"花倾城"，名字漂亮，总经理黄飞也高大英俊。黄飞说，他以前担任"燕之坊"的采购总监，与杨旗交往11年了。因为有杨旗这位老兄在，他才放心在大同投资，成了下榆涧村的"荣誉村民"。

黄飞介绍，"花倾城"落户大同是带着"扶贫"任务的，除了杨旗的500多亩黄花，还接管了云州区1152亩贫困户种植的黄花，地头生产车间生产的黄花全部高价包销，帮扶贫困户。另外还研发黄花牛肉酱、剁椒黄花、真空黄花等产品。他和杨旗谈如何打造精品黄花，13～15厘米的叫"贡菜"，10～13厘米的叫"特级菜"，其余还有一等、二等、三等……等级不同，价格不同。

杨旗说，他这20多年主要做的一件事情，就是把大同黄花"卖好"。说起卖黄花，杨旗是有喜有忧。喜的是，总书记一来，全国14亿人，家家户户都知道黄花了。忧的是，云州区17万亩黄花，9万亩盛产，按一亩2000斤鲜黄花算，产量是1.8亿斤。1.8亿斤黄花如何卖出去？他说今年大同市内销价高，算是全民动员扩大销路。省外销售，还是礼盒和深加工产品看好。微商直播、明星带货，新形式有了，效果不错，未来还是可期的。

新闻媒体上的一条信息，吸引了我们：据统计，2019年中国在线直播用户规模达5.04亿人，同比增长10.6%。2020年，疫情的出现，加速了直播电商的发展。今年二季度，我国电商直播超400万场，直播带货变现也成为越来越多网红和公司的选择。

卷三　承露·火山下的农民"带货人"

2020年6月17日，当我们在云州区采访的时候，无意中走进了云州区电子商务公共服务中心"云州区社群+直播电商运营"培训课的课堂，这是大同黄花丰收月系列活动之一。课堂上，来自杭州乐播商学院的陈琴老师，正在侃侃而谈，教室里，来自云州区的30余名返乡创业青年、短视频直播电商从业人员认真做着笔记，用心听取陈琴的讲解。

这堂课的主题是：社群与直播电商运营。陈琴和大家分享着"以微信为基础，用互联网思维促进农产品销售的新趋势"，现场分享社群直播营销和带货的成功经验。学员们对"社群直播电商新型矩阵"的理念充满好奇，不时提问。陈琴老师则耐心地为学员答疑解惑。培训现场还特别设置了实际操作演练环节，不少学员走上讲台，积极参与实战，与老师面对面交流社群直播营销经验。

云州区的这类培训活动，不仅仅推动着黄花的网络宣传和销售，更为云州区的年轻人们提供了一条新的创业道路，从广义的角度来说，是在助推着云州区经济的发展。

黄花网上卖，财富滚滚来。这几年，云州区黄花销售"直播+农业+电商"的新模式打破了传统售卖方式，不仅为黄花销售搭上了网络经济的顺风车，还帮助不少年轻人实现了创业致富的梦想。

吴学军，一个80后小伙，网名"学军的农村生活"，是云州区小有名气的一位网红。他凭借着一部手机，通过直播的形式，把农产品卖得风生水起。他在今日头条、百家号、大鱼号等八个自媒体平台开通直播、发布短视频，用手机展现乡村风土人情，用短视频宣传云州区山水人文，通过直播讲述家乡历史，记录传统的农耕文化，叙说在经济迅猛发展的今天农村的变化；同时，通过平台向全国推介和销售当地多种农产品。

吴学军用一年时间，掌握了自媒体和网络平台的规律，成了"网红"，销售起云州区的黄花和特产来，也得心应手，收益良多。现在

火山红　黄花黄

他又发动了六个身边的朋友，一起干自媒体，不到三个月时间，他们已经都有了收入，自身创业，也推广家乡特产，实现了双赢。

习近平总书记来云州区考察有机黄花标准化种植基地时，称赞大同黄花是"小黄花大产业，很有发展前途"。吴学军特别有感触，他说，总书记把致富的方向指引给咱了，咱一定要认真领会习近平总书记的讲话精神，把小黄花发展成大产业！下一步，他打算加快团队发展，吸引更多创业青年和农民加入进来。他还要注册山西魅力火山影视传媒公司，帮助更多的父老乡亲增收致富，让更多的人学会"手机＋农业＋电商"，把云州区更多的农产品汇入互联网的热潮，销售到世界各地。

打开吴学军的网络直播平台，里面不仅有他拍摄的黄花、田野、农民，精明的他，还在视频下方跟上销售链接，推荐和销售黄花干菜、黄花酱、干冻黄花等深加工黄花产品。就这短短10多天，他的团队就卖出去600多单产品。他说，5月17日还签订了一个400公斤的单子。为了能更多地销售黄花，他在黄花地里同时用三部手机，在不同平台里直播。他开心地说，现在每天都能涨五百多"粉丝"，通过直播发来的订单特别多，有时候打包打到夜里12点多。

听吴学军说，目前，云州区正着力打造"三个一百"，即：一百个村、一百位主播、一百万粉丝。"一乡一网红、一村一主播"的电商模式，将为农村电商升级探索一条可行的快车道。

2020年5月16日晚7时，在众多粉丝和手机用户的关注中，央视主持人文静、王筱磊携手淘宝主播薇娅，在央视新闻客户端、淘宝直播间等网红平台，联手带货。他们为总书记"点赞"的大同黄花做宣传，助力销售，1小时55分钟的专场直播，吸引了近30万网友围观下单，大同黄花几乎"秒光"，直播中售出22000袋、销售额70多万元。

云州区三利农副产品有限责任公司负责人庞乃东向我们讲起央视

直播带货的效果时，神情依然兴奋。他说："咱也想着咋能把大同黄花推出去，让乡亲们的黄花卖个好价钱，以前我们也搞过网络直播带货，但效果不明显。谁想到，中央电视台的主持人给咱们卖黄花！咱们三利的黄花菜是第一个被推荐的大同优质农产品，直播带货效果没得说！总书记点赞，咱们发展黄花产业更有目标了。接下来，我们一定要按照总书记的要求，加大产品创新研发和深加工探索力度，走出一条特和优的发展之路。"

前段时间，杨旗也走进《星光行动》直播间，和赵薇、李佳琪、黄晓明等明星一起给大同黄花"带货"，介绍炸黄花、黄花小龙虾、黄花烧麦、黄花糕、黄花月饼。在直播间，杨旗憨态可掬，一会儿说普通话，一会儿说大同话。杨旗坚持叫赵薇"小燕子"，还让赵薇在女儿和孙子的合影上签了字。杨旗说，女儿念大学的学费是她在黄花地里采摘、管理，亲自挣的，所以一定要把小燕子的签名给女儿带回去，感谢女儿的付出。大同黄花是母亲花、致富花、感恩花，一代一代传承下来的，还有黄花精神。

在镜头前，杨旗迫不及待给大同黄花做广告：小孩吃了黄花智商高，老人吃了防治心脑血管病，海军战士吃了能静心防晕船。黄花炖猪蹄能美容，坐月子吃黄花菜老母鸡能下奶。杨旗不怯场，跟赵薇开玩笑说，将来你们去大同，我有信心让你们留下，大同黄花有三百道美食，保证你们每天吃一道新菜。

在李佳琪和黄晓明的直播间，黄晓明问，黄花菜对你的生活改变大不大？杨旗一脸正经：黄花菜对我生活改变非常大，我娶了个媳妇，还是黄花大闺女呢。

走访吉家庄

催促我去吉家庄的,是一种神秘的力量,或许是来自马头山、瓮城口,或许是一股青春的激情,或者是沾着露水的黄花的清香。

看看手机上的天气预报,不由皱起眉头:2020年7月8日 星期三 雨。

黄花就怕雨天,采摘也不方便,晾晒更无望。

下午3点,城市的天空愈发阴沉,厚厚的云层蕴积着一场大雨,我拨通崔力世的手机。崔力世是吉家庄中心村农牧专业合作社的一位工作人员。铃声响了好久才接通,电话那头的崔力士还有些睡意蒙眬,我猛然意识到,这个电话打的可真不是时候,这些天黄花正是采摘期,他一定是忙着带工人连夜抢摘黄花,晨昏颠倒,所以赶忙向他道歉。我猜的没错,这个时候他确实在睡觉,黄花季每天夜里不到8点,就要开始采摘黄花,整整一个晚上,到第二天早上8点甚至更晚一些才结束,只能靠白天补觉歇歇身子,消除疲惫。

为了不打扰他再多睡会儿,我约好和他见面后,就赶紧挂了电话。

卷三　承露·火山下的农民"带货人"

出发前,我又联系到了吉家庄乡郭家庄村的黄花种植大户乔腊平,问问他那里的情况,去年因为大雨灌入晾晒场,他的黄花损失严重。乔腊平告诉我,现在吉家庄区域还只是多云,并没什么下雨的迹象,听他这么一说,我放下心来。

去往吉家庄的路途总是让人欣喜和充满期待的。一路上,大同独有的清凉夏风,在积雨云下,更多了一点点温润的雨气。打开车窗,来自云州区的风挟裹着黄花的清香,牵引着我们的目光,亲吻着我们的脸颊。

几十分钟的路程,就到了吉家庄地界。路边田地中,有不少工人正排队登上农用车,在工作人员的指挥下,搭车回吉家庄的生活区。我们跟着这几辆汽车,来到中心村一处大院子。汽车开进院中,停稳,几个学生样的年轻人先跳下车,然后架好梯子,引导车上的工人慢慢下来。这几个年轻人有的挎着喇叭,有的背着一个大的书包,里面放着草帽、小旗子。看他们像本地人,我们走上前去,和他们攀谈起来,果然不差。几个年轻人笑着回答,他们就是云州区的,趁着放假,来打零工,挣点学杂费,正好云州区到了黄花季,缺少人手,他们来帮忙培训和组织工人采摘。一个瘦瘦的小后生,挠挠头,说:"我们,这也算勤工俭学吧!"听他这么说,我们会心一笑。"你们了解黄花的习性,懂黄花的采摘技巧吗?""那还不了解?黄花是咱们这儿的传统农作物,以前家家几乎都种,不过就是种得少,留一小块地种,每年夏天黄花要收获的时候,我们也是全家出动,有时候亲戚们都过来帮忙。"到底都是念过书的,说话都文绉绉的,听这个小后生这么一说,我们相视而笑。

"我的头灯不亮了!"一个操着河南口音的大姐过来找这个小后生。"我去帮忙了!"打过招呼,他立马带着大姐去解决问题。

我们转头看看,院里一排一排平房粉刷一新,每排房的一侧都安着一排自来水龙头,供日常生活用水;蓝色瓦楞彩钢板搭建起来的是

火山红　黄花黄

采摘黄花工人到达地头

简易的淋浴间；一台不锈钢甲醇环保油蒸汽开水两用机立在一排平房后面，替代了以往的烧煤冒黑烟的老式锅炉，热水机欢快地喷着热气，一大罐开水已经沸腾了。清凉的风撩起平房的窗帘，隐约可见屋里摆放着上下铺铁床，每个床上都搭着蚊帐。不少工人在出出进进，有的提着暖壶，到开水机前打热水，有的端着水盆，在院中的自来水池边打水洗漱。看到一个年轻的女工在自来水池前洗着一个化纤袋。我们很好奇，问她为何洗一个杂物袋。她笑着解释，这是采摘的时候装黄花的袋子，每天采摘黄花，袋子里多少会有黄花的汁液，不及时清理就会污染新摘的黄花，影响黄花的品相。原来采摘黄花也有这样的细节和学问。我们向她竖起大拇指，她笑着摆摆手，继续低头清洗。

走到一处平房跟前，墙上贴着一张 A4 纸打印的表格，上面的内容是：

　　员工食堂开饭时间表
　　早饭　2:00—3:00
　　午饭　10:00—11:30
　　晚饭　19:00—20:10

卷三　承露·走访吉家庄

就要开饭了,可我们还没见到崔力世。

"本地香瓜,熟沙甜的香瓜!"院门外,一个本地的中年汉子售卖着自己家的香瓜。我们和他打听起,才知道,这个院子是吉家庄以前的旧学校,如今改造整修之后,供采摘工食宿休息;他还告诉我们,崔力世的采摘工们不在这里住,是在前面的吉家庄新村。

院子里的不少采摘工听到吆喝,三三两两过来买些香瓜品尝。我们也买了几个香瓜,掰开一个,顿时奇香四溢,大家一人一口,几下就吃完了,嘴里是沙甜新鲜的甘美。

车子穿过村中的小广场,往南走没多远就到了新村,这是吉家庄近几年新建的村舍,整齐划一,外贴"外研红",房顶平整可晒黄花,墙上骑着镂空花墙。这新村,让人能感受到时代的发展和新农村的变化。宽阔的水泥路如同一条条黄花的叶脉,连接起村民的幸福生活。

下车,正遇到吉家庄卫生院的医务人员在食堂前为采摘工检测体温。看到几个采摘工检测完毕,我们迎上前去。这几位大姐,都是山东人,有的来云州区采黄花好多年了。

萧石平大姐,今年46岁,她来自山东,已经是有着十多年经验的熟练采茶工了,来到大同云州区,只要稍加培训和调整,就可以完全满足采摘黄花的需要,所以近几年,萧大姐每到夏天都和几个姊妹搭伴来云州区采摘。萧大姐算了算,她们村里一块儿跟着来的,今年有35个人。

"她采得好!"萧大姐指着从食堂出来的邵大姐。

今年62岁的邵爱菊大姐,山东济宁人,刚刚端着饭缸打饭回来,今天的晚饭是大烩菜、调凉菜,主食是馒头、稀饭。邵大姐特别随和,坐在路边的台阶上和我们聊起来。原来,萧大姐和邵大姐老家都是山东济宁人,每年春天,她们都去浙江杭州、湖州采茶,到了芒种的时候回家收麦子,忙完家里,再到烟台分拣樱桃,一年都不闲着。

火山红　黄花黄

崔力世在地头准备组织采摘，远处是养殖户放牧回来

邵大姐家里6亩地，和爱人种麦子、玉米，有时候种点棉花，忙完地里的活儿，在家里也闲不住，两人都外出去打工。两位大姐你一言我一语，讲起采黄花和采茶的不同。

"茶山可高了，"邵大姐比画着，"我们要爬那个茶山，一天下来很累！"

萧大姐接着说："采茶也有要求，快了不行，慢了也不行，还得分老叶嫩叶。"

"黄花相对好采摘，就是辛苦，不像采茶是在白天采。"

"一开花就不能要了，所以每天都是夜里赶工采，得熬夜。为了赶花期，早饭有时候就在地里吃。"

邵大姐是这里的采黄花高手，她曾创下一个夜班摘出180斤黄花的纪录。说话间，来接她们下地的汽车已经到了。邵大姐三口五口把余下的晚饭扒拉进嘴里，和我们再见。

不觉天上滴下了雨点。等她们集合完毕，上了运输车，我们也跟着来到田间。崔力世正和妻子穿着雨衣在路边为工人们准备雨具和头灯，见我们过来，笑着打过招呼，继续低头分发物品。我们几个跟着邵大姐走入花田，也试着采摘黄花，不想没走几步，已经湿透了衣服，赶紧跑出来。

雨慢慢大起来，有人牧牛而归。看着不紧不慢踱步的牛群，我问崔力世，这是谁家养的牛。崔力世撩起雨衣的帽檐细细看了看，告诉我，是村民吴国富家的。这几年，老吴把自家的30亩地全部流转了出去，拿到了10多万，靠这点本钱搞开了养殖。几年间，几头牛变成十几头，这事业也是越做越大，越做越红火。不只这些，老吴和妻子两人还在合作社"打工"。老吴帮忙管理400亩黄花，一年下来也能挣不少钱。妻子帮忙除草，一天工钱100元，一个黄花季能挣1万多元。

清晨，采摘之后

天色渐渐暗了下来，雨也越下越大。我们和崔力世告别，赶往开源种植专业合作社。开源种植专业合作社就在吉家庄乡郭家庄。我们要去探访种植大户乔腊平。

合作社就在郭家庄村委会大院里。村委会专门给合作社腾出两间房，乔腊平他们就吃住在这里，一个月回一次家，采摘期，天天下田间，就不回家了。

我们到了合作社门前，却没看到乔腊平。等了好一会儿，乔腊平才忙完赶过来，穿着雨衣，拿着手电筒。他刚刚从花田里回来，脚上的鞋子已经被雨水湿透，被地里的泥巴糊得看不出颜色。

去年7月下旬，乔腊平的黄花头年结蕾，采回来晒了一院，谁知一场突如其来的雨，把黄花淋了个透。村委会院子又在低处，大雨从门外进水，倒灌进院子，急得乔腊平挽起裤腿忙着用筛子打捞，可惜一院子的黄花全被冲走，打捞回来的泡了水，全都坏掉了，直到今天，说起这事，乔腊平还是有些痛心。

我们赶忙问他，今天的雨会不会又对黄花造成影响？采摘的黄花

火山红　黄花黄

到了哪里？乔腊平笑了，今年的雨水还好，他们已经提前联系了宜民公司，一采摘下黄花就全部销售给宜民公司。刚招呼我们进屋，乔腊平手里的电话响了起来，一个广灵的土特产品经销商正赶过来，要买一些干黄花。环顾乔腊平的这间办公室，我们才发现，这里兼具多项功能，既是储藏去年黄花的仓库，又是招待客人的茶室，还是他休息的卧室。电话铃声再次响起，经销商开车也到了，看过乔腊平的干黄花后，经销商很满意，当即决定把乔腊平手中的100多斤包圆儿，乔腊平熟练地包装、称重、装好整整九大编织袋干黄花。经销商痛快地通过手机转账给乔腊平2000多元黄花款。

送走经销商，乔腊平才转身把鞋换下来，他的额头亮晶晶的，不知是汗水还是雨水，用手抹了两下，泡好一壶茶，坐下来和我们讲起他的千亩黄花来。

乔腊平是平城区人，工作单位效益不太好，工资、养老得不到保障。朋友告诉他云州区在大力发展黄花产业，这个项目很有前景，而他正想自己创业，对农业又了解，所以就决定种植黄花。

郭家庄有5000亩地，乔腊平和伙伴们的合作社流转了1000亩种植黄花。前三年投资共400多万元。

乔腊平说起黄花种植，还特别自信欣慰，他说，我种黄花，村民也受益，他们参与种植，挣工资，除草、施肥、灌浇、采摘。在我这儿干的，每天120元，一年收入就是近万元，加上流转农民土地，每亩500元，一年的收入不少呢。虽然我不是本村人，但咱在这里影响不赖。因为啥？咱大同人讲诚信，从不欠农民工资。所以，跟着我干的农民都得了实惠，干起来也齐心卖力。今年又雇了贫困户50人，既解决黄花采摘的问题，又给贫困户实实在在的帮助。

乔腊平轻轻拈起一根顺溜笔直的黄花，"人活一生啊，要耿直，就像这黄花一样，要昂扬向上，更要爱惜时光！"

卷四 ◎ 炼质

引言

本卷是想翻开云州区黄花产业乡村振兴的崭新一页，比如黄花产业的新生力量、高新科技、智能化前景。

这是一个7月末的盛夏。

往年的7月末，大同也会进入酷暑期，任勇曾写过一首诗《大暑》，说大同的盛夏。诗的开头几句是这样的：

  防不胜防
  原来地球是个大蒸房
  没完没了地出汗
  找不到出去的门洞
  哪怕有一扇逃走的窗

一般的情况下，大同的盛夏不会热得那么嚣张，比如今年。今年大同的大暑，那真正是一片凉爽。隔三岔五地下一场雨，或者小雨霏霏，或者大雨瓢泼，既洗刷了大同的空气，又把高温降到了合情合理的程

火山红　黄花黄

度,这几天几乎最低温都在10℃左右,最高温都在27℃左右,大汗淋漓、辗转反侧,不开空调不能入睡的夜晚基本没有。

昨日中午雷雨交加,持续了一个多钟头。雨水来得猛,许多街道出现积水,汽车经过时,形成水花飞溅之景观,行人大都在路边商铺的门里门外躲避。不过雨水也走得快,大约3点左右,乌云驱散,阳光灿烂,蓝天白云,很多路面竟然干燥得像大雨根本没有来过一般。有朋友从北京坐动车而至,晚上入睡前打来电话,直夸大同才是真正的避暑胜地,一个字,爽!我们听了,很高兴。

我们三人约好了去党留庄乡的小铺村。

党留庄的土地平平坦坦,大片大片的庄稼丰收在望。

汽车行驶在湛蓝色的天空下,公路两边高高大大的钻天杨一排排的,穿戴着非常蓬勃的绿装直插云霄。连续40多天的采访、沟通、写作、再采访、再沟通、再写作,由激动、信仰、困惑、疲惫勾兑而成的心情,频繁地包围着我们。我们决定今天的采访坚持"三不"原则,不透露作家身份,不说明文学目的,不打听黄花信息,来一场随意的、亲切的、自然的、老乡似的聊天。任勇早年在大同二中上初中,在农场劳动过很长时间,这个农场就在小铺,他许多年没有去过小铺,心里有过一种莫名的惦记,于是选定的目标是小铺。其实目的并非是小铺,只是朝着那个惦记方向出发,来一次"三不"采访。

我们发现前面有一大片玉米地,而且有几个人站在那里。于是我们三人目光相碰,停下来车,按照说好的,由周智海用手机全程将对话录音。

"老哥,我们想问一问,去小铺的路咋走?"

这位老哥59岁,中等身材,身后两位一男一女,也都是农民,手里拿着铁锹,身后还躺着镐头等农具。这位王姓老哥,显然善于交际,回答我们的问题,沿着我们的视线指指点点,非常热情。我们也赶快递上香烟,打开了话匣子。

我们说当年在小铺,任勇和他的同学们学习和住宿都在一座庙里,

引　言

还有一次是住在农民的家里。有农民叔叔、大爷带着干，教给同学们锄地、间苗、浇水、挖渠和收割。王老哥说，那时候他也小，他好像听说过。叫他老哥，其实他只是比石囡和周智海长几岁，比任勇还小了三岁。但是我们三个依然叫他老哥。

话匣子打开了，就没个准了，婆婆妈妈的问题就都可以交流了。王老哥家里有老婆和两个儿子。老婆在家里做后勤，他在外面打冲锋。他家种黄花400亩，是个大户，也是实行土地流转的合作社。两个儿子，大的已经成家立业，工作在市里，二儿子在上海上大学，学的是软件专业。身边的农民兄弟插话，他说最让人发愁的就是孩子，孩子小的时候想让人家好好学，考个好学校；孩子大了，就是娶媳妇嫁汉。没点本事就不行，要是个男孩子，谁肯嫁给你，要是女孩子，也只有嫁给村里的光棍汉。孩子必须上学，不上学一辈子就完了。留在村里的年轻人种地不会种，也看不上庄稼活儿，打工也不好找。那女的补充，找到活儿了吧，常常是工资给不了，一月推两月，两月推三月，推着推着就让叼（抢）了，白干了。王老哥接茬说，上了学也有麻烦，娶个媳妇哪来的钱？既然上了学，就想让人家找个有文化的，城里的姑娘，多花点钱也应该，这就给当爹妈的出上难题了。

小铺的老乡们温饱解决了没？

温饱，早不是问题了。王老哥说，农民也想过好日子，不能说温饱解决了就致富了。人均年收入3000块，也没问题。农民兄弟又插话，一个人一年3000块，就脱贫了？3000块能干个啥？谁不想多挣几个？王老哥说，谁不知道你，哪能满足3000块？那是国家定的标准，你知道还有好多地方比咱这里问题大，他们就很难达到3000块。石囡说，今年农民脱贫标准成了4000块了。王老哥说，4000块也不是问题。农民兄弟说，要说农民，还是伺弄土地牢靠，挣得不多，也不低于这个数，上万也不是不可能。那个女人也插话，她说男人们出去打个工，女人们主要在家里。王老哥帮腔，说她的男人是个木匠，手艺不赖，哪儿的活都能揽上，她在家里养了30多只羊，卖羊羔子800块一只，

火山红　黄花黄

也是蛮不错的一笔收入。那女的又说，我养的是二代寒羊，不算费事。我们担心养羊会染病。她说多收拾收拾，多洗洗，干净点，没事儿。

眼下他们要解决的问题，是给他们的玉米地浇水。

任勇想起来，当年在农场也有浇水的一幕。那时候浇水，是农民们带着他们半夜一两点偷着把大渠挖开个口子，不然的话等天亮了就做不成了。为此还有下游村子的农民找来闹事儿，他们拿着铁锹、棍棒，来了好几十人，农场老师把我们堵在大庙里，不让我们出去。后来也不知怎么着，才了结了此事。

那女的说，一大早头不梳脸不洗出来浇地，到现在眼看得太阳一竿子高了，浇不成。原因是水渠不通。我们所站的位置，正好是两大片玉米地的中间，脚下就是水渠，左边的水渠里能够看见水哗哗哗地灌到了地里，右边的水渠干枯发白，不见一丝水。王老哥说，他就是过来帮他们浇地的，他是负责开闸放水的。他除了是黄花大户，还是做机井的，这方面他是权威。但是此时此刻，他却没了办法，怎么能把水从左边引到右边，人工挖了半天挖不动，硬干又怕出问题。我们随口一说，找个挖掘机就好办了。王老哥说，用人家挖掘机，那得多少钱？

是啊，农民手里的钱，分分毛毛都是血汗钱。

我们与王老哥互留了手机号，答应如果朋友们有打井的业务，一定介绍给他，他的设备已经闲置了很长时间了。我们按照王老哥的指引，继续往前行驶。

前面不远往右有一条水泥路，汽车拐过去一直往前开，渐渐地看到一个村庄，一个说旧不算旧说新不算新很有烟火味的村庄，离村口不远有一处破破烂烂的地方，看样子好像是一座大庙的遗址。村口有几位农民们在树荫下闲聊。一个老汉哼着小曲，弓着腰，从远处蹒跚走来。这，应该就是小铺了……

三利的公司叫三利

瓜园乡东紫峰村

他们兄弟三个，大哥庞乃利退休多年了，小名叫大利，二哥庞乃军即将退休，小名叫二利，三弟庞乃东今年51岁，小名叫三利。三利说好朋友们不叫他大名，都叫他三利。三利是这个公司的领头羊，所以给公司命名为三利。当然大哥二哥也从不当外人，他们是公司的幕后英雄，退休之后也都相继在公司充当重要角色，哥三个用自己的智慧和辛勤，更用自己的人品，支撑着公司的生命力，所以三利的另外一个解释应该就是大利、二利和三利，是三个永不分开的兄弟。

三利说，公司的荣誉全让他一人占了。庞乃东是云州区连续三届的人大代表，新一届人大常委，还是出席云州区和大同市的劳动模范，是云州区的"十大青年标兵"。目前在大同县三利农副产品有限公司的基础上，要再注册一家大同市三利农副产品有限公司，把原来公司的业务逐渐过渡到新公司名下。他说，公司从无到有，由小到大，每走一步，都凝结着所有人的心血，不能让它走弯路，不能让迟来的春天，很快就结束了。

火山红　黄花黄

我们采访三利，约了两次都没有约成。那天下午，我们回到了市里，再一次电话约他明天在公司等着，三利却一再抱歉，说明天还是约不成。他又说刚刚办完事儿，也在市里边，问我们可以在市里谈吗？当天下午5点多，我们请他在朋友的一个工作室见了面。同他一起来的，是他的爱人，他爱人叫王丽霞。

三利大约一米七的个头，是个有棱有角的阳刚型男，其相貌、语气和神态，与其说是公司的老总，不如说更像一个行走江湖的好汉。说他是一条好汉在江湖，不是那种比谁的拳头更硬的江湖，而是那种比谁更讲究忠义仁勇的江湖。常言道，商场如战场，其实既然敢于在商场立足，就必须有那种胆略，在各种道上展示自己的形象，比如为官之道、为商之道、为人之道，再比如世界观、价值观、人生观、审美观、道德观等等方面，都在世人面前展示自己，销售自己，树立自己。三利出口不凡，几句话便显示出自己内心的强大。我们感觉，只把他理解成一位商人，一位成功的商人是不够的。

三利与王丽霞1995年结婚，1996年生子，他俩收入稳定，爱情和婚姻一帆风顺。

天生就喜欢挑战的三利，有一天对身边的爱妻说，假如我要改变一下这种舒舒服服的日子，咱们去经商，你会同意吗？妻子疑惑地看着他，你要干什么？他回答，他看准了老家的黄花。接着他把大同这一带如何适合种黄花，大同黄花如何好，但是黄花的经营和加工一直是个空白等等，给王丽霞说了半天。王丽霞一声不吭，只用微笑鼓励他一口气说下去。王丽霞习惯了，因为平时只要三利说一大通话，王丽霞就插不上嘴。三利说他的长篇大论时，王丽霞就在思考，就在判断。王丽霞也不是一个平凡的女性，更不是没有思想人云亦云之辈。三利还在滔滔不绝时，王丽霞打断了他："你不要说了，咱们干！"

"真要干？"

"真干！"

卷四 炼质·三利的公司叫三利

"要干,以后就没有这么舒服的日子了。"

"我知道,咱不怕,干!"

于是,他们毫不犹豫地把三年前在市里买的房子卖了,用卖房子所得的5.1万

三利公司的老板庞乃东与他妻子王丽霞

元,在西坪镇的一个小村里花1.2万元买了一处小院,院子的关键有四堵院墙,他的事业需要这样的院子,离农民近,离黄花近。剩下的钱做流动资金,用来收购黄花。那年是1998年,同年夏天黄花采摘期,王丽霞辞去了同煤集团稳定的工作。

就在这个小院子,他用三四年的时间迈出了三利公司的第一步。他们把农民们晾晒好的黄花,还有农民们来不及晾晒的鲜黄花,收起来,然后再卖出去。他明白这第一步非常重要,第一是让农民们认识他三利。"我就是三利,就是我这个三利,收购了你们的黄花。有什么要说的跟我说,有什么感觉不合适的也跟我说,只要我能做到的,一定帮你们做到。"第二是他自己要从此走进黄花,了解黄花的脾气、习性,了解黄花的行情和其中的许多道理。第三是为以后他的黄花事业做好铺垫。他可不是那种说着玩的主,只要拿定主意做一件事,就必须做好了,做到底,他要在黄花产业这条路上走下去。三利说,就好比下象棋,只走一两步,那不叫下棋,必须考虑满盘棋,甚至是几盘棋。而这所有的一切,都是从第一步做起,第一步走好了非常重要。这一步苦是苦了一些,但是值得,要用心做好。他明白要往下走,眼下只靠他们夫妻俩不可能,忙不过来,有可能把"黄花菜都凉了"。再有就是他发现村里有不少农民闲着没事干,想打工没处

去，所以他们开始了第一次雇工，这些第一次拿到工钱的农民，以后就会成为他们公司的元老。

那些日子苦到什么程度？两个孩子，一个5岁，一个1岁，跟着他们一起钻窑洞、睡土炕、吃土饭，纸糊的窗户，外边的动静里边听得一清二楚。还在哺乳期的王丽霞不言不语、无所畏惧地跟着他，有一天早上穿裤子，居然从裤筒里跑出一只老鼠来。那个早上，天气不好，三伏天的日子感觉到了透心儿的凉，他一把抱过孩子，抱过妻子，四个人抱作一团，用彼此的体温取暖。外边飘着雨，雨霏霏，里边落着泪，泪涟涟。为此大哥几次过来看他们，说这事儿虽是好事儿，但太辛苦，太对不起他们娘儿仨，劝他们回头。狠狠哭过一次的他们不再哭了，笑着说，我们能行。他俩的拗劲儿感染了身边的人们，于是大哥和岳父都把银行存款拿了出来，支持他们。

几年下来，大同县许多村的农民们都认识了三利，在黄花问题上，他们都信任三利。黄花源头基本靠谱了，可是三利把大同县黄花都卖到哪里去了？

市场当然不会从四面八方包抄过来。

三利了解黄花的市场，他知道黄花的需求量在全国还不错，尤其是南方，但是大家对黄花的认识还不够，需要一边做销售，一边做宣传，继续拓宽，让全国都知道黄花，都认识大同的黄花。他了解到在中国的土地上，不仅仅有大同的黄花，还有湖南黄花、四川黄花、甘肃黄花、陕西黄花等等。黄花都是黄花，就看消费者喜欢哪一种。消费者的喜欢和选择，不决定于生产地的一厢情愿，也不决定于经营者的某些所谓的攻略，主要取决于产品的质量和品质。与经营者的情商、德商和价值观也有很大很大的关系。

是骡子是马，得拉出去遛一圈。三利在广东、福建等地遛了一圈，之后又在南方和北方遛了好几圈。先是在广州，他费了不少周折找到了经销黄花的代理商，好话说了一箩筐，签合同人家不认三利的

卷四 炼质·三利的公司叫三利

账。他打电话给王丽霞，给大哥二哥，得到的回答不是否定就是担心。一个人在南方跑生意，你知道南方的水到底有多深吗？万一货发了，货款回不来，咋办？那都是大家的血汗钱呀！

三利就是三利，万事怕字当头，还能迈出几步？打完了电话，他稳定了一下情绪，暗自告诉自己，三利，咱们赌一把。回到屋里，跟代理商说，把最好品质的黄花发给他们，不收现钱，让他们代销，消费者认可了，买他的黄花吃，再结算货款。对方一听有这好事儿，何乐而不为，没有丝毫风险，收下了他的货。一次发货，他的货很受欢迎，代理商很满意，压着价给他结了账；二次又发货，三利还是发最好品质的，自然又销售得很好，对方还是压着价给他结账。谁成想消费者十分认可大同黄花，一吃不可收拾，再吃离不开这一口了。第三次代理商们主动联系他，说大同黄花市场非常好，要大批签合同，而且不再是代销，要先打款后发货，还说不再压价，把前两次的亏空都给三利补了回来。三利知道他的厚道对方能够感觉到，也害怕没有签合同会断了货源。广东的市场打开了门，他乘势在福建等地也这样干，一口气给南方好几家发了货，就这样三利公司在南方几个省逐渐地有了立足之地，北方的市场也随之打开，由过去每年一二百吨销售，上升五百吨八百吨上千吨。大同黄花越来越受欢迎。消费者通过中间环节反馈意见，说大同黄花不用干燥剂，含硫量始终是各地黄花里最低的，零售价普遍高出其他同类产品3～4元。三利给自己总结了一句话，门行上，不如行上门。行，大同方言，寻找的意思。我们理解，他的意思是做事情要自己努力，不能坐等，天上不会掉馅饼，即使掉馅饼，也是先砸那些有准备的人。

三利在湖南祁东考察。祁东曾经是全国黄花市场最火最旺的一家，据说湖南黄花种植已经超出了20万亩，而当时的大同县黄花种植也不过两万亩，这始终是个谜，他必须亲自去破解。2005年，三利去湖南祁东考察。他不看资料，不上网查询，直接到了祁东黄花种

火山红　黄花黄

植区，在田间地头看，在种植基地看，带着懂湖南话的小伙子，亲自与当地农民聊天，然后才去翻阅有关资料，总算是印证了他的一些看法。一是这里的农民说起黄花特自豪，他们喜欢把黄花叫黄花菜，从他们的话语中透露出一种幸福感；二是他感觉到这里的黄花种植很少有几亩几亩小规模的，几十亩、上百亩的规模种植已经基本成为趋势；三是这里专门的黄花菜加工已经形成规模，许多地方种植与加工分离，加工企业把种植户的鲜黄花收购了统一加工，具体加工工艺，不是很清楚，也许是自然晾晒，也许是采取了什么干燥工艺；四是加工厂出来的黄花干菜，从外形和色泽上看，特别干净、形状也规矩。

三利有个疑问没人给他破解，他也不好多问。那就是湖南与大同比起来，大同属于北方的干旱地区，雨季相对短暂，空气中湿度低，而湖南属于南方，气候和湿度恰恰相反，他们是怎么做到自然晾晒的呢？遇到雨季，他们是怎么解决的？湖南黄花之谜虽然没有彻底解开，但是至少再一次证实了他的为商之道，先为人，后为商。

三利从湖南回来后，从收购环节开始改进。他安排下去，即日起，黄花干菜收购价从3元涨到4.2元，前提是必须提高品质，必须严格把关，不干净的、带土的、带沙粒的、色泽不对的，一律不收，3元也不收，2元也不能要。逼着农民们提高品质意识，加倍爱惜和保护大同黄花的声誉。过去大同人吃金针洗洗再泡，泡泡再洗，才觉得干净了可以吃了。现在必须做到，拿到一把金针，第一感觉就干净明亮，形状规矩，色泽也好，手感也利落，这才是好东西。第一眼感觉不好，人家掉头走了，还有什么希望？这样一干，大家都觉得道理是对，但是收购价一涨，利润就少了，亏本赚吆喝，这值得吗？好多人都表示反对。三利说，我就是要让大家都吆喝起来，只要吆喝起来，知道三利这里提价了，但是必须保证品质，他们吆喝，比我吆喝好。只要品质真的提高了，市场拓宽了，全国到处都认我大同黄花的账，还怕没有钱赚吗？

卷四 炼质·三利的公司叫三利

　　三利做黄花，离不开黄花种植的农民，好多农民是他的好朋友。带给好朋友们利益，解决好朋友们的困惑，这也是三利创办黄花事业的初心，他要替乡亲们蹚一条道出来，那就是三利黄花事业的另外一个主打项目——加工。他要在黄花加工上，尝试着做文章。一次在县里开会，县委书记王凤瑞在会上说，每当到了黄花采摘期和晾晒期，只要天气阴下来，他的心也就跟着阴下来，只要一下雨，他的心就在滴血。对王凤瑞书记的话，他的感触特别深。三利何尝不是这样，他也时时刻刻为农民们担着心。采下的黄花没有一个可以保证的晾晒期，那不就等着坏了扔掉吗？县委县政府力度非常大，号召大家扩大黄花种植，脱贫致富，如果晾晒问题不能解决，那不断了后路吗？为此三利走访了许多技术人员、许多农产品加工厂，又走遍全国五大黄花产区。得出的结论有一个，那就是烘干。

　　他要做的烘干，不是旧概念的烘干，而是在科学实验基础上的热风干燥脱水，这在全国的黄花加工业界也是第一例。2012年7月13日，三利公司的四连体烘烤房（200平方米）试产成功，从零点投入蒸熰黄花1.2万斤，经过近12个小时的热风干燥和排气处理，黄花的水分全部散发，色泽和手感与自然晾晒干菜十分接近。三利和在场的所有人都高兴地跳了起来，大家有说有笑。王丽霞在身边提醒他，烘干成功了，下一步咱们该做什么？三利答非所问地说，今天是喜事儿，通知食堂炸油糕。他转念又想起了王凤瑞书记，那天刚巧遇到了连阴雨，从早上开始到中午一直没有停的意思，此时的王书记，一定又在煎熬之中，要不要打电话报个喜，让王书记也高兴一下？县委办公室接到消息之后，不出半个小时，王凤瑞带着县委、县政府、人大、政协许多领导一溜烟儿几辆汽车赶到了三利公司。刚下车的王凤瑞淋着雨与三利握手祝贺，他拍着三利的肩膀说，知道三利能干，没想到三利这么能干。

　　三利说：王书记我们可以剪个彩，热闹一下吗？

火山红　黄花黄

王书记：剪！

身边有人默默地提醒：这个可以吗？

三利知道王书记来大同县几年了，一次都没有剪过彩，几个亿的工程落户大同县，他都没去剪彩。于是三利说，别为难，不剪就不剪呗，剪彩无非就是图个喜庆。

王书记：通知电视台，让他们来，为什么不剪彩？这是为农民做实事儿。剪！

那天的剪彩上了电视新闻，全县都知道了，农民们都知道了，三利出名了。

打那天以后，三利公司的热风干燥脱水技术如日中天，顺风顺水。三利公司的五连体、六连体、八连体和十连体烘烤房接连试验成功，生产能力成几倍十几倍地提高，而且他的烘干干菜也越来越受到全国市场的青睐。

据三利反映，黄花烘干还有三个问题：一是消费者觉得烘干了的黄花，吃起来不筋道，属于另外一个感觉，怎么办？二是加工厂家生产成本高，烘干黄花明显低于自然晾晒干菜的成品率，怎么办？三是农民们自然晾晒干菜的价格远高于加工厂的价格，缺少竞争优势，农民的利益保证不了，怎么办？这三个问题，既是三利反复考虑的，也是许多致力于黄花产业发展、农民脱贫致富的人士共同考虑的。大同县黄花办安一平主任向三利传达了县委领导的意见：黄花加工的发展势在必行，不能因为眼前的问题放慢了脚步；烘干黄花的工艺需要进一步优化，黄花烘干技术应逐步在全县推广；烘干黄花菜的优点，需要用科学的方法来做出解释，同时把宣传工作跟上去；消费者对于传统晾晒菜和烘干菜的不同体验，应该给予正确引导，绝不要轻易否定烘干菜的口感；农民的利益必须认真对待，自然晾晒要鼓励，遇到自然灾害，自然晾晒不能进行的，价格受到影响的，政府出面给农民上保险，政府出大头，农民出小头，最大限度保证农民的收益；黄花加

卷四 炼质·三利的公司叫三利

工厂收购鲜黄花，在出现自然灾害的情况下，要合情合理，不能有意压价，损害农民的利益。

在县政府的统一部署下，大同县很快向全县黄花种植区推广了烘干技术，政府补贴为黄花大小户配置规格不同的黄花烘干房和烘箱，对口解决晾晒期遇到雨季的问题。不少种植户对黄花烘干感兴趣，向三利公司咨询有关技术，愿意放弃自然晾晒，全部投入烘干。三利公司当然责无旁贷，无私地开展技术推广，在大同县初步形成了黄花干燥脱水的风气。很快，三利公司申请的国家食品生产认证ＳＣ得到批准，三利公司的热风干燥脱水技术标志性地走向成熟。

如今大同县撤县改成云州区了，三利公司也长大了，三利本人也一眨眼到了50岁。三利对我们讲，自己走过的路对不对自己知道，就好比自己穿过的鞋合不合脚脚知道。他说，说到底咱们是个商人，商人是干吗的？无利不起早，这就是商人，谁也别否定这个。但是商人也是人，而且首先是人，做人做不好，谁还跟你做生意。他举了一个例子，有一次南方的客商来大同采购黄花，结果遇到了车祸，得知消息后，了解到处理车祸时，客户已经损失了不少，他便主动提出黄花的损失由他来承担，并且给对方以安慰。类似这样的事情很多，他都能够"仁"字当头"让"字为先，但是在农副产品的安全、品质上，他严格把关，绝不讲情面，充分体现了当代儒商的风采。

我们问三利，对待农民的利益，你是如何掌握的？

"你问到点子上了。"他看看我们，笑着说："三利公司，就图三个利，我的利、你的利和他的利。我是商人，自然要图我的利，也要考虑对方你的利，更要考虑他的利，那就是农民的利和消费者的利。"

关于农民的利益，他回答了我们五条：第一，只要是农副产品，全收，比如黄花、绿豆、黄米、玉米、高粱等，但质量必须把关。第二，收购价从优。第三，遇到特殊情况，特殊处理。有一次县里说某某乡谷米生产遇到了灾害,品质上不去,全压在家里,卖不出去。他不忍心,掏钱全收了。第四,培养农民的品质意识。为了让云州区的小米改良品种,他亲自掏钱在外地选择、购买最好的谷米种子,分给各家各户,没想到全被农民们吃掉了。三利说,情有可原,他们种了一辈子谷子,没吃过这么好的小米,让他们吃了吧。结果有好多人主动找上门来,打听这些谷米种子从哪里买来的,农民们自己就去买种子了,他们吃过好小米,也不愿意再吃过去的笨谷子了,这样谷米改良就自然实现了。第五,下雨天收黄花,一路绿灯。下雨天一定是黄花种植户最头疼的日子,也必然是三利公司收黄花最多最忙、干燥脱水烘烤房开足马力生产的日子。每到这时候,有许多老朋友就会过来帮忙。只见交黄花的农民排成了长队,三利此时采取了粗放型管理,只求快,点现钞交货走人,不打白条,干净利落笑脸相迎。另外一路人马,三利派到相对边远的乡村登门收购,使农民因为卖不出黄花的担忧瞬间烟消云散。

采访结束的时候,已经到了晚上 8 点半。天已经黑了,月亮高挂,空气清爽,大同古城的夜晚真是太美了。我们握手告别,双方都有尚未尽兴的感觉。

此时,假如有一盘凉拌黄花和一碗小米粥,那该是何等光景?

三利的两个孩子,一个已经大学毕业几年了,一个正在读大三,我们想三利可能会觉得有些对不起孩子,他们能够陪在孩子身边的时间实在是太少了。不过三利能够给孩子一笔财富,那就是他的奋斗史,一笔无形的资产。

忘忧农场是一所学校

西坪镇坨坊村

段亚萍是我们采访对象中少有的女性之一。

去忘忧农场的那天,天气有些闷热,在农场的大棚里,就更觉得不透气,细细的汗珠慢慢地渗出来,挂在额头和脸颊上。然而与段亚萍的交谈,却像吹着一阵阵清爽的风,我们觉得网络上的一句流行语"多与年轻人接触,会让你充满生机",说得不无道理。

段亚萍原来是大同市平城区一所小学的语文老师。曾经抱负满满的她,发誓一定要在教育园地干出一番样子。她发奋努力,钻研教学,她爱那些孩子们,想在第一时间给孩子灌输做人的理念、思维的方式,讲述中国汉字语言的多姿多彩并教他们自如地运用。刚满30岁的她,已经在平城区教育界小有名气,在全国语文教学比赛中获得金牌,学生和家长们喜欢她,老师和校长也喜欢她。她一跃成为大同市人大代表。然而一次偶然的机会,她选择离开了学校。

几次人大会议期间,她结识了几位当时大同最为成功的商界巨头和一些著名的文化界的专家、学者。段亚萍与他们的接触,打开了她

火山红　黄花黄

认识这个世界的另外一扇窗户。她知道，这个社会的组成，不仅是学校、学生和家长，还有许许多多不同的角色，他们在不同的舞台上扮演着自己的角色，在不同的环境里发挥着自己的作用。他们每个人、每个团体、每个阶层都有自己的活法、自己的思想、自己的成就和困惑，有自己的瓶颈和出路。这些在学校，在书本上是见不到、学不到的。每一个孩子将来都会遇到类似的问题，都会在这些问题与他们发生碰撞时感到无奈与迷茫，而家长、社会和学校是无法替孩子做出选择的。段亚萍第一次感到一种无形的责任，沉重地压在她的心头。其实她自己也觉得可笑，甚至会笑出声来，这些事情是一个小学语文老师该思考的命题吗？甚至是一个校长、一个教育局长该思考的命题吗？笑过之后，她心头的这种压力丝毫没有减轻。

她继续当她的语文老师，每天尽职尽责地给孩子们讲课。少有的业余时间里，她会帮一些企业界朋友做做文案，写写发言稿、小报道、广告词、颁奖感言等等，同时感受一些新鲜的社会信息和动态。一次，御河对岸新建起的华北星社区邀请她帮助筹办幼儿园，她欣然应允了。一段时间里，她为了那所幼儿园真是费了不少心思。但是也有不少问题，让她举步维艰。为什么家长考虑的全都是孩子们的物质享受，却没人考虑或者说很少考虑孩子们的心理健康？为什么家长们都在关心孩子们吃得怎样、睡得怎样，有没有受到欺负，却很少认真地对待孩子们的是非观、生存观和起码的认知？以至于孩子们下了床找不到自己的鞋子、浪费食物、抢其他孩子的东西，还不能批评。这些事情的发生，好多家长都不以为然，轻描淡写地说孩子还小，长大了会好的。真的会好吗？

那一年段亚萍报名参加了北师大幼教进修班。进修班学习过程中她认识了不少有思想有见地的老师。于是，由她建议和组织的华北星"朵思家长讲堂"开讲了。一位又一位老师被她请到"朵思家长讲堂"，老师们的讲座，让华北星社区的许多家长开了眼。大同市妇联的领导

卷四　炼质·忘忧农场是一所学校

段亚萍说，没想到我与忘忧草如此有缘

闻讯赶来，听过几节课，给予高度评价。还有许多四面八方的家长纷纷赶来，为聆听一次别开生面的讲座挤在讲堂里。

"华北星社区来了一位好老师，她叫段亚萍。"

"朵思家长讲堂，办得好，家长们也该当个学生。"

社区的热议，给予她充分的鼓励和肯定。段亚萍社会实践的第一步很成功。华北星社区领导给段老师提出来，可以在"朵思家长讲堂"的基础上，为整个大同市开辟一方文化园地，不仅家庭教育，传统文化、本土历史、现代科技、城市文明、健康养生、诗词歌赋等，都可以此为平台。不仅是家长和孩子们缺乏辅导，社会上所有的人都需要为自己的心灵多打开一扇窗户。这正是段老师心里想的。于是，由文化界和企业家联手打造的一个面向全市的"市民大讲堂"正式开办，时间是 2012 年 5 月 23 日，首讲嘉宾是央视著名主持人白岩松，他讲的主题是"改变大同，影响世界"。那天不是周六，也不是周日，但是讲堂里依然座无虚席。段亚萍回忆起来，当时白岩松老师讲到"大同的面貌要改变，而且要影响到全世界，给人类传递正能量，我们怎么能做到呢？我要说，先从当好一个市民做起"，现场立刻爆发出经久不息的掌声。

之后李肇星、水均益、六小龄童、蒙曼等著名专家、学者先后在"市民大讲堂"亮相，大同和山西的本土名士也纷纷登上讲堂，大讲堂成为北方一张靓丽的城市名片。然而段亚萍，一个柔弱的女青年，她根本无法兼顾学校和大讲堂两边，虽然此时她在课堂上表现得更加生动，注入了许多从未有过的信息，她的学生和同仁们对她更加信赖，但是她表示抱歉，表示学校里的课程已经受到影响，她毅然向那所辛勤耕耘15年，每个犄角旮旯都熟悉，留着许多美好回忆的学校提出辞呈。

她离开学校之后，开始真正地给自己那颗柔弱的小心脏提供了一个遮风挡雨的窝儿。她全力以赴地做大讲堂，一做就是5年。她没有后悔，虽然离开了毕生钟爱的教师岗位，但是她认为自己并没有离开教育，而是在另外一个层面上做教育，视野更宽，受教面更宽，她本人的成长面亦更宽。大同县县委书记王凤瑞给她们一个建议，说西坪镇驼坊村有四个大棚，将近2万平方米，四年了什么都没做，一直闲置着，能否把它弄下来，办个农场怎么样？

农场？与教育无关，不能做。段老师的回答也特别干脆。

怎么无关？这是另一个概念上的学校，去那里，你才是一个真正的园丁。

她去现场考察过一次后，段亚萍决定挑起这副担子，她把一个开办农场的计划书拿到了会议上。办农场，她再一次想到了白岩松老师，白老师的学识、号召力和启发性，始终感染着她。于是她再上京城搬来了"天将"。为此，白岩松老师亲切地叫她"段场长"。段场长在白岩松老师的助力下，走马上任，首先是经过报名、面试，然后择优录取了30名创业者。她说，有人喜欢叫做创客，创客是个西方过来的新词，叫创客未尝不可，突出的是创新，我们就是一代谋求创新的青年。但我们是主人,不是客人。他对青农们说,这里目前什么都没有,我们的明天,我们的辉煌,就在我们脚下,就在我们手里,大家干吗?我们开办农场的方向,是办教育,是让孩子们和到农场的所有人来体验生活,体验社会,体验大自然,体验感恩,体验如何做农民、做工匠、做艺术,体验如何做一个完整的人,同时我们自己也成长在其中,快乐在其中,大家愿意吗?这里是云州区西坪镇驼坊村,这里世世代代都种植黄花,黄花又称忘忧草,我们农场的种植也从忘忧草开始,我们起个名字就叫它"忘忧农场",大家觉得好吗?

在激励这30位同伴的时候,段老师首先在激励自己。我们在采访时,看到每个青农都在X展架上露面,一幅肖像,一段心里路程。其中,有一段属于段亚萍:

> 她是代表全省参战过全国比赛夺得头魁的名师,她是城市文化名片"市民大讲堂"的当家花旦,她是金融新兵、励志白领,她是文化使者、最美义工。十年教师,在苗圃里和花丛中,喜待桃李满园,放下教鞭却不下讲台。天地有大美而不言,你在教会孩子加减乘除、写字阅读时,已经忘了自然是孩子最好的老师。她呼吁所有的孩子、所有的家长、所有的教育者带着孩子去自然中、农场里,去跑、去看、去听,去探险、去认知、去体验,去爱上和感恩养育他们的大自然,一起去耕读大地,体会生命,因为爱与被爱、感恩和分享是一个孩子获得幸福最需要的能力。因此,她欣喜地来到忘忧农场,回到苗圃里、花丛中去做一名园丁,在这片天地中绽放自己茂盛的梦想和美丽的灵魂。

在创业者共同的的努力下,忘忧农场在汗水和快乐中走过了三年多的历程。

火山红　黄花黄

30个主创青年,喜欢称自己为青农。他们介绍,在段姐的规划和引领下,他们的忘忧农场打造的是农产品(以黄花为主)种植、生物科技研发、农业帮扶、文化旅游、绿色康养、人性化教育、大自然体验和商业贸易一体化的现代农业产业园。忘忧农场首先是孩子们的天堂,孩子们可以在老师和家长的陪同下,在实践中增长科学知识,感受大自然的不同现象,感受各种不同动植物与大自然的和谐关系及变化,唤醒同学们关注自然、热爱自然、遵循自然规律的认知和能力;开展农耕体验,掌握粮食、果蔬的生长过程,了解农民之辛劳,山川、河流和土地之恩泽;让孩子们参与文创制作、园艺操作,了解民间工艺之财富、工匠精神之可贵,提高对大自然、社会、艺术的审美观和发现力;通过运动教育、拓展训练、成长竞技、知识研学,培养学生们珍惜时光、热爱生命、激发潜能、注重锻炼、提高效率、改善心态和人际、学会交流与沟通,走向美好人生。

青年毕竟是最可爱的人,他们的付出和劳动,始终伴随着诗和远方。他们最喜欢唱的一首歌《忘忧之歌》,用的是抗战时期的《游击队之歌》的曲调,填上了他们自己的词。

我们都是新农民
每一个梦想都是我们自己的
我们都是美天使
哪怕那任务苦又重
在那建设的工地上
到处都忙碌着姐妹和兄弟
在那希望的诗歌里
我们的汗水洒大地
播萱草,种番茄
青春和真情最无敌

卷四 炼质·忘忧农场是一所学校

忘忧农场的青农们，用青春谱写"忘忧"心曲

搞研发，比创意
科技是生产力
我们耕耘在这里
每一寸土地都是我们自己的
不论谁要爱这里
我们就让他爱到底

虽然从作词的角度上讲，以上的文字还有值得推敲的地方，但这的的确确是发自他们的内心，是青农们最为真实的请战书和冲锋号。段亚萍说，与孩子们在一起，是她最幸福的时刻，她每年会亲自接待来自四面八方的孩子。她清楚地记得，孩子们在农场第一次见识到羊的瞳孔是矩形的，难怪羊不用左顾右盼就会了解各个方向的"敌情"，

火山红　黄花黄

忘忧农场，吸引了许许多多孩子，他们在这里体验大自然

这样的惊讶会让他们一辈子都忘不了。还有孩子们通过观察才发现，原来猪是最干净的，因为猪吃饱喝足了什么都不做，它不会接触各种肮脏的东西。为什么猪有时会变得脏兮兮的，那是因为猪的特质，它无法排减身体的热度，它在想尽一切办法去沐浴，然而人们没有为它提供沐浴的条件，它只有去接触有水分的泥潭，甚至是剩饭剩汤。为此，孩子们，包括多数家长们，也是一片感叹，原来如此呀！她又说孩子们参加种植、手工等劳动，不出几分钟便浑身冒汗了，这个时候，我们再讲"锄禾日当午，汗滴禾下土，谁知盘中餐，粒粒皆辛苦"才会有分量，有的孩子听了以后居然会落泪，这流汗与落泪的生动一课，只有在这里，才能见到效果。她拿着芹菜给孩子们讲，看它长得直直的，硬硬的，像骨头，多吃芹菜就健骨，对关节有好处；她拿着核桃，剥了皮让大家与大脑的模型比较，孩子们都说很像，于是她说多吃核桃

卷四 炼质·忘忧农场是一所学校

补脑;她把胡萝卜切开了,让孩子们看它的横截面,问大家像不像眼睛,大家说像,于是她说吃胡萝卜对眼睛有好处。孩子们对这样的教育方式,显然很容易接受,也容易记忆。

段亚萍说起这些就会激动,其语音和笑声里,就会有颤动的成分。这时候,她说需要镇静一下,她的心脏不能激动。段亚萍的心脏与他人不一样,先天的"预激综合症"从小伴随着她一起长大,发病的时候心率就会乱,最多每分钟跳几百次。初三最紧张的时候几乎每天都会发病,因此从小就是学霸的她不得不中途休学,没有上大学。初中毕业就读了师范,毕业之后进入平城区一所小学。少女时期她的病发作得更多一些,每年都会有十几次,甚至几十次,为此父母很担心,恨不得每时每刻与她相随。而工作之后,她的性格和事业稳定下来,发病渐渐地少了。按照医生的说法,她应该过衣食无忧、不劳累、不激动,类似金丝雀一样的日子。段亚萍说,那是天方夜谭,没有那样的家庭条件,即使有,她也无法将自己关在笼子里。她需要一个大的、自由自在的世界,忘忧农场给了她。到忘忧农场之后,她发病不多了,偶尔发病,她平躺一会儿,用手指按压眼眉中间的穴位,或者是有意识地憋一口气,就能缓过来。她说,人的寿命究竟有多长,我不知道,我掌握不了生命的长度,但是可以去拓展生命的宽度和厚度。看来她是不愿意多谈自己的身体,她说如今好多了,很幸福,很开心,开心可以医治所有的病。

如今的忘忧农场,内涵正在拓宽,孩子们喜欢,家长们喜欢,年轻人愿意来,不少艺术家、老头老太太们也愿意来,不为别的,为了回归,为了寻梦,为了静一静,为了读一本书,为了听听年轻人说话,为了靠大自然近一些,为了靠年轻人近一些,为了靠快乐和健康更近一些。

我们问段亚萍,忘忧农场与农民致富的关系是什么?她说关系大了去了。最直接的是忘忧农场可以有农民在这里打工,这只是小菜一

火山红　黄花黄

碟，真正的大菜，甚至是满汉全席，那是生物科技。生物科技的研发和拓展，代表着黄花产业的未来和方向。忘忧农场黄花的种植，说到底是一种体验，它的科技研发和推广，才是对农村、对农民未来生活具有前瞻性的、朝阳性的贡献，它可以让乡村振兴。在现有黄花产业的基础上，朝深加工、高附加值方向发展，使黄花的产值成几倍、几十倍地增长。

目前忘忧农场与台湾拜宁腾能生技有限公司合作的生物科技研发，已经有成果问世，比如美容产品、保健品和食品的开发，正在申请办理食品安全、化妆品安全等相关认证。如下是从段亚萍给我们提供的一份资料中截取的一段：

> 生物转化所利用的媒介即微生物，透过微生物本身独特的活性酵素，可将投入的原物料进行生物加工，而转化后的原料可产生多样化的特殊风味与口感，许多食品制药等产业之原料生产即利用此过程，而应用于人体的微生物首要关键在于安全性，即对人体无害无致病性，其次为对人体有助益的微生物，此类微生物统称为"益生菌"，益生菌益处相关研究报告非常多，可改善肠道菌丛促进消化吸收、抑制有害菌滋生、减少肠道疾病与肠癌类的发生、调节免疫力，可避免病原的感染。另外代谢症候群相关的功效实验也不少，例如可抗发炎、抗氧化、减少心血管疾病风险、改善胰岛素抵抗等，相关研究在国内外不胜枚举。还有一类研究则着重机能原料，透过益生菌转化后不同的功效成分，这类组合的应用直接导入了市场产值，多样化健康保养产品因应而生，如常见的优酪乳饮、蔬果酵素饮、机能果醋、牛奶酵解面膜、植粹酵解保养品等，而这类市场需求有逐年增加的趋势。

卷四　炼质·忘忧农场是一所学校

　　因为专业性太强，我们感觉到了这份资料的分量，却不能解读其中内涵之一二。我们只能用通俗的语言，理解为大同的黄花集天地之精华，营养价值非常高。通过生物提取和生物加工，可以把黄花对人体有益、对美容有益、对健康有益的成分加以筛选和提取，制作出健康食品、药品、美容化妆品和保健品等，实现黄花产业的深精加工，既服务社会、造福人类，又提升价值和附加值，给黄花产业之未来开拓一条光明大道。

　　结束采访时才发现，不知不觉中我们伴随着夏日的闷热，已经交谈了近三个小时。段亚萍说，有一件事忘了说，农民们最担心的是黄花一旦绽开，就没有了价值，我们的生物科技产品的原料，恰恰需要开放的黄花。可以想象，因为这一点，广大农民兄弟姐妹的笑脸，也会像绽放的黄花一样美。

　　走出忘忧农场，心情和大同的天气一样明亮而爽朗。今天真的是长知识了，这真是一所大学校。

咱们庄上的年轻人

桌上,一份刚刚出版的报纸,报头鲜艳,这是 2020 年 8 月 3 日的《人民日报》。阳光照在头版的一篇题为《贾家庄迈上小康路》的通讯文章上,"贾家庄"三个字分外引人注目,文中写道:"山西省汾阳市贾家庄村,上世纪五六十年代依靠艰苦奋斗,在盐碱地上改变穷貌……"

贾家庄?这不就是咱山西老作家马烽担任编剧的经典影片《我们村里的年轻人》原型地吗?

20 世纪 50 年代,一部电影《我们村里的年轻人》在全国引发热潮。这是一部振奋了我们几代人的经典影片。影片 1959 年出品,由著名导演苏里执导,马烽担任编剧,李亚林、梁音、金迪主演。电影的原型地贾家庄和拍摄地汾阳都在山西,因其轰动效应,几年后原班人马还拍了续集。《我们村里的年轻人》讲的就是一群农村青年为改变家乡面貌,劈山引水、建造水电站的壮举,展现了年轻人热爱故土、不舍乡邻,为投身家乡建设、甘于奉献、不怕吃苦的可贵品质,一个个昂扬活泼、可敬可爱的年轻人形象,在那个年代激励引导着更多同龄人。

这些日子,在云州区处处是忙碌的身影和踏实稳健的步履,尤其是来到卧佛山脚下的吉家庄,一种蓬勃的气息充盈在我们所见所闻的每个地方。那里的几个帅气精干的年轻人,不由唤起人的记忆,让人回想起《我们村里的年轻人》里的那些勃发着朝气和热情的人物。时光轮回,一个甲子过去了,今天的吉家庄,又被一股青春的力量推动着,电影里那优美的旋律——《幸福不会从天降》仿佛也穿越时空,在耳边又隐约响起:

> 樱桃好吃树难栽,
> 不下苦功花不开。
> 幸福不会从天降,
> 社会主义等不来。
> 莫说我们的家乡苦,
> 夜明宝珠土里埋。
> 只要汗水勤灌溉,
> 幸福的花儿遍地开。

每年六月,云州区的黄花,像金色的海洋

火山红　黄花黄

近处远处的田野上，一阵阵暖风正从桑干河上劲疾而来，穿过绿油油的庄稼地，催萌着一朵朵黄花，带着我们，去亲近这些年轻人。

吉家庄中心村农牧专业合作社，就在日夜不息滚滚滔滔的桑干河南岸，刘猛、张圣伟、陈少龙、王健、卢建军已经等在这里。

这是一处崭新的院子，路边一栋赭红色建筑。这种被称作"外研红"的颜色，低调内敛，时尚新派，可见设计者之眼光。蒸制区、包装区规整醒目，正等着这一夏新鲜黄花的到来。院子有几亩地大，越过院墙，墙外黄花遍野，远处晴岚之下，仰天大佛静穆庄严。近处绿野之中，千亩黄花灿烂耀眼。

刘猛和张圣伟要赶往区里开会，他俩把我们引进办公室，细细安顿陈少龙一番，和我们打了个招呼，就急忙忙奔往区政府所在地西坪镇。

眼前的陈少龙，高高大大，有股阳刚英武之气。他笑着介绍自己，1981年出生，是个"80后"。2001年参军，在天津陆军步兵部队服役，2005年复员，有5年军龄。招呼众人坐下，陈少龙一边沏茶，一边先和我们聊起来。复员后，想着挣钱养家，他四处打工，想办法谋出路，包过出租车，跑过大车，还开过半挂车，辛苦打工，收入却并不多，这样的境遇，总是让怀着一颗创业心的他困惑。当时在部队的那股绝不放弃也不抛弃信念的劲头却像田野的风，蓄积着力量。正在这时候，从小玩到大的小伙伴、他自小的"偶像"刘猛，找到了他。当时，刘猛率先回到故乡。他聪明勤奋，扎实能干，在村中赢得村民的拥护支持，担任了吉家庄村支书。想创一番事业的刘猛把几个发小逐个联系到，找了个时机叫到一起吃了个便饭。饭桌上，一番叙旧之后，刘猛把自己的想法和盘托出，同伙伴们聊起创业、人生，又详细谈到如今县里的扶持鼓励政策，分析黄花产业的前景。从小就在一起玩耍的几个好朋友听得心潮澎湃，豪情满怀。这之后，几个年轻人一番深思熟虑，都愿意跟着刘猛干，随即迅速行动起来。刘猛带着大家到种植黄花已经取得成功的唐家堡，找领头人张顺宝了解情况，虚心学习；又跑到徐家堡。这徐家堡自古就保持着种黄花的传统，一直是以黄花为产业出名的，老支书白继跃有着多年种植黄花的经验。他们跑到这些地方取经求宝，一了解，一求教，大家的信心更坚定了，回去后就筹集资金，投身故土，回到家乡创业。

陈少龙的这番忙乱，却没得到家人的认可：好不容易出了农村，到城市了，这又回村种地，为了什么？

我们笑着问他，那你是咋让家人同意的？

"从小家里教育咱做事不能没谱，所以我这个人做事从不敢莽撞，家人也了解我信任我，知道我肯定是有把握才做，所以，跟家里人讲清楚道理后，家人的看法和不理解都转变了。"

陈少龙对当时的情景记得十分清晰。那是2016年正月，大家商议好之后，选了个日子二月二。二月二，龙抬头嘛！大家也盼有个好开头。从这天开始，他们入户与吉家庄的老乡们做动员，为了黄花产业便于管理，集中开发，形成联片。开始做的时候，一起步就是三四百亩，大家一起投资黄花这个产业，前三年分株育苗，只是培育和管理，全部是支出，第三年才结果实。今年，吉家庄的黄花就要结出果实了，但怎么让产品实现最大的产能，赚取最大的价值，也是他们最关注的一点。

说到这里，陈少龙向我们介绍一旁的王健。小王出生在1983年，是新荣区人，和小陈是好朋友，两人当时在饭店打工，相处时间长了，王健看出了陈少龙靠谱，加之他觉得农业有前途，便把自己做小工程挣的一点钱加上积蓄，一共20多万，全部投资了陈少龙的产业。

创业初期，大家一齐动手，有的伏下身子锄地耕耘，有的开着小四轮忙前忙后，有的清理管道，前几年种黄花还是粗放的大水漫灌，忙起来的时候，大家就手工浇灌。去年，黄花开始有了花蕾，大家又忙着联系、培训工人。各个分工明确又互相配合。去年的黄花季，就是对大家能力的一个检验。黄花丰收时，大家各管一摊，有的负责黄

火山红　黄花黄

花收售,有的负责采摘工管理,有的负责后勤保障。一个繁忙的黄花季,虽然天气炎热,采摘紧张,但有条不紊,黄花不仅应采尽采,而且大家也因此更加团结。

"小卢来了!快坐!"从门外走进一个年轻人卢建军。卢建军敦敦实实,沉稳踏实,也是一个"80 后"。他在党留庄乡兼埔村流转土地 330 亩,当时投资光是流转土地就投入 16.5 万元,4 年投入 66 万元,合同一签 8 年。今年第 4 年,也到了黄花盛产的时节。

"你们也是发小吗?"我们问卢建军。

"以前不认识。"陈少龙解释道。

"我在县里黄花会议上见过他们,慢慢就惯熟了。"卢建军说到。

甭看卢建军朴朴素素,不苟言笑,但聊起在北京打拼,他的经历让我们睁大了眼睛,连声惊叹。卢建军也是新荣区人,当时想谋出路,正好身边有不少朋友在北京打工,听他们说还有一些招工的机会,他便动了外出务工的念头。他说,那时候年轻无畏又迷茫,自己想着与其在家待着,总不如到外头见见世面,再说,当时也有朋友已经出去立下脚了,于是他便跟父母拿了 80 元来到北京闯天下。可是到了北京才知道,外面的世界太大了,当时小卢就傻眼了,根本找不到合适的工作。身上带的钱刨去车费、吃饭,眼看就花光了。说到这里,卢建军苦笑了几声,最难的几天,兜里只剩 4 块钱,自己不敢花,肚子饿了强忍着,最后饿到头晕眼花,胃痉挛疼得昏了过去。捱过这段最难熬的日子,卢建军慢慢找到了一些工作,他当过保安,送过水,后来朋友介绍他送牛奶。小卢干事踏实,牛奶公司经理看中他的可靠,慢慢让他负责开发北京一个区域,做牛奶市场。刚开始一个月收入只有 1000 元,但后来,卢建军慢慢拓开了牛奶市场,2004 年一年,他就把订奶户做到了 3 万户。小卢的事业打开了局面,越做越大。

几年前,卢建军回到家乡,在大同市里做些别的生意,偶然听说了云州区要发展黄花产业,了解到政府大力扶持,于是经过一番考察,决定回乡投资,规模种植,全身心投入到黄花这个朝阳产业中。几年来,分株移苗,锄草培植,如今他的330亩黄花已经到了产成期。在云州区的几次青年创业会议中,他认识了张圣伟、陈少龙这几位同龄人,便主动与他们联系。几个人这么一聊,彼此的想法不谋而合,传统的黄花制作工艺,受天气、人工的制约太大,晾晒时间也太长,而现代农业已经直接能实现农产品保鲜,大大缩短了从田间到人们菜篮子、饭桌的时间。年轻人的想法就是,干黄花速冻冰鲜!卢建军很快便决定与张圣伟他们联手,投资黄花产成的深加工和精加工,上黄花冰鲜生产线。

记得采访云州区黄花办主任安一平时,安主任就说过,黄花充分晾晒干燥,需要整整三天时间,现在黄花种植形成规模,产量增加之后,晾晒场地已经远远不能达到要求,虽然区里、乡里花大力气想方设法增建了许多晾晒场地,开辟利用了不少临时场面,但是还远远不够。王凤瑞书记就此提出过这个问题:能不能直接推广新鲜黄花的销售?按照王凤瑞的想法,销售新鲜的黄花,既可以减少人力投入,又能缓解当前黄花晾晒场地的不足,还增加了黄花的销路,也可以改变人们食用黄花的方式。可是,难就难在黄花菜不好保存,摘下两小时,花蕾就打蔫,即使是云州区本地人,平时都很少吃鲜黄花,更何谈销售新鲜的黄花?

有没有解决的办法?这个思路可行不可行?这帮年轻人脑子活、见识广,他们找到了销售新鲜黄花的密钥——冰鲜!说干就干,卢建军开始四处打听相关生产厂家,又在网站留意和搜索各类信息。随即开始考察冰鲜产业,他自己坐火车、搭轮渡、坐大巴,最远往南到过柬埔寨,北面到了东北三省黑河,东到浙江温州,西到四川,反复比较,最后定下山东一家公司的一条冰鲜生产线。

我们也好奇最后选定的这个公司,冰鲜生产线有什么长处。卢建军跟我们一说，我们更佩服他的心细和思量。原来，冰鲜生产线的材质也很重要，卢建军考察了几家公司，发现有的冰鲜生产线会出现急冻后的产品与生产线粘连的情况，所以他特别留意了这一点。现在订下来的这套设备的优点是产品急冻后与机器不粘连，这样就便于下一个环节的产品收集包装。而且这套速冻机是意大利进口，优势是冷库预冷40分钟内就能速降到-42℃。普通的急冻机想达到这个低温水平，特别耗时，最短需要90分钟，这样的话，生产效能太低。

卢建军给我们详细讲起生产流程，生产线开动后，只需要3人分拣，其余全部实现机器自动生产，流程是：

两道清洗→高温杀青→过凉（凉水降温）→震动沥水→速冻三分钟→包装（机器自动包装）→上冷链车→进入市场（超市）。

整个过程只需要7分钟即可完成。"咱们的黄花产品已经取得SC生产许可证，这样的话，生产的黄花就可以进入超市，一年四季人们都能吃上新鲜黄花。"正说话间，王健起身从冷库给我们端来一盘试生产的冰鲜黄花。洁白的瓷盘中，六七根饱满的黄花，花茎鹅黄，两端嫩绿，大同黄花角长肉厚的独特品质，经过冰鲜不打折扣地呈现在我们眼前。虽然就这六七根，带着冰凌和霜苕，却占了满满一盘。我们一人取了一根放入口中，经过高温已经脱去秋水仙碱的黄花清香甘甜，我们分而食之，满口清凉芬芳。

今年疫情状况缓解后，卢建军和王健又一起考察全自动包装机。两人到寿光、盐城，下温州，走了7天，最后选择了浙江温州一家公司近30万元的全自动包装机。

我们问他为何这次没选山东公司却选了温州的公司，卢建军告诉我们，这家公司的售后服务好，有了什么问题，能及时解决。

卷四 炼质·咱们庄上的年轻人

王健很自信地说,冰鲜蔬菜生产目前只河南有一家。咱们的冰鲜黄花,包括以后还要上线冰鲜蔬菜,建成生产后就是全国第二家。说着,王健回头望望窗外,院中一隅的厂房这几天正加紧施工,马上就要建成了。王健这几天忙着负责厂房的建设和监工,他告诉我们,厂房无菌车间1000平方米,为保证黄花的品质,他们装修用的是环保集成墙板,是从南方采购的竹炭集成墙板。地面防尘处理,铺设的是环保氧化钢化膜。速冻线总共投资近500万元,投产后,可实现每日生产20吨。用工最多八九人,生产运行可以延续到黄花季之后。这样一来,咱们的合作社避免了晾晒阴干的制约,可以在黄花季内大量收购新鲜黄花,在黄花季过后,还可以利用冷库的存货继续生产。传统晾晒出来的干黄花产品,7斤新鲜黄花才可以晒出1斤干黄花,销售价格15元一斤,咱们冰鲜的,不晾晒,销售价格6元一斤。

年轻人干事创业,山西省省委常委、大同市市委书记张吉福和云州区区委书记王凤瑞都很关心。张吉福来了两次,协调有关部门对冰鲜生产线这个项目加快审批,王凤瑞想办法通过扶贫公司帮年轻人们解决了300万元贴息贷款。

陈少龙和我们说,他们几个年轻人在一起,有啥思路共同说,有啥想法共同干。敢干,往成干,利用各自的人脉和朋友把事情办好办成。院子临街的"外研红"二层楼,就是去年秋盖的,装修快结束了,今年投入使用。他们准备一楼做黄花产品的展厅,二楼作为电商平台,里面要开辟快手直播间,进行网红平台黄花线上销售交易。

按照年轻人们的想法,生产出冰鲜黄花产品后,他们今年就开拓四川大市场,特别要打开成都、重庆的市场。卢建军说,他已经和那边开饭店、做餐饮的朋友取得了联系。这是多么富有诗意又惹人垂涎的好事啊,冰鲜黄花与重庆火锅的邂逅,甘甜黄花与成都麻辣的交融,想想都让人期待。小卢还不只想到这些,他的胸中还有这样的计划——他要将冰鲜黄花出口到日本,用冰鲜黄花铺在刺生鱼片下,取

火山红　黄花黄

代冰碴，刺生的鲜嫩与黄花的清香，那又是一种什么样的口感，白白红红的鱼片和黄黄绿绿的黄花，带给视觉的又是一种怎样的渲染！

卢建军对黄花的钟情和自信不仅仅停留在直观的嫩角花苞，也不仅仅停留在饭桌筷头上，他的终极黄花开发目标是深加工萃取卵磷脂。"咱们的黄花除了营养，还有养生药用的功效，尤其是对肝脏、心脏特别好，黄花里的卵磷脂在蔬果中含量排名第三。"听他这么一说，大家振奋起来，卵磷脂是身体必须的一种物质，对延缓身体机能衰减有非常重要的作用，想不到小小黄花有这么好的营养和功效。这帮年轻人，实在是有着大的胸怀和深远的目光。

张圣伟开完会赶了回来，午饭时间也到了。从办公室走出来，沿着整洁的走廊，我们走进旁边的一间屋子，门头上贴着的是"大同黄花产业基地电商中心"标识，上面是青山绿水吉家庄和中国移动的标志，屋里的展示架上摆放着土特产，这是凝聚年轻人智慧的"吉家农道"农产品。最上层摆放着山西省扶贫办连续两年颁发给吉家庄中心村农牧专业合作社的"省级扶贫农民专业合作社"认定证书和奖匾。

"饭好了，赶紧吃饭。"张圣伟招呼我们到走廊尽头的餐厅，"都

吉家庄大同黄花产业基地电商中心

卷四　炼质·咱们庄上的年轻人

是家常饭，吃饱！"张圣伟笑着招呼，餐桌上，一盘大烩菜、一盘凉拌黄花、一盘西红柿炒鸡蛋，主食是米饭和肉包子。我们一边继续聊着吉家庄，聊着黄花，一边品尝这香甜可口的农家滋味。

张圣伟和我们一起憧憬着："吉家农道"的冰鲜黄花，这个月经过加工，很快就要上市了。

聊过黄花季，吃过农家饭，意犹未尽，我们踏上归途。

> 杏花村里开杏花，
> 儿女正当好年华，
> 男儿不怕千般苦，
> 女儿能绣万种花，
> 人有那志气永不老，
> 你看那白发的婆婆，
> 挺起那腰板也像十七八，
> ……

打开手机播放器，《我们村里的年轻人》续集中的插曲——《人说山西好风光》的旋律在我耳边响了起来。时光的洪流滚滚向前，当我们把视角转向这群年轻人，他们的身上，有军人的严肃和忠诚，有学者的严谨和缜密，还有历练于生活后的热情与积极。

你看，就如同路边含苞的黄花，何其蓬勃！

石囵的电话铃声响了起来，那时尚的手机铃声音乐，竟与这熟悉的歌声浑然融合在一起，有了不一样的韵律。我们突然有了一个想法，回去后，要去拜访一个从事音乐创作的朋友，请他重新编曲配乐，加入新的音乐元素，配上时代的节奏，这首歌一定会更有一番新的气息。

忘忧派

1

想要采访张圣伟,缘自一次宣讲。那是2019年底,共青团大同市委组织了"青年讲师团"赴全市各县区进行宣讲。就是在这次巡回宣讲中,张圣伟给周智海留下了深刻的印象。周智海讲给我们听,重新点燃了我们年轻的梦想。

2016年,张圣伟放弃企业管理高薪职业,引领六名本乡青年回到故乡吉家庄创业,三年的坚持和努力,带动全乡黄花规模种植11500亩,通过黄花产业带动近千名贫困户人均增收达3800元。他为吉家庄乡黄花、杂粮成功办理三品一标相关认证、SC生产许可证和ISO9001质量体系认证。2020年,他上马冰鲜黄花加工线,并积极扩大黄花加工规模,带动农民创收,为黄花产业发展注入新鲜血液。

台上,张圣伟深情宣讲:

卷四　炼质·忘忧派

　　2016年成立合作社，我们就吸收了全村217户453个贫困人员，并且为他们在农业生产所有环节上提供就业机会；2017年贫困户人均收入达2800元；2018年达到3500元；2019年更是突破了3800元。黄花产业的发展让他们在土地流转外不离自己的土地又多了一份收入，更让他们看到了农民不离农业有了新的希望。通过我们的带动，现在全乡黄花种植已超万亩规模，达到了11500亩，为家乡脱贫产业打下坚实基础，真正实现了绿水青山就是金山银山的奋斗目标！

　　张圣伟的讲解，引起台下热烈的掌声，不少年轻人因此而振奋起创业的信心，鼓起干好事业的劲头。从台下发自内心的掌声中，能真切感受到，现在的年轻人需要张圣伟这样的榜样和偶像。

　　这次宣讲，周智海成了张圣伟的粉丝。网上有一段视频，张圣伟站在"中国母亲花，道地忘忧草"的巨幅红色招牌下，头戴草帽，身穿劳动粗布衣服，在花田里，正为来到吉家庄参观游览的客人们讲解："黄花，是让我们兜里边鼓起来的一个特别重要的经济农作物……"幽默风趣的讲解，不时逗得游客发出笑声。

　　打开微信，在张圣伟的朋友圈里浏览，几个图片和消息吸引了我们，一条是，"自己富不算富，带动贫困户共同脱贫致富！'叁分田'每一个伙伴都是好样的！"另一条是张圣伟的一张照片，

张圣伟，荣获山西青年创新创业大赛三等奖

火山红　黄花黄

他穿着整洁的白衬衣,站在黄花田里,调皮地将一朵盛开的黄花插在耳边,开心地笑着,整齐洁白的牙齿,阳光无忧的笑容,英俊帅气。照片上的文字是:

忘忧草,忘忧派,忘忧的生活离不开黄花菜!

好一个忘忧派!

反复念着这句话,我们不禁想起《论语·述而》的一句话:"子曰:'女奚不曰,其为人也,发愤忘食,乐以忘忧,不知老之将至云尔。'"《易·系辞》中则说:"乐天知命,故不忧。"这忘忧派的乐观豁达,不仅继承着传统文化的灵魂,而且注入了新时代的创新和热忱。

我们带着这样的期许去采访张圣伟。近一小时的路程,来到了云州区电子商务公共服务中心。山西省商务厅、山西省财政厅、山西省扶贫办颁发的"电子商务进农村综合示范公共服务中心"牌匾悬挂在外墙醒目的位置上。东侧是云州区网品体验销售中心,展示厅里,大屏幕播放着云州区的形象宣传片。走进云州区电子商务公共服务中心一楼前台,一个年轻的女孩正在逐户打电话向种植户询问生产经营情况,了解目前种植户生产所需。

走上二楼,西侧的两间办公室,就是张圣伟所在的山西叁分田贸易有限公司。

一间是网络"快手"直播室,屋里摆放着云州区的各种土特产品、手机支架、麦克风、补光灯等基础直播设备。张圣伟就是在这里,通过"快手"直播宣传、营销云州黄花和特产。旁边是张圣伟的办公室,办公室的工作台上,同样摆放着土特产样品。几年来,张圣伟用心开发推广云州黄花和吉家庄富硒黑小米。他跑北京,查网络,注册"吉家农道"商标,设计吉家庄 LOGO,选定产品包装。就在这些土特产样品旁边，我们看到一本《云中郡志》，不由有些意外，这和创业有什么关系？况且，这么深奥的古籍，能翻看的人没有几个。

我们问他，这书从何而来？是谁在看？张圣伟告诉我们，是他在大同市的旧书市场高价买来的，他时不时地看一看，是想了解大同的厚重历史，寻觅云州区、吉家庄的历史背景。正是在这本书里，他找到了吉家庄的历史痕迹。他告诉我们吉家庄的来历，瓮城口的辉煌，桑干河在时光的变幻中泛起的点点涟漪和滚滚波涛。

我们对这个小伙子的认识又增加了几分，心中更加敬佩，看来，张圣伟的成功不是偶然的。

问起他这些年取得的成绩有哪些，他笑着说，真没做出什么成绩，全是政府给的荣誉。我们知道，这几年，张圣伟埋头做事，每份荣誉都来得不易。

  2017年被列入大同市农村优秀青年人才；
  2017年当选共青团大同市第十六次代表大会代表；
  2018年被山西省团委评为"返乡创业青年"优秀典型代表；
  2018年当选山西青年联合委员会委员；
  2018年获得农业农村部"农村实用人才带头人"称号；
  2019年获得山西省"时代新人说，我和祖国共成长"演讲比赛优秀奖；
  2019年获得"山西省农业职业经理人"称号；
  2019年获得农业农村部绿色食品黄花菜种植加工集成技术推广三等奖；
  2020年被大同市委宣传部聘为新时代强音宣讲团宣讲员；
  ……

火山红　黄花黄

　　问起他为什么会选择回乡创业，张圣伟说，大学培养的不应该是精致的利己主义者，而是塑造有担当、有修为，更有远大理想的新时代青年，个人的小梦想应该和故乡的致富梦结合起来。所以，早在2015年底，云州区大力推动发展金色富民黄花产业，知道这个政策以后，他就有了回乡的打算。每次过节回家，看到父老乡亲们一年到头的忙碌，收入却很微薄，心里很不是滋味。家乡有这么好的产业项目，又有政策支持，他更坚定了回乡创业的决心。他决定辞去工作，放弃30万元的年薪，回家种地。当他把这个想法告诉亲人的时候，可想而知，家里一下子就炸开了锅，没有一个人支持。回乡创业，没有人理解他，怎么办？

　　怎么办？他说，政策不等人，就让我用一点一滴的行动去换回所有人的肯定和支持！

　　说到做到！土地有了，张圣伟就热火朝天地干了起来，为了节约成本，几个年轻人都是自己下地干活，亲力亲为，手掌磨起血泡，汗水浸透衣服，但从没有想过放弃。功夫不负有心人，那些当时他们劝也劝不动的村民主动找到他们，要和他们一起种植黄花，为家庭增收。

　　得知他这几天还在准备全市"我为转型综改做贡献"主题演讲比赛，我们没有过多打扰他，请他在演讲时通知我们，去现场为他加油助威。

　　比赛紧张地进行着，进入决赛的有43名来自全市各行各业的青年选手。张圣伟是38号。他演讲的题目是《黄花背后的故事：一个农村青年的创业之路》。

　　　　大家好，我叫张圣伟，来自云州区吉家庄。我是一个农民的儿子，今天讲的是一个农村青年的创业故事……
　　　　习总书记说过绿水青山就是金山银山。在我眼里，我们

卷四 炼质·忘忧派

吉家庄的富硒土地就是金山，桑干河畔的黄花就是银山。这也是刚开始设计LOGO的想法所在。在此之前，我用一个月的时间跑遍全国，调研黄花菜的市场，发现全国黄花菜市场很好，尤其大同黄花是同类产品中的佼佼者。经过计算，我以每亩800元的价格，从乡亲手里流转土地，创造了大同市土地流转的最高价……

5月份习总书记来我们云州区视察时指出，乡亲们脱贫后，他最关心的是如何巩固脱贫、防止返贫，确保乡亲们持续增收致富。而黄花就是我们交出的幸福答案。一个小小的黄花，不仅仅是改变了我的人生轨迹，还有成千上万个像我一样的农村老百姓过上了幸福的生活……

去年，58同城发布《2019年返城就业调研报告》显示有30.4%的职场人选择回家乡发展。这些信息都告诉我们，农村是年轻人实现梦想的大舞台，农业让一切变得皆有可能。"莫道农家无宝玉，遍地黄花是金针。"小黄花，大希望，我们一定会乘势而上，与家乡父老一起走上小康之路，从而书写转型综改发展的新篇章。

现场观众动情地为他鼓掌，为这份坚守和志向鼓掌。

周智海说，那天他的掌声很真诚，一半为张圣伟，一半为他自己年轻时未竟的梦想。

打开手机，进入"我为转型综改做贡献"主题演讲网络投票页面，点开38号，我们连着为张圣伟投出三票。

2

在云州区采访，映入眼中的都是像张圣伟这样洋溢着刚锐之气、澎湃着乐观之心的"忘忧一派"。

云州区电子商务公共服务中心门头上挂着红色的条幅"云州区线上线下双品网购节",看来,这是大同黄花依托网络走向更广阔世界的重要平台。我们要采访的火山阿红,正在把一箱箱特产搬出来,帮助客户放到车上码齐放好。

阿红,高高的个子,说话底气十足,眼神炯炯,亲和健谈。他带着我们在体验中心逐个参观,细细地讲解,我们才知道,云州区的特产和开发出来的农产品远远超出我们的认知,这里不仅有各种黄花的深加工产品,还有其他火山富硒农产品,不仅有云州区农民们利用苇叶、柳条编织的手工艺术品,还有用火山石做原材料开发的各种产品。

参观之后,阿红邀我们坐下,他一边倒茶,一边打开了他的话匣子。

阿红今年40多岁,有股不屈的劲头,面对生活和命运,他始终笑对。店里有新一期《大同文旅》,他指给我们看其中的一篇文章《萱草花(黄花)之四德——写在增选黄花为市花之际》,说他喜欢黄花的品质美德,特别支持增选黄花为大同市"市花"。黄花有爱,有品。他特别喜欢文中引用的诗:

萱草虽微花,
孤秀能自拔,
亭亭乱叶中,
一一芳心插。

这短短二十个字,写出了萱草孤芳自信、坚韧不拔的品格。这是苏东坡《和子由记园中草木十一首》其一。

阿红干过焊工,打过零工,做过小买卖,跟过大车,还做过汽运物流,为了养大车也借过高利贷,开过饭店,弄过车队,到右玉、河曲开过两个信息部。经历这么多,但是却没挣到什么钱,饭店2019

年关了，欠了外债 17 万元。其间他还遭遇了一次严重的车祸，昏迷了两天，用他自己的话说，是捡了一条命，是个"二荏人"。可这些不顺当和挫折，没有让阿红失望和气馁。

云州区 2018 年 5 月举办第一届火山旅游节，阿红寻思着吃旅游这碗饭。他通过网络找到了吴学军的志愿者群，报名当了志愿者，当时在老虎山服务于景区停车场，每天忙到很迟才下山，虽然不挣钱，但他看到了旅游的广阔前景。

在狼窝山上做旅游，卖水，卖土特产品，卖杏子酒，到了 7 月份才零星有了游客，最多一天只卖 18 元。妻子埋怨他，家人不理解他，但他相信自己的选择，坚持了两个半月瘦了 20 多斤。阿红笑着和我们调侃："都说女人们减肥难，跟上我肯定能减了。"慢慢游人多了起来，黄花和土特产也越销越多。他最兴奋的是 2019 年在云州区举办的"星光扶贫"活动，功夫明星成龙来到火山景区，到了阿红的摊位前，成龙笑着和他握手问好。阿红斟满云州杏子酒，盛好黄花酱，请成龙品尝，尝过杏子酒黄花酱，成龙赞不绝口，问阿红："能不能把这罐儿送给我？"阿红痛快地说："送！"

说起那一天，阿红依然很兴奋，他说，"咱就是要把云州区的黄花和特产给推广出去。推出去是英雄好汉，推不出去是窝囊软蛋。"

自小家庭条件不是很好，家里只父亲有工作，母亲摆摊儿卖凉粉儿卖羊杂，阿红高中上了一年就不上了，妹妹上完小学六年级辍学，但他很喜欢看书学习，中国的传统文化，尤其是古诗词，他很钟情，所以平时也喜欢写几句打油诗。阿红拿过手机，打开自己的微信朋友圈，让我们看他在河南省郑州市文学百花园微信公众号上发表的几首诗，读起来朗朗上口。

他还为云州区的特产设计了广告词：

畅饮杏子酒，

火山红　黄花黄

世界任君走。
塞外黄花菜，
舌尖有品味。

边聊，阿红边不停地语音回复外地老客户的询价和订货，现在，每天通过微信平台和网络直播，他都要卖出不少黄花。他说，咱云州人实在。自小父母亲教育做事不能只盯着眼前的小利益，做生意也有人情生意。他讲起来，一个外地的客户问起，云州区有没有艾叶，想买一些。阿红拉着媳妇儿就往乡下跑，走了三个村儿，采回一些，阴干后，又和媳妇儿一片一片将艾叶摘下来，装了四筒。客户要按100元两筒结算，阿红说什么也不同意，退给客户50元，客户不答应，阿红把四筒发了过去。后来，这位客户成了阿红忠实的顾客，今年跟阿红预定了一百多斤黄花。

在狼窝山停车场忙碌的时候，阿红看到有的客人想坐坐、喝点水，便在半坡小停车场大柳树下，准备了五六个马扎儿，带了点热水，卖点茶水。一次，几个内蒙古客人来这里游玩考察，在阿红的桌前喝茶，阿红明码标价一壶水8元，客人边喝茶边聊天，一口气喝了4壶，走的时候算账，阿红只收18元，客人愣住了："小伙子，你没算错吧，4壶水不是32元？"阿红笑着摆摆手："我这茶最高封顶18元。"内蒙古客人转而抓住阿红的手，举起大拇指夸他实在，走的时候跟他买了两瓶杏子酒，还敬烟给阿红。阿红推托了："不抽，山上这树好不容易长起来，抽烟容易着火的！"内蒙古客人把拔出来的烟，塞进烟盒，也更欣赏这个憨厚实诚的云州人了。临走这几个客人加了他的微信，现在还时不时地和阿红在微信上聊聊，买些特产。

和阿红告别，脑海中又浮现出这首诗："萱草虽微花，孤秀能自拔，亭亭乱叶中，一一芳心插。"阿红，不就是这一朵孤秀自拔的小小萱草花吗？

3

接到云州区文联主席庞尔成的电话,今天他将安排我们去采访吉家庄村的村委会老主任陈丙政。庞尔成主席告诉我们,陈丙政还是网红。这让我们很好奇,一个老村委会主任,怎么会成为网红?庞主席跟我们说,去年短短半年时间,陈丙政和爱人通过网络平台在"快手"直播,粉丝就达到3万人,20万人关注了他们的直播。他们通过"快手"销售云州黄花和农产品,成了农民网红。产品不但销量大,而且回头客也多。

我们不约而同地想到了花田里那两位快乐无忧的"60后"。

几次往返于云州区西坪镇与吉家庄,我们经常会在公路边的花田里看到两位"60后",架起直播架,欢乐地唱着、跳着、说着、笑着,我们总是打开车窗拍一段视频,有时注目他们,笑着招招手。

"就是在地里直播的那两位吗?"

"就是在冰雪小镇卖黄花的八哥八嫂吗?"

"没错,就是他俩,八哥八嫂!"

八哥是个好人,一张笑脸,和言善劝,他的为人和威望,不仅在吉家庄,周边乡村都认他。有了家庭纠纷、邻里不睦,只要把陈丙政搬来,最后都能妥善解决。庞尔成讲起去年的一件事,那次是瓮城口移民新村要铺入村水泥路,有一些村民因为修路要占他们的耕地,不同意施工,乡里想到了八哥,请他来解决矛盾。老陈的一张笑脸和秉持公道的为人,瓮城口的村民们也认可,一番说和劝解,很快就做通工作解决了矛盾,公路也顺利修通。

虽然还没见到八哥,我们却已经觉得和他很熟悉了,是的,拉近我们的,是他的快乐和那无忧的笑脸。

八哥魁梧壮实,为人厚重,笑容满面。来到八哥的直播间,货架上满满当当,摆放着为乡亲们代卖的黄花、小米、苦荞、莜麦、豆类……

火山红　黄花黄

八哥八嫂正在直播，八嫂伴舞，八哥唱着自个儿作词的小调儿：

黄花行情年年好，
挣的利润真不少。
又买汽车又盖房，
光景一年更比一年强。

直播间隙，八哥坐下和我们聊起来。2016年，八哥开始种植黄花。十来亩地一年下来，大概能采2000多公斤黄花，黄花晾晒好就批发给中间商。闲暇时，八哥也爱研究研究现在流行的事物，在"快手"上，他发现有人卖特产，卖得还挺好。八哥就想，咱们的黄花品质好，营养高，咋不在网上试试。平时，自己也爱唱个小曲儿，也爱拉呱个话儿，和老伴儿一说，老伴儿也同意了。于是两人把农具收集起来，开始布置直播间，在他们的直播间里，从磨得光亮的犁、镰刀、锄头，到已没了棱角的半升子、升子、篮子、簸箕、箩子，再到磨、耧、动轱辘、木锹、槤枷，各式各样的农具应有尽有。陈丙政给自己取了个网名"老农民八哥"，开始慢慢琢磨直播的窍门和销售的方法，逐渐掌握了直播的程序，也找准了适合自己的直播方式。八哥把乡村的生活、农耕的现场、农产品的收获和加工拍成短视频，发布在"快手"平台上，还把黄花从种植到收成，从锄地、浇水、施肥、采摘、蒸制、晾晒、包装到烹饪，都真实详细地录制解说出来，引得不少粉丝点赞关注。视频中乡村的新变化，乡亲生活的烟火味儿都成了粉丝点击量最多的画面。这些饱含着乡土气息的视频，为八哥赢得了众多粉丝，这其中有来自全国各地的种植户、普通农民、顾客，还有不少大的商户。八哥真的把黄花卖到了网上，卖到了很远的地方。听说八哥在手机上就能卖出黄花，村民们也都跑来请他帮忙代销土特产。这不，八哥卖的可全了，黄花、富硒小米、小杂粮、土鸡蛋，都是咱云州区的绿色产品。去年，他还买了一辆面包车作为农产品快手电商直播车，和老伴儿两人一路开车到内蒙古、河北，以及太原、长治等地，帮村民代销黄花。贴着"桑干湿地睡佛山，金色黄花大同蓝"的直播车，开到哪里都能引起当地民众关注，既卖出了黄花，也"吸了粉儿"。现在，他在快手上的粉丝已经涨到3万人，在他的带动下，村里有五个人也开始在"快手"电商直播平台上销售自家农产品了。

八哥自豪地说，他曾在一天内帮助村民卖出4600斤富硒有机黑小米。2019年带货量突破100万元，实现年利润达20万元。2020年初，陈丙政光荣地出席了在太原举行的"2020网红经济产业论坛·山西网红年度盛典"。

去年黄花采摘期，20多名山东采摘工来到了吉家庄村采摘黄花，但在吃住上遇到难题，种植户的房屋少、做饭锅灶小，采摘工食宿很不方便。八哥得知后，主动联系，把采摘工领回自家，为她们安排食宿。为了打消她们的疑虑，八哥又接连几天陪伴这些山东姐妹在黄花地采摘，跟她们拉家常，给她们讲云州区的风土人情。八哥的真情和笑脸，打动了这20多名山东采摘工，他的质朴和乐观，也赢得了人们的尊敬。这几位采摘工说，就冲着八哥，明年还来吉家庄采摘黄花。

云州区的"忘忧派"，在我们心中愈发清晰深刻。在他们的身上，闪烁着智慧和豁达的光芒，更传递着热爱生活追求幸福的力量。

4

7月的一个清晨，云州的黄花含苞欲放，我们踏着露水，沿着忘忧大道，穿行在万亩黄花中，前往云州区，寻找"忘忧仙子"孙月。

2019年，作为大同黄花文化旅游月的一项重要活动，"忘忧仙子"选拔赛启动。得到消息，孙月信心十足地报名参与，从6月20日开始，历时近一个月，经过初赛、复赛、决赛，她与另外九位选手脱颖而出，

火山红　黄花黄

摘取"忘忧仙子"花冠，受邀为大同黄花代言。

孙月，是土生土长的云州人。在她身上，不仅有着云州女孩独有的美丽、热情，还有着黄花一样的低调和淡然。前来迎接我们的孙月，轻轻微笑，文静娴雅，她就职于大同市云州区人民医院，从事财务工作。如今，除了日常工作，她还在网上，在线下推广大同黄花。

说起当时的比赛，孙月熟悉如昨。进入决赛的20位选手，各显其能，争奇斗艳。有的展示了舞蹈、演唱、剪纸，有的表演器乐、朗诵，诠释自己对忘忧草、忘忧文化的理解。选手们还在"家乡推荐"环节，借助对云冈石窟、华严寺、代王府、油糕、凉粉等大同美景、美食名片的推荐，展示自己的智慧、美丽和爱心。

问起她当时的表现和展示，孙月有些羞涩地笑笑。工作之余，她还喜欢书画和摄影，从小就临帖描画，这么多年来，书法和绘画都有了一定的基础，所以在去年的"忘忧仙子"比赛中，她选择了展示书画才艺，现场书写的颜体大字"忘忧花海"，像模像样，可圈可点，引得评委一致叫好。她绘制的工笔画"忘忧花开"，也让观者连声叫好。在"家乡推荐"环节，她倾力推荐"云州黄花"：

> 古老云州产黄花，默默黄花含古韵。大同市云州区素有"中国黄花之乡"的美誉，有文字记载的黄花栽培史达600多年。火山脚下特有的地理、气候和土壤条件，孕育出了"五瓣七蕊"独特的大同黄花。目前全区种植面积有16万亩。黄花品相、品质位居全国四大产区之冠。黄花色泽金黄，窄窄清香，亦花亦菜。丽日晴空下，穿行在云州大地上，穿行在火山环绕的世界里，穿行在金灿灿的黄花之海中，大家就会豁然开朗，彻底明白什么是"莫道农家无宝玉，遍地黄花是金针"。黄花，是忘忧草，是母亲花，更是乡亲们心中的致富花、幸福花！

带上画板,孙月来到家乡的忘忧花海,在这片希望的田野上,用画笔记录家乡美景

听她这么一说,我们也不由拍起手来。孙月告诉我们,她也常常把学习书画的快乐分享给患者、家人和朋友。目前她在继续创作黄花作品,不仅要画出这"忘忧黄花",还要用手中的翰墨,书写"农家之宝",用浓墨重彩去描绘云州的美丽,用丹青妙笔为大同书写更美的未来。

接下来,她还会通过网络,继续向更多人展示云州美景和黄花产业;还会和另外几位"忘忧仙子"一道为家乡的黄花代言,迎接更多的游客来大同,赏黄花美景,品黄花美食,游万亩忘忧花海。

自云州区返回市里,我们在落阵营村停车休息。这里有一处建于清光绪年间的吕家大院,其主人吕塘于清道光二十四年(1844)中举,后任石膏井盐提举、云南孔阳州知州、河南大府三品衔,赐忠义大夫。

其子吕生春为清末进士,步入仕途后亦官亦商,后经李鸿章所荐,出任清朝财政大臣。在吕家大院的砖雕门头上,有三个大字"乐天墅"。这不由让人想起,唐代白居易在《达哉乐天行》写到"死生无可无不可,达者达者白乐天",宋代辛弃疾则在《水龙吟·瓢泉》表其心志,"乐天知命,古来谁会",明代王廷相则在《慎言·作圣篇》说:"随所处而安,曰安士;随所事而安,曰乐天。"

我们似乎为云州区这一帮"忘忧派"的豁达乐观、勤敬有为找到了答案。

大同有一座冰山

大同有一座冰山,你没听说过吧?

其实,我们也是走了标题党的路线,想引起读者注意而已。冰山真的说不上,不过却与冰山联系甚密,而且是采用了冰山的秘诀,为老百姓造福,这个是真实的。

黄花产业为老百姓服务,不是简单的一句话,其中包含了很多内涵,也还有很多困惑。其一,盛产于火山脚下的黄花,农民传统的种植、晾晒,用科学技术这把尺子做衡量,还有提升和改进的空间吗?其二,传统的农业生产,向来是靠天吃饭,遇到天旱雨涝、下冰雹等等自然灾害,农民们怎么办?农民有多大的承受力?其三,黄花产业,小打小闹不行,那么大规模的种植,积极性从哪里来?资金从哪里来?雇工从哪里来?出现了各种问题怎么解决?其四,现代科学技术在黄花的种植、晾晒和加工等方面的研发跟上去没有?现代化营销跟上去没有?全社会各种角度的推动和助力跟上去没有?换句话说,农民们除了付出心血和汗水,用自己的勤劳和吃苦精神感动上苍之外,还能

火山红　黄花黄

倪育龙（左一）向市区领导汇报真空冻干技术在黄花加工上的应用

看到什么样的希望？他们看到了没有？

我们三个作家，带着这样的问题，靠近了冰山的一角。

他们是大同市冰山制冷有限责任公司。接待我们的是兄弟俩，为兄的是倪育龙，伟岸身材，外表冷峻，内心狂热，今年64岁，他是致力于冷冻工程一辈子的专家、高级工程师。为弟的是倪育进，身高略低于其兄，谦逊好学，不胖不瘦，热情好客，为人低调。直到采访结束，我们也没有搞清楚他俩在公司分别担任何职，只隐隐地感觉到，倪育龙主要负责技术、开发、运营和生产，而倪育进更倾向于全面管理。倪育进把我们让进倪育龙的办公室，互相介绍之后，倪育进说，让我大哥给你们说，他是内行，是专家，他完全可以代表我。

倪育龙的开场白，很有气势。他说：我知道你们作家和诗人的创作，凭的是激情，其实我们搞技术的与你们一样，我们的动力也是激情。是的，他告诉我们的一切，几乎都是从激情入题的。一位长我们好多岁的老哥，他的激情始终比我们有过之而无不及。

倪育龙说，大同是黄花之乡，外边的人都知道，我们这些地地道道的老大同人岂能不知。说起来惭愧，我们为黄花做过什么？黄花在科学研究领域里，始终还有许多"荒滩、盐碱地"需要改良和耕耘，需要播种、施肥和灌溉。听他这么说，使我们想到新中国成立不久，钱学森、华罗庚等一批世界上一流的站在科学高峰的科学家，放弃了美国优越的环境、待遇和条件，毅然选择回国，投身到这片一穷二白的土地之上，他们当时抱定的决心，与今天倪育龙先生所言，极其相似。

我们被他感动了。

倪育龙改革开放之后，不甘寂寞，奋发自学，勇于实践，成为国家制冷技术及其管理的高级人才。照常理说，他这个年龄，正是一个享受天伦之乐，喝喝茶、看看书、讲讲故事、抱抱孙子，不再过问"江湖"的年龄。他说过去努力和成绩不能说明什么，我们不能在怀旧里陶醉和沉默，当下和未来才是自己的。

倪育龙从一项国际上相对领先的技术成果"真空冻干"说起。他说，这项成果用俗话说就是在冷冻的状态下，直接把蔬果中的水分去掉。为了让我们听明白技术的每一个细节和前因后果，这位老哥请来了他的助手，又是画图，又是翻资料，一步一步地为我们推演植物细胞膜、细胞壁的关系及其内含水分的变化过程，演绎气压变化如何让冰直接转化为气体，我们听得看得十分激动。对于我们几位与理工男有着十万八千里距离的作家来说，我们根据自己的理解，把它总结为：水有三种形态，液态、气态和冰态（固态），人所共知的是，水在常压下是由液体蒸发为气体的，而且速度很慢，而"真空冻干"是要将蔬果中的水分，先低温冻结至共晶点以下，然后在真空状态下，使冰态直接升华成水蒸气，让水分快速从每个细胞内破壁而出，再通过一项"冷阱补集"技术，将水蒸气凝结为水排出，最终使鲜蔬果变为干性蔬果。

我们的理解，他们基本认可。

在接触黄花之前，他们曾经有过一次成功经验。2013年冰山公司

火山红　黄花黄

大同有一座"冰山",第一个接待我们的是倪育进

在右玉接受图远公司的委托,完成"小香葱"真空冻干系统的搬迁及技术改造工程,第一次与"真空冻干"技术亲密接触。历时一年多的投入和实践,对于冰山团队每一个成员来说,那都是一次"真刀真枪"的实战考验。

之后他们很好地总结了"右玉香葱之旅":第一,图远香葱价值翻番,产品品质和营养得以提升,证明"真空冻干"技术在蔬果方面的应用前程远大;第二,"真空冻干"技术还有很大的空间可以改造和提升,需要在科研和探索中加大人才和资金投入,使之在最大程度地减少无效冷冻、提升环保、保障安全、节约能耗等方面突破瓶颈,继续迈进;第三,国内"真空冻干"系统质量的提升,势必依赖于标准化设计理念、智能化管理以及创新模式。

2014年,冰山公司再次得到一个机会,他们可以在某某集团的一个3200亩蔬菜扶贫项目(项目在天镇)中,再一次锤炼他们的"真空冻干",同时把他们的许多创新构思在实践中得以实施和验证。一声令下,冰山团队立刻向国家级贫困县天镇进发。三个月之后,厚厚一沓考察报告——总冻干面积2000平方米的"真空冻干"车间、设备及其设计方案,在他们辛勤汗水的浇灌下,初步成型。万万没有想到这次充满希望的"天镇蔬菜之旅"中途夭折，甲方某某集团因故取消了此计划，前期的付出就如洋河之水滚滚流逝。那一晚，很少沾酒的倪育龙，在洋河岸边和他的队员们失神地望着缓缓流动的河流，一杯一杯地往肚子里灌酒。酒醒之后，他们并没有沉溺于对甲方的埋怨中，倪育龙说，我们的事业最终要靠我们自己。我们必须有足够的自信，用我们自己的双手，干出来的事业是经得住摔摔打打的，是扛得住八级地震的，如果没有自信，就趁早散伙。只要有这份自信，干嘛要靠别人，自己干，干出个样子，让世人看！

打不垮的团队，自然会凤凰涅槃，浴火重生。

2016年年底，公司的董事会上，一个重大的决议通过了，冰山团队要在大同黄花身上做文章，别无其他选择。投资6000多万，建立自己的示范工厂，成立大同市冰华食品有限公司，设计、制造和完善自己的设备和工艺，寻求云州区的支持和配合。消息传来，云州区立刻有反馈，区委王凤瑞书记表示非常欢迎，并表示在政策和服务上不遗余力地给予支持。

冰山团队的决议，不是小孩子过家家，不是一时的狂热，他们是经过了深思熟虑和论证的。紧跟着第二次董事会召开了，倪育进让大家都敞开了说，往细了说，把自己的心里话都倒出来。一个由理工男和理工女组成的团队，自然是理性十足，也不乏丰富的想象力的群体。他们认真地参与了这次决定团队命运和前途的讨论。会议最后，意见趋于一致，多数人认为，此项决议的实施，冰山团队有四大优势，基本上是胜券在握：第一，他们的团队有"右玉香葱之旅"的基础，也有"天镇蔬果项目"中途夭折的遗憾，换来的就是经验和教训，就是一整套项目技术的设计和可操作性的预案，就是群体的激愤，就是野火烧不尽、春风吹又生的理想，就是一股子不可小觑的爆发力，两三年憋足了一口气，大家要在"真空冻干"技术上占领高地。这一条非常重要，它是毛泽东《矛盾论》里所说的内因，是事物的决定因素。第二，他们十分清楚，大同市市委

火山红　黄花黄

市政府多次强调要把黄花事业做大,把黄花事业做成振兴乡村、农民脱贫致富的主导产业。这样强大的政治和舆论背景,就必然成为他们"云州黄花之旅"最为有利的靠山。而且,云州区王凤瑞书记明确表态,在提供优质黄花原材料、协调有关各部门提高办事效率、黄花营销系统信息共享等各个方面开展一对一的保姆式服务。王凤瑞说的保姆式,他们的理解,就是热情、周到,就是不厌其烦。团队主要把精力放在科技研发上,放在专业性强的问题上,其他的事情,由云州区来办。第三,前景十分看好。说前景,其实就是说检验真理的标准,最终成功与否,是什么说了算。是利润说了算?是市场说了算?还是许多技术预期的目标说了算?关于这个问题,讨论分歧比较大。没有利润,一定不能干,但是不能让利润说了算。技术权威的观点,因为站位不一样,他们始终坚持凡是事先能够预料到的技术问题和预期设想,这次必须解决,否则要这些所谓的专家干什么?最终倪育龙语重心长地说,"真空冻干"在"云州黄花之旅"的实践,最终受益的是云州区广大的农民,农民们不用再为黄花卖不出去而忧心忡忡。只要"云州黄花之旅"能够在全国占领了高地,我们的产品就有话语权,家家户户农民们就能因此而受益,这既是团队的初心,也是团队前进的动力。这些与团队的利润、技术的预期,不能有矛盾,必须很好地协调,偏于哪个方面都不行。第四,这次"云州黄花之旅",他们既是乙方,更是甲方,他们要真正体验一次作为甲方的优势和决策权,他们还能在此基础上发挥乙方的技术实力、主观能动性、灵活性,随时修改他们的预案,因势而导,纠正误差,以品质为主攻,以科学为基础,以效率为原则,发挥团队里每一个专家的强项。

倪育龙给我们讲,思想统一之后,对于团队来讲,余下的就是紧锣密鼓的行动。

很快,试验成功,他们实验室里的小冻干机出了产品。产品拿去检验,做鉴定。从表面看,试验样品——真空冻干黄花,与原材料——进入试验之前的鲜黄花,几乎没有区别。拍出照片亦无两样,拿在手里，手感则截然不同，分量也相差甚远。

倪育龙给我们介绍了他们的团队：

由从事专业制冷设备设计的高级工程师、博士生导师、农科院食品工程专业教授、山西农业大学植物学教授以及本公司制冷专业工程师等多个专业的技术人员组成，第一天采访就见到了倪育龙的得力助手，她给我们做了简要的加工工艺说明，鲜黄花经过杀菌清洗，进入速冻环节，大约2.5小时，再进入真空冻干仓10.5小时，成品干菜就生成了。我们关心的最核心的真空干燥技术，就是在冻干仓里完成的。此时，这个冻干仓，就好比太上老君的炼丹炉，成了神秘王国的代名词。

团队中的技术中坚——高级工程师，博士生导师陈工及他的助理刘工，就真空冻干黄花的理化指标，给我们做了分析。他们说，大同黄花之优，不在于它的外表之喜庆，也不在于它的口感筋道，主要是它的理化指标之优良，也就是黄花内含的有益成分。经过检验，我们发现"真空冻干"出来的产品，除了肉眼看上去与鲜黄花几乎可以乱真之外，它的有益成分，与自然晾晒的干菜相比，不但没有减弱，而且在几个重要指标上有所加强，这就凸显了高科技投入在食品行业的重要性和实用性。比如血管的"清道夫"卵磷脂（磷脂酰胆碱）在冻干黄花里，每克含1.51毫克，而自然晾晒黄花每克只含0.8毫克，是传统加工方式的1.89倍；再比如抗氧化剂黄酮，具有显著的抗衰老、改善血液循环的功效，冻干黄花里每100克含180毫克，而自然晾晒黄花每100克只含76毫克，是传统加工方式的2.37倍。还有β胡萝卜素含量是传统加工方式的4.95倍，维生素C含量是传统加工方式6.89倍等等。

团队里的工程师和专家还有几个，没有一一见面，他们的分析，显然道出了真谛。然而这与广大消费者和农民的充分认可和接受，还有一段不可逾越的距离。这段距离，决定了市场，决定了前景。

火山红　黄花黄

第二次采访，倪育龙亲自驾车，把我们带到了位于大同市经济技术开发区装备制造园区，占地64亩的冰华食品公司真空冷冻干燥示范项目现场。该项目计划投资1.5亿元，分两期进行，目前第一期工程已经竣工。

这一天的大同，又是一个天高云淡的好天气。抬眼望去，工地上正在进行最后的完善和对接。参观从鲜料冷藏库开始，整个流水线包括速冻车间、冻干车间和包装车间三个环节。最为神秘也最具冰山团队技术特性的是冻干车间的五个YCDG-100冻干仓。倪育龙轻轻地打开了第一个冻干仓圆形的仓门，颇具调侃地说，伙计们，成败在此一举，过几天，正式投产，就看你们的功力了。

然后他掉过头来笑着对我们讲，去年三季度，也就是云州区的黄花季，他们试产了。他的这些伙计们是靠得住的。正说着，几个工程师过来与他商量事儿，听口音，还有山东和东北的同仁。跟我们还时而幽默时而兴奋的他，每当工作起来，立刻就是一副专心致志的表情。他向我们一摊手，表示歉意，之后健步走出车间，与等候在外边的工程师握手、交谈。他的嗓音时不时地抬高八度，显得激情洋溢。我们没有打扰他，只见车间外边，不断有铲车和吊车在工作，不知名堂的设备又应运而至，必将如虎添翼。

我们在工作人员的陪同下继续参观。接过他们递来的一份用卡纸印制的彩色宣传品，封面上印着几行大字：

真空冻干黄花
来自火山脚下的食材珍品
智能化生产，原营养，原色味，高安全

打开折叠的内页，里边较为详细地介绍了大同黄花的渊源、真空冻干技术、产品的品质等等。其中有一段如下：

卷四　炼质·大同有一座冰山

真空冷冻干燥黄花特性

1. 黄花在真空和低温状态下脱水，挥发性和受热变性的营养成分损失最小，最大限度地保留食品中的维生素、蛋白质等营养物质。

2. 升华过程中溶解于水中的溶质仍保留于原处，物质保持原有的特性，不发生变色、变形、干缩和开裂。

3. 升华干燥后的黄花骨架保持原状。留有非常均细的海绵状孔隙，具有很好的复水性。

4. 冻干后的黄花可进一步制成粉状，作为功能性添加剂，广泛用于各类食品中。

5. 冻干黄花可即食或快速水发复原，是理想的快餐食品配料。

6. 真空冻干黄花采用充氧避光包装保存，重量轻，货架期长，常温下易储存运输。

如今是信息化时代、大数据时代、网络时代，我们相信，他们的技术和产品很快就会名扬四海。酒香不怕巷子深，只要宣传工作迎头赶上，会迎来一个美好的明天。

那天，我们第一次见到，第一次品尝了真空冻干黄花。它拿到手里轻飘飘的，感觉像一张抽纸一般没有丝毫的分量。拿一根放嘴里轻轻一咬，黄花瞬间便粘敷在舌尖和口腔里，估计是十足的干燥所致。把它泡在常温水里，两分钟拿出来，就像在地头刚摘下的黄花一样，轻轻地一片一片剥开花瓣，露出七根细细的花蕊，十分奇妙。晚餐有两个黄花菜，一个是凉拌，一个是鸡蛋烹炒。我们几乎说不出来它与鲜黄花的区别。

数天过去，7月1日，这个特殊的日子里，朋友圈里可以读到一个"凤凰新闻"的链接，说是6月30日，大同市冰华食品有限公司

火山红　黄花黄

正式投产。报道称，这是一家集黄花加工、销售和科研为一体的涉农企业，目前在国内规模较大，生产能力可以达到年加工3000吨。企业定位为高效节能冻干技术、冷热综合利用冻干系统和智能数字化管理的高新技术产业。报道还说，该产品可望走进百姓餐桌，走向军营和校园，走出国门，受到国内外消费者的欢迎。我们随即发微信，表示真诚的祝贺。

　　进入7月，也就进入了暑伏天，可是大同正是天然的避暑胜地，往年这个季节会有不少北京的朋友来此一游，有可能的话，会在这里过几天舒心的日子。说大同可以避暑，并非说它的最高温度上不去，而是说它的最低温度下得来，一天之内温差大，夜里可以舒舒服服地睡一觉。也是说大同空气中湿度低，在大同生活的人们，一般不会有黏黏糊糊，时刻都有冲个凉的需求。在大同生活惯了，被这种清清爽爽的时光宠坏了的人们，再让他夏日去别的地方，那他总有一种被发配的感觉。古城里有一个做文化的朋友，他的网名叫东山。东山在府文庙附近打造了一处很有特色的茶舍，我们偶尔会路过这里讨一杯茶喝，聊聊即兴的话题。东山骨子里是玩文字的，也玩自媒体，玩直播，玩摄影和摄像。今大东山的话题，居然对准了黄花，而且直接对准了真空冻干黄花。刚好我们知道一些，顺便卖弄了一二，他很有兴趣，他身边的朋友也对此有颇多的想法，大有跃跃欲试之势。我们知道"真空冻干"团队已经玩得很大，但是他绝不会拒绝文化人的参与，更不会对"真空冻干"已经成为人们茶余饭后的话题，尤其是一个茶舍里有关他们高新技术的议论置之不理。

　　征得倪育龙的同意，我们把他的手机号发给了东山。

结语

回顾整个采访过程,我们听到、见到最多的一句话是"小黄花大产业"。千亩黄花合作社的人这么说,几十亩黄花种植户这么说,在黄花地里打工的贫困户也这么说。

"小黄花大产业",是习近平总书记来大同市云州区视察的时候,站在万亩有机黄花标准化种植基地第一次提出来的。下榆涧黄花合作社负责人杨旗至今还记得,2020年5月11日,他正和合作社的贫困户在黄花地里锄草,看到习近平总书记一行来到田间地头。总书记问,土地是不是流转了?一亩地能给多少钱?加上做工,一年下来能赚多少钱?大家告诉总书记,土地流转后每亩地一年收入500元,在这里做工一天还能赚150元。这些年,在龙头企业、合作社引领下,黄花产量品质稳定,销路和价格也有保障,去年带动贫困户户均收入1万多元。听了大家的"致富经",习近平十分高兴:"我上个月去了陕西秦岭山区的一个村叫金米村,那里种木耳形成了产业化,我称赞他们是'小木耳大产业'。你们这里也是'小黄花大产业',很有发展前途。"他叮嘱当地干部,一定要保护好、发展好黄花这个产业,让它成为乡亲们致富的一个好门路,变成群众的"致富花"。 习近平细致察看黄花产品,感慨地说:"就是要立足本地实际,大力发展特色产业,把大同黄花做成全国知名品牌,让乡亲们富而忘忧。"

"共产党人就要为民办事、为民造福,要扎扎实实为老百姓办实事办好事,为官一任、造福一方。"为民造福!这正是习近平总书记提出"小黄花大产业"的初心。如期实现脱贫攻坚目标,这是习近平总书记心中牵挂的一件大事。2013年以来,他每年都在全国两会上同代表委员共商脱贫攻坚大计。2020年5月23日上午,在北京铁道大厦看望参加全国政协十三届三次会议经济界委员时,习近平总书记拿出这样一份任务清单:"目前,全国还有52个贫困县未摘帽、2707个贫困村未出列、建档立卡贫困人口未全部脱贫。"

"虽然同过去相比总量不大,但都是贫中之贫、困中之困,是最难啃的硬骨头。"习近平总书记的话语透出一份坚定:"我们要努力克服新冠肺炎疫情带来的不利影响,坚决夺取脱贫攻坚战全面胜利。这是我们党对人民、对历史的郑重承诺!"

如何稳固脱贫,如何防止返贫?习近平总书记有一个比喻,那就是给农民一条"金扁担":"这个'金扁担',我就理解为农业现代化。"

不错,农业现代化、产业化,让小黄花发展成为大产业,为民造福,实现共同富裕!翻开媒体记者和观察员们撰写的纪实报道,我们找到了"小黄花大产业"的理论原点。

由此回溯。2011年12月6日,国务院新闻办举行《中国农村扶贫开发纲要(2011—2020年)》新闻发布会,列出了14个集中连片特困地区,而原大同县正处于国家燕山—太行山集中连片特困地区。特困地区扶贫怎么搞,当时山西省响应的是"一村一品""一县一业"战略。脱贫,瓶颈在哪儿?产业扶贫,战略如何定位?习近平总书记在2017年视察山西时就强调,要坚持把解决好农业、农村、农民问

结　语

题作为全党工作重中之重。要以构建现代农业产业体系、生产体系、经营体系为抓手，加快推进农业现代化。2020年，习近平总书记在视察山西时再次强调，产业扶贫是最直接、最有效的办法，也是增强贫困地区造血功能、帮助群众就地就业的长远之计。

全国产业扶贫一盘棋，这十年来，云州区走的路不平坦，但事实证明，这条路是越走路越宽。2018年云州区脱贫"摘帽"，贫困村全部退出，贫困发生率由30.8%降至0.53%。全区3.3万贫困户有90%从黄花产业中受益。如今，云州区的黄花种植面积已有17万亩，产值7亿元，去年带动贫困户户均收入1万多元。今年，当地还将在种植补贴、农田基础设施等方面加大投入，让黄花成为乡亲们持续增收致富的主导产业。如果将脱贫攻坚比喻成攀登，云州区这是登上了第一个山头，后面的路，重在群众受益，难在持续稳定。正是在这样的历史节点上，习近平总书记提出了"小黄花大产业""一定要保护好、发展好黄花这个产业"。于是，全区上下，群情振奋。这是初心的相遇，也是智慧的交逢。

习近平总书记到来之后，云州区的黄花火了。2020年7月10日上午，云州区头茬黄花开摘仪式在吉家庄举办，万亩黄花背景下，"黄花火了"四个10余米的大字迎风立起。四个字做得这么张扬，是因为真的说出了大家的心声。下榆涧村的杨旗对此深有体会，他说，自从总书记看了黄花后，来他地里观光的团队每天都有十几批，加上散客能有上千人。他的微信朋友圈有1000多好友，每天朋友圈都刷爆了。唐家堡种植大户张顺宝说得更直接："总书记看好的产业肯定没问题，云州区的黄花产业肯定不赔钱。"网上"带货"卖得更火。网红"八哥"与"阿红"们，亲身体会了今年直播带货"秒光"的奇迹，更多年轻农民开始想着更大的发展前途，学习网络直播推销、开网店，甚至有不少人开始学习外语，与各大销售平台联系，要将"大同黄花"卖到国际市场。云州区农业农村局局长庞有军说："保护好、发展好黄花

火山红　黄花黄

产业是总书记的嘱托，我们必须保证精耕细作，不能有丝毫马虎。"云州区黄花办主任安一平说，他今年更忙了，不过忙归忙，却感觉有使不完的劲儿。大家一条心，要在黄花的品质提升、市场推广、文化旅游方面，进行全产业链的打造。市委市政府的支持力度也大，出台了《关于开展"大同黄花"采摘帮扶消费扶贫工作的实施方案》，发动党员干部、企事业单位、党派团体协助黄花产业发展，社会参与度空前高涨。

云州区区委书记王凤瑞几乎天天奔波于田间地头，不是与相关部门负责人研究加快省级现代农业产业示范园建设的相关事宜，就是与合作社负责人、村干部商量未来产业规划。他动情地说："习近平总书记视察云州区，让我们备受鼓舞、倍感振奋、倍增信心，为我们指明了发展方向，注入了强大动力。我们一定牢记嘱托，坚守初心，用汗水为群众浇灌出'致富花'。"为了让黄花成为百姓的"致富花"，云州区竖起了不少典范。在本书采访过程中，我们见识了埋头苦干，在山区带动黄花种植的老支书，也见到了返乡创业，带头搞股份制黄花合作社的青年们。他们在村委党群服务中心做了宣传栏，上面写满习近平总书记说过的话。他们说，习近平总书记叮嘱将黄花产业"保护好，发展好"，这句话说到他们心里去了。为啥呢？搞好一个产业不容易，身在基层的他们，经历过困难与起伏。尤其是在去年，市场出现低谷，他们也一度犹疑过，彷徨过。但是，习近平总书记一来，大家的信心一下子就爆棚，现在都是心往一处想，劲往一处使。产业保护好，靠的是凝心聚力，今年不但收成好，卖得也分外火爆，社会各界给予的关注度也高。"市、区、乡、村四级书记地头商规划、抓落实、搞服务、解难题，几乎成为常态。我们合作社更没有理由不把这一产业保护好、发展好。"

今年的云州区，新种植黄花 5000 亩，黄花总面积已达 17 万亩，正值采摘期的黄花达到 11 万亩。大自然并没有眷顾火山黄花，4 月、

结　语

5月有效的降雨没有等到，等来的是5月寒流。6月、7月采摘期最不愿意看见的连阴雨说到就到，伴随而至的夜间低温、冰雹。然而，老天无情人有情，大同市和云州区对黄花采取收购价保护，头茬黄花不低于每公斤5元，高峰期不低于每公斤3.2元；云州区10个乡镇109个村支部建立党组织收购点；1300平方米冷库、12500平方米大棚、63000平方米晾晒场，还有西坪镇创新的网架晾晒投入使用；市区行政机关、帮扶单位、周边县区、社区居民、假期学生、志愿者和广大农民、贫困户心往一处想，先后出动3.9万人次参与采摘；黄花扶贫成为大同市众多机关、社团、企事业单位的共同行动，共有199个单位，组织达7万余人，向云州区有关乡镇购买黄花产品933万元；大同市和云州区的网上黄花、黄花文创、黄花旅游、黄花艺术、黄花餐饮等高潮一浪高过一浪；新办公司民之缘、花倾城，与原有的宜民、三利、冰华、云萱、火山粮源、同联等15家龙头企业倾力奉献，联手惠民，共创了2020灾害之年黄花不坏腐、不弃采、不倾倒的记录，实现了减产不减收的攻坚目标，云州区黄花产值达到9.8亿元，比去年同期增加2.8亿元。

习近平总书记视察山西后，黄花产业更多地吸引了科学研究的焦点。2020年7月30日，大同黄花产业发展研究院在山西省农业科学院高寒区作物研究所正式揭牌，这，又是一个里程。成立研究院是很多人的心愿，现在有了科研的支撑，种质资源保护与利用、产业技术研发与推广、产业发展组织与管理等领域开展科学研究、产品研发、项目中试、模式集成都成为现实，为大同黄花产业链提供全方位技术支撑，进而为山西乃至全国黄花产业发展提供可复制可推广的特优产业发展模式。

听到这些消息，我们真的为黄花产业高兴，黄花产业精彩的未来篇章，已经翻开。我们为曾经采访过的每一位投身黄花产业的志士们高兴，他们实在是承担了太多太重的压力，有了这样的政策、管理、

火山红　黄花黄

服务，尤其是科技的支撑，兴许他们会多睡几个囫囵觉，减轻一点疲惫和困惑。我们更为最辛苦的世世代代汗珠子摔八瓣儿的农民们高兴，有了新科技的研发、服务、转换和上马，农民们可以得到更多的实惠，有了更好的盼头。我们相信这些科学技术的消息，每一条传到他们的耳边，他们的表情首先会是嘴巴微张的惊讶，然后会是一脸的问号，经过科学家的详细解答之后，才会有朗朗笑声，那种按捺不住的可以延时很久的最为憨厚的笑声。

一句话的力量有多大？可以这么说，经过多年的摸索攀登，云州区的黄花产业如积蓄多年的火山岩浆一样，开始喷发。而现在，因为习近平总书记的一句话，这片土地上，从种地的农民，到合作社的带头人，再到区市的领导班子，无不信心十足，真正在思想上形成了对"黄花产业"的认同。这种认同，是不是可以称为"黄花认同"？习近平总书记说黄花是"致富花"，"黄花认同"在实质上就是对于一种共同富裕模式的认同。

推进城乡一体化，推进新农村建设，让绿水青山带来金山银山，

2020 年 7 月 10 日，云州区头茬黄花开摘仪式现场

让人记得住乡愁,让农村成为农民幸福生活的"世外桃源",建设美丽中国,是习近平的"农村梦",也是每一个中国人的梦。云州区的村落,云州区的黄花,正在编织这样的田园之梦。

就在这本书收官之时,云州区一年一度的采摘季已经过去,正是"开轩面场圃,把酒话桑麻"的时节。云州区人,闲暇聊的是黄花,举杯说的是黄花,电话谈的是黄花,微信上发的也是黄花。这火山黄花的香气,醉倒的恐怕也不只是云州区这一方土地这一方人。

《火山红　黄花黄》主要人物概览

阿　红　云州区网红电商
安一平　云州区黄花产业发展服务中心主任
八　哥　云州区吉家庄乡吉家庄村村民，网红电商
八　嫂　云州区吉家庄乡吉家庄村村民，网红电商
白国庆　徐家堡村村支书白继跃之子
白继跃　云州区峰峪乡徐家堡村党支部书记
曹大姐　云州区许堡乡西册田村村民
陈　工　大同市冰山制冷公司工程师，"冰山团队"成员
陈华龙　徐家堡驻村扶贫工作队队长
陈少龙　吉家庄中心村农牧专业合作社团队成员，返乡创业青年
崔力世　吉家庄中心村农牧专业合作社工作人员
东　山　大同古城茶舍老板，文化人
董　恒　云州区西坪镇中高庄村和顺鑫黄花专业合作社管理者
段亚萍　大同忘忧农场农业科技有限公司负责人
高　阳　云州区峰峪乡妇联主席，时任徐家堡包村干部

《火山红　黄花黄》主要人物概览

高新刚　时任云州区许堡乡西册田村驻村扶贫工作队第一书记
郭　珍　原大同县科委主任
郭金莲　云州区周士庄镇三十里铺村村民
郭秀青　云州区西坪镇唐家堡村妇联主任
黄　飞　大同花倾城田间农业发展公司总经理，安徽人
黄三文　中国农业科学院农业基因组研究所所长
贾守斌　云州区西坪镇上榆涧村黄花种植户
贾守财　云州区西坪镇上榆涧村村民
老　蔡　云州区西坪镇唐家堡村村民
李　成　云州区瓜园乡瓜园村党支部书记，园沃黄花专业合作社负责人
李光明　时任山东省临沂市郯城县庙山镇薛东村驻村第一书记
李廷亮　云州区瓜园乡瓜园村原村委会主任
李映武　第十届全国人大代表，湖南映武黄花集团有限公司董事长兼总经理
刘　工　倪育龙助理，"冰山团队"成员
刘　莉　时任山西省通信管理局驻西册田村扶贫工作队队长
刘　猛　云州区吉家庄乡黄花产业带头人，吉家庄中心村农牧专业合作社成员
刘扩建　三十里铺村村民（河南籍），云州区金健祥农业科技发展公司总经理
刘书记　时任辽宁省抚顺市清原满族自治县枸乃甸乡筐子沟村党支部书记
刘喜斌　云州区副区长
卢建军　云州区党留庄乡兼埔村黄花规模种植户，返乡创业青年
马　发　原大同县科协主席，助理研究员
倪育进　大同市冰山制冷公司负责人
倪育龙　大同市冰山制冷公司负责人

火山红　黄花黄

庞乃东　云州区三利农副产品有限公司负责人
庞乃军　云州区三利农副产品有限公司负责人
庞有军　云州区农业农村局局长
乔腊平　云州区吉家庄乡郭家庄村开源种植专业合作社负责人
邵大姐　山东采摘工
史利军　云州区西坪镇中高庄村党支部书记
宋知荣　云州区原许堡乡农技站站长，农艺师
孙　月　2019大同黄花文化旅游月"忘忧仙子"获得者
孙玉才　云州区许堡乡西册田村村民
孙掌宽　云州区作家，山西省作家协会会员
唐　万　云州区西坪镇唐家堡村黄花规模种植户
王　健　吉家庄中心村农牧专业合作社团队成员，返乡创业青年
王保忠　云州籍作家，"赵树理文学奖"获得者
王的有　云州区西坪镇唐家堡村黄花规模种植户
王凤瑞　时任云州区区委书记
王老哥　云州区党留庄乡黄花规模种植户
王丽霞　三利公司庞乃东爱人
王胜山　云州区西坪镇下榆涧村党支部书记
王玉金　云州区周士庄镇三十里铺村党支部原书记
吴国富　云州区吉家庄乡吉家庄村村民
吴学军　云州区网红电商
武　晋　时任山西省通信管理局纪检组组长、网络应急技术协调中心主任
席志俊　大同市农业农村局副局长
萧大姐　山东采摘工
小　成　云州区西坪镇唐家堡村黄花经纪人
小　胡　云州区西坪镇唐家堡村黄花经纪人

《火山红　黄花黄》主要人物概览

小　徐　云州区许堡乡西册田村村民，张春雪爱人

徐富国　云州区峰峪乡徐家堡村村医

徐尚计　云州区峰峪乡徐家堡村村民

徐尚宽　云州区峰峪乡徐家堡村村民，村党支部委员

徐世胜　云州区峰峪乡徐家堡村民，企业家

徐世维　云州区峰峪乡徐家堡村村民

徐元林　云州区许堡乡西册田村村民

闫　红　时任云州区西坪镇党委书记

杨　旗　云州区西坪镇下榆涧村志海黄花种植专业合作社负责人

杨　秀　云州区西坪镇唐家堡村黄花经纪人

杨宝义　云州区原农技站站长，高级农艺师

杨玉斌　云州区西坪镇下榆涧村村民，杨旗父亲

姚　庆　时任辽宁省抚顺市清原满族自治县枸乃甸乡旅游办主任

翟因华　中国人民财产保险股份有限公司山西省分公司党委书记、总经理

张　科　云州区西坪镇唐家堡村黄花规模种植户

张春雪　云州区许堡乡西册田村党支部书记，"股份制"黄花合作社发起人

张进海　云州区周士庄镇三十里铺村村民

张三女　云州区峰峪乡徐家堡村村民

张圣伟　吉家庄中心村农牧专业合作社团队成员，返乡创业青年

张顺宝　云州区西坪镇唐家堡村顺民黄花种植专业合作社负责人

张喜元　云州区西坪镇唐家堡村村民，退休教师

张志兰　云州区西坪镇上榆涧村村民

赵凤英　云州区峰峪乡徐家堡村村民

周　和　云州区西坪镇中高庄村和顺鑫黄花专业合作社负责人

朱　利　云州区西坪镇上榆涧村黄花种植户，最早规模种植人

后 记

《火山红 黄花黄》终于出版,对我们付出的心血和劳累算是一种告慰。从采访到写作,从分头创作,到交换修改,再到集体改稿,大约用去了80天的时间。说实话,最后几天真的是坚持不住了。有酒量的,只好凭借一顿酒让自己进入梦乡,暂时躲开那种欲罢不能的纠结和情感,好好睡上一觉。没有酒量的,居然发现,写诗,不论好赖,只要进入写的状态,就可以让自己从报告文学里走出来,也算是一种休息。再想想,我们所采访过的对象们,他们也因此被我们无端地"骚扰"和"折磨"过很久,那一段时间刚好是他们黄花产业的"黄金期",我们多次采访,说好听的,是对他们的关注、爱护和宣传,我们要通过文学作品倾吐他们内心的感受;说不好听的,那就是在与他们钟爱的黄花产业抢时间、抢精力。我们真的是很抱歉,假如因此影响到了他们的黄花,我们怎能忍心?那可是他们的心肝宝贝儿呀!

有几个事情要给尊敬的读者朋友们做个解释。一是关于云州区的行政区划变更。新中国成立之后,这里被称为大同县的时间比较长,

后 记

曾经与怀仁县合并,称作大仁县,后来又分开恢复大同县,2018年撤县建区称作云州区。作品中涉及的故事,大都发生在撤县改区前后,我们基本上按照事实,该称大同县就写为大同县,该称云州区就写为云州区,无法在每一次都做类似的注解,所以在此一并解惑。二是方言土语。云州区是典型的晋北农村,方言土语很丰富,亦很生动,个别地方我们会使用一二,其用意就是让读者感觉亲切。但是我们尊重绝大多数读者,未敢把大家完全听不懂的乡音、俗语生搬进来,避免了随后累赘的解读,其用意也是为了保证报告文学整体的可读性。三是我们把一些引文、资料和录音,用仿宋体字凸显出来,尽量保持其原汁原味。

我们在采访、创作过程中,先后得到过不少志士的支持。云州区文联主席庞尔成先生打里照外,提供线索和资料,安排起码的条件;云州区黄花办安一平先生不辞辛苦,多方面为我们提供资源,帮助我们理清头绪;云州区老科技代表马发先生青春焕发,作家孙掌宽带病出征,他们多方面为我们提供资料、介绍情况、推荐人物,让我们感动;大同大学文学院老师马桂君女士,在繁忙的教学工作之余,主动请缨,为本书承担文字校对,且认真负责,积极提出建议;大同市青年文学社社员、大同广播电视台主持人浩晨先生积极参与修改,两天读稿15万字,精疲力竭却享受其中,憨态可掬;大同市企划学会副会长王俊峰、大同市八法拳研究会闫成龙专门抽出时间,出车出力,陪同采访,感谢摄影家郭丙大……他们所做的一切让我们心存感激,无法忘怀。祝他们快乐相伴一生。

作者

2020年11月

图书在版编目(CIP)数据

火山红 黄花黄 / 任勇, 石囡, 周智海著. —太原：北岳文艺出版社, 2021.4

ISBN 978-7-5378-6423-7

Ⅰ.①火… Ⅱ.①任… ②石… ③周… Ⅲ.①纪实文学—作品集—中国—当代 Ⅳ.① I25

中国版本图书馆 CIP 数据核字（2021）第 130589 号

火山红　黄花黄

任勇　石囡　周智海 / 著

出品人 郭文礼	出版发行：山西出版传媒集团·北岳文艺出版社 地址：山西省太原市并州南路 57 号　邮编：030012 电话：0351-5628696（发行部）　0351-5628688（总编室）
责任编辑 孙　茜	传真：0351-5628680 经销商：新华书店
书籍设计 张永文	印刷装订：山西海德印务有限公司 开本：787mm×1092mm　1/16
印装监制 郭　勇	字数：215 千字 印张：16 版次：2021 年 4 月第 1 版 印次：2021 年 7 月山西第 1 次印刷 书号：ISBN 978-7-5378-6423-7 定价：59.80 元

本书版权为本社独家所有，未经本社同意不得转载、摘编或复制